Fur-Warrior

Von Anna Kleve

Buchbeschreibung:

Was Herz und Seele wollen kann niemals ein Irrtum sein.
So sehen die Wandler die Pfade ihrer Gesellschaft.

Meistens jedenfalls, denn als sich Colin, das Kind von pflanzenfressenden Wandlern, in eine Andenkatze, einen Fleischfresser verwandelt wird die Lage doch ziemlich kompliziert.

Selbst die Unterstützung durch den Wildkatzenwandler Aramis verhindert nicht, dass Colin sich mit den Unterschieden und Grenzen zwischen Pflanzen- und Fleischfressern auseinandersetzen muss.

Gleichzeitig müssen sie sich mit von einem oder mehreren Wandlern begangenen Morden, uralten, verlorengeglaubten Kräften und unerwarteten, starken Gefühlen herumschlagen.

Über die Autorin:

Autorin Anna Kleve lebt, traumwebt und malt im Bergischen Land und hat sich schon früh mit Büchern und besonders fantastischen Geschichten beschäftigt. Mit Begeisterung und Fantasie schreibt sie Romane mit einem Schuss an Spannung, gestaltwandlerischen bis magischen Abenteuern und einer gehörigen Portion Romantik, besonders im Subgenre Gay-Fantasy. Neben ihrer Begeisterung fürs Schreiben verschönert und gestaltet sie mit Freude Leinwände in allen möglichen Farben.

Fur-Warrior

Wandler in Rüstung

von Anna Kleve

Impressum
Texte: Copyright by Anna Kleve
Verlag: Anna Kleve
Covergestaltung: Eleonore Laubenstein
Kontakt: Anna Kleve
        c/o Autorenservice Gorischek
        Am Rinnergrund 14/5
        8101 Gratkorn
        Österreich
E-Mail: kleve.fantasy@web.de
Website: https://www.kleve-fantasy.de

1. Auflage, 2021
© 12 Alle Rechte vorbehalten.

Herstellung und Verlag:
BoD – Books on Demand, Norderstedt
ISBN: 9783755732839

Inhaltsverzeichnis

Colin – Hitze	8
Aramis – Das Ritual	12
Colin – Katzen	22
Aramis – Gefahr voraus	28
Colin – Allianz?	33
Aramis – Anfänger auf Samtpfoten	39
Colin – Ein räuberischer Lehrer?	43
Aramis – Herkunft	47
Colin – Alte Freunde	50
Aramis – Brüder	55
Colin – Jagen	59
Aramis – Zwei Katzen	64
Colin – Unter Mond und Sternen	73
Aramis – Verfolgt	84
Colin – Abschied?	95
Aramis – Heimkehr	99
Colin – Unruhe	103
Aramis – Verplappert	113
Colin – Entscheidung?	117
Aramis – Erfahrung	124
Colin – Abendstund	131
Aramis – Loreley	134
Colin – Kräuter und Blumen	138
Aramis – Cousine Dachs	141
Colin – Freunde	145
Aramis – Polizei	150
Colin – Besuch	156

Aramis – Wildes Verlangen	159
Colin – Die Katze aus dem Sack	166
Aramis – Dunkle Gedanken	175
Colin – Wild	180
Aramis – Ausflug	190
Colin – Grizzly auf Suche	197
Aramis – Rudel bei Nacht	202
Colin – Die Katze der Herde	206
Aramis – Gemeinsam	211
Colin – Aramis' Zuhause	215
Aramis – Die Nordrudel	222
Colin – Familie	226
Aramis – Wie wir kämpfen	231
Colin – Gemeinsames Gespür	239
Aramis – Verletzt	241
Colin – Zusammenstehen	245
Aramis – Neues von den Monstermorden	252
Colin – Nicht aufreiben	257
Aramis – Erklärungen	260
Colin – Herdentreffen mit Folgen	263
Aramis – Verloren?	270
Colin – Zugehörigkeit?	273
Aramis – Mal etwas anders	283
Colin – Blut unter dem Mond	286
Aramis – Das Fest	291
Colin – Gefährten	296
Aramis – Mit denen niemand redet	303
Colin – Die Wilden	308

Aramis – Ausgetickt	311
Colin – Die Wahrheit	314
Aramis – Das Gesetz der Wandler	317
Colin – Die Alphas	320
Aramis – Nur wir	323
Colin – Verbindungen	328
Aramis – Das Grizzly-Motiv	331
Colin – Ein echter Teil des Rudels	334

Colin – Hitze

Heiß. Mir war einfach nur unglaublich heiß.
„So warm ist es doch gar nicht", sagte Papa mit ernster Stimme und beugte sich zu mir hinab.
Die Decke, die er über mich legen wollte, strampelte ich sofort wieder weg. Mir war schon heiß genug.
Dabei hatte er natürlich recht. Für einen Sommer war es sehr mild. Das hatte ich selbst vor wenigen Tagen noch in den Nachrichten gehört.
Irgendwer hatte sich sogar aufgeregt, wo denn die Erderwärmung blieb, wenn es so niedrige Temperaturen gab.
„Du solltest dich zudecken", redete Papa auf mich ein und wollte die Decke erneut über mich legen.
Heiß wie die Flammen durchzuckte mich der Ärger und ich schlug heftig zu.
Nur seinen guten Reflexen war es zu verdanken, dass ich nicht ihn, sondern nur die Decke traf.
„Zu heiß", stieß ich hervor.
Meine Stimme dunkel und von einem gefährlich klingenden Knurren durchdrungen. Obwohl ich es selbst hervorbrachte, jagte es mir einen heftigen Schauer über den Rücken.
Papa blickte mich nachdenklich an und wich langsam vor mir zurück, ohne mich anzusehen.
Mein Puls raste.
Für einen Moment wollte ich aufspringen und mich auf ihn stürzen, die Zähne fletschen, zubeißen, zerreißen.

Bevor ich dazu kam, spülte eine brennende Hitzewelle über mich hinweg und ließ mich vollkommen erschöpft auf das Bett zurücksinken.
Es fiel mir schwer, mich zu rühren.
„Schlaf", drang die Stimme nur leise in mein Bewusstsein.
Dann war ich alleine und schloss müde die Augen.
Zwar konnte ich bei der glühenden Hitze nicht schlafen, aber ein wenig dösen.
Die Kleidung hatte ich mir schon ganz zu Beginn vom Körper gerissen.

Immer wieder rieb ich mir über die Nase. Es juckte und viele Gerüche brannten wie die Hölle in meiner Nase. Holz, Kräuter wild durcheinander, verschiedene Beeren, frisches Gras, unterschiedliche Gemüse, Erde, Waschmittel, Weichspüler und noch viel mehr. Zu viel, um genau zu sein.
Verzweifelt warf ich mich herum und vergrub mein Gesicht im Kissen.
Augenblicklich knurrte ich unwillig. Viel zu heiß.
Im nächsten Moment sprang ich auf, machte zwei Schritte vor und sackte zu Boden.
„Bleib liegen", ertönte eine Stimme durch den Türspalt.
Die letzten Tage war ich aggressiv und unruhig gewesen, hatte nach jedem geschlagen, der oder die mir zu nahe gekommen war.
Selbst das Essen hatte ich quer durch den Raum geschleudert.
Und vom ständigen Knurren tat mir der Hals weh.

Mondin, was war nur mit mir los?
Weder die Dauer noch die Art passten zu dem, was eigentlich hätte passieren sollen.
Meine Schwester Jenna hatte gerade mal eine Nacht mit wesentlich weniger Symptomen flach gelegen, bevor es soweit gewesen war.
Diese Dinge konnte ich gelegentlich noch denken, bevor mich eine erneute Hitzewelle außer Gefecht setzte.

Plötzliche Unruhe hatte mich hochschrecken lassen und ich war aufgesprungen. Mit zittrigen Knien bewegte ich mich im Raum hin und her.
Es war, als wollte etwas aus meinen Fingern heraus, aber ich verstand nicht was. Immer wieder verkrampfte ich die Hände, weil es nicht aufhörte.
Ein Lichtstrahl zog meine Aufmerksamkeit auf sich, verschwand jedoch direkt wieder.
Das Geräusch eines Autos ließ mich die Hände auf die Ohren pressen. So laut. Grausig. Hätte ich es nicht besser gewusst, hätte ich annehmen können, dass der Wagen direkt neben mir gestanden hätte.
Es verstummte.
Ich blickte mich blinzelnd um.
Ein Windstoß bewegte die Gardine. Mein Kopf zuckte in die Richtung, ließ meinen Blick den schwingenden Stoff fixieren.
Muskeln verkrampften sich.
Ehe ich es wirklich erfasst hatte, war ich gesprungen, fasste nach der Gardine, verhedderte mich, vernahm das Reißen und die Hitze.

Keuchend fiel ich zu Boden, wand mich, winselte und schaffte es, irgendwie freizukommen.
Der Stoff wies einen langen, fast gleichmäßigen Riss auf, als hätte ich mit einem Messer hindurchgeschnitten.
Ich schüttelte mich und kroch vollkommen verwirrt zum Bett zurück.

Es schmeckte scheußlich.
Grund genug, um wieder mal das Essen durch den Raum zu pfeffern oder?
Von dem Grünzeug bekam ich kaum einen Bissen herunter. Immer weniger, je länger ich in diesem Hitzezustand gefangen war.
In meinem Leben war es gelegentlich anstrengend gewesen, dass sich die ganze Familie vegetarisch ernährte. Manchmal hatte ich bei Freunden heimlich Wurst und Fleisch gegessen.
Doch das war nichts im Vergleich zu dem, was gerade abging. Es schmeckte kaum noch, eigentlich gar nicht. Und die Konsistenz widerte mich fast an.
Ich konnte nicht einmal sagen, weshalb.
So lag ich jedenfalls vollkommen alleine auf dem Gästebett und drehte mich immer wieder herum, um möglichst jede Stelle meines Körpers mit dem Wind in Kontakt kommen zu lassen, der zum offenen Fenster hereinwehte. Das linderte die unglaubliche Hitze zumindest ein wenig, aber längst nicht genug.

Aramis – Das Ritual

Die kristallklaren Regentropfen glitzerten wie Schmuck in den Bäumen. In der Ferne hörte ich das Grollen von Donner, aber es war weit fort.
Der Nebel hing schwer in der Luft. Er erhob sich von den leicht gewärmten Pflanzen des Tages, während die Abenddämmerung vorbei zog.
Etliche Körper schoben sich zwischen den Bäumen entlang, dorthin, wo ich mich bereits aufhielt.
Ich kannte sie mehr oder weniger. Die Gruppen. Die Paare. Die Einzelgänger. Die Familien.
Auf dem umgestürzten Baum sitzend wartete ich und betrachtete sie alle, wie sie nach und nach eintrafen.
Meine Krallen schoben sich aus den Fingern, zogen sich wieder zurück und drangen erneut hervor, kratzten an totem Holz.
Füße am Boden waren bald Pfoten und Klauen. Erde zwischen den Zehen, die zu Krallen wurden. Wandelten sich zurück und kamen wieder.
Aufregung ließ mich hin- und herzucken, obwohl ich das gar nicht wollte.
Die gedämpften Unterhaltungen mancher vermischten sich zu einem unverständlichen Wirrwarr, denn ich wollte ihre Worte nicht hören, wollte nicht die Spekulationen oder die Wetten hören. Diese Nacht war kein Spiel und kein Spaß.
Meine Wandlungen wurden stärker, der Schweif zwischen mir und dem Holz eingeklemmt.

Lukas Wilde, mein Vater und unser Rudelführer, humpelte zwischen zwei Freunden heran. Meine Mutter Emilia ging neben ihnen her.
Ich fauchte leise tief in meiner Kehle. Diese verdammichten Wilden hinter den Grenzen. Sie hatten meinem Vater das angetan und dieses Ereignis damit ausgelöst.
Ich wusste immer noch nicht, ob ich mich beteiligen sollte. Ob ich das überhaupt wollte.
Hatte ich überhaupt die Kraft dazu?
Klauen – Hände. Füße – Pranken. Zähne – mal stumpf, mal spitz, wieder stumpf.
Vater meinte ja. Mutter machte sich Sorgen, um mich, sollte ich es versuchen.
In mir rumorte es. Immer weiter und hin und her.
„Hoffentlich verprügelt den jemand", ertönte Martins Stimme und sein Kopf nickte in Richtung meines Bruders Rian.
Der lachte gerade mit einem Freund und zog sich anschließend das T-Shirt über den Kopf, um es einfach auf den Boden zu schleudern.
Mein Blick glitt über seinen sorgsam gestählten Körper, trainiert für den Fall der Fälle.
So diszipliniert war ich niemals gewesen, obwohl auch ich trainierte, lediglich nicht so eifrig und entschlossen.
Um mich herum witterte ich den Duft in der kühler werdenden Luft. Moschus, Macht, Erregung und leichte Reste von Seife und Ähnlichem.
Meine Nackenhaare sträubten sich.

In dieser Nacht würde Blut fließen und es würden Junge gezeugt werden.
Unter den Ästen einiger Eichen standen Luke, Daniel und Kilian, das Wolfstrio, aber zu jung für den rituellen Kampf.
Wie immer wirkte Kilian etwas abwesend, blickte an seinen Kumpels vorbei, die ihn freundschaftlich anstießen und knufften.
Doch dann bemerkte ich die Spannung seines Körpers und die geballten Fäuste.
Erst als ich seinem Blick mit meinem folgte, wurde mir bewusst, was ihn so aufwühlte.
Im Schatten einer großen Esche standen zwei Personen, eng umschlungen, fast als wollten sie sich verschlingen oder richtig auffressen.
Der Mann löste sich zuerst, aber die Frau war es, die lachend aus dem Schatten des Baumes trat.
Nimea unter ihr folgte Xander, mit leicht offenem Mund, die Lippen noch glänzend von ihrer Zunge. Blitzende Reißzähne.
Grimmig blickte ich zu Kilian zurück.
Beide, er wie auch Xander, waren eigentlich viel zu jung für diese Frau. Läufige Hündin, hätte besser gepasst.
Aber es verwunderte mich auch nicht, dass sie den viel zu jungen Tiger dem Wolf vorzog. Größer und stärker. Widerlich.
Und dabei hatte der Junge wegen seines Geburtsrudels schon genug durchgemacht.
Mich schauderte und ich verdrängte diese Gedanken.

„Auch gesehen?", fragte Mutter und ließ sich neben mir nieder.
„Sicher", grollte ich. „Sie könnte seine Mutter sein." Mutter gab ein Schnauben von sich und mit einem Mal war da dieser Impuls, dem ich schneller folgte, als ich nachdenken konnte. „Ich kämpfe auch."
Zu laut, um es zurückzunehmen, auch wenn ich das erschrockene Einatmen neben mir hören konnte.
Die Ankunft der Ältesten, Loreley, verhinderte weitere Worte. Ihre Kleidung lag bereits am Boden und die Hälfte ihres Körper war schon von dunklem Flaum bedeckt.
Aufgeregtes Gemurmel erhob sich, als sich mit ihrer Ankunft der Mond über die Baumwipfel erhob. Perfekt abgepasst.
Es ging kein Zwang vom vollen Himmelsgestirn aus, aber es ließ uns auch nicht kalt, sondern lockte uns. Abwiegelbar, aber verlockend, es nicht zu tun.
Tief in mir, in meinem Blut, spürte ich es.
Vater und die Älteste würden darauf achten, dass den alten Gesetzen Genüge getan werden würde.
Beim Mond, was hatte ich mir nur gedacht?
Die Arme der Ältesten hoben sich.
„Höret, Jäger des Mondes, dies ist eine besondere Nacht", ertönte ihre trotz des Alters volle, dröhnende Stimme. „Heute wird entschieden werden, wer das Rudel führen wird, sobald Lukas es nicht mehr kann."
Die Vorstellung verkrampfte mein Inneres. Vater. „So höret die Regeln: Erwachsene kämpfen. Wer auch nur ein wenig verletzt ist, verlässt den Kreis. Bis nur noch einer übrig bleibt."

Ich schluckte.
Was hatte mich nur dazu gebracht zu erklären, dass ich kämpfen würde?
Weder war ich so kräftig wie mein Bruder noch so groß wie viele andere. Vermutlich hatte ich nicht die geringste Chance zu gewinnen.
„Geschwister!", rief Vater entschieden aus. „Zollt der Göttin des Mondes Respekt, denn ihre Augen werden Zeuge der Ereignisse dieser Nacht werden."
Nicht weit entfernt sah ich, wie Rian einem anderen etwas zuflüsterte, sodass dieser lachte.
Den Witz wollte ich ganz gewiss nicht hören.
Wie aufs Stichwort setzten sich die Männer in Bewegung und auch ich erhob mich.
Eine kleine Hand zupfte an meinem T-Shirt.
Einer meiner jüngeren Zwillingsbrüder, wie mir ein Blick verriet.
„Pass auf", hauchte er, der andere nickend hinter ihm.
Ich lächelte ihnen sanft zu.
Vater hatte gemeint, dass ich ein guter Anführer werden würde, wenn ich nur noch etwas älter wäre.
Und stärker, auch wenn er das nicht ausgesprochen hatte.
Als ich mich dem Kreis zuwandte, bemerkte ich aus den Augenwinkeln, wie einzelne Männer ihre Gefährtinnen leidenschaftlich küssten, ehe auch sie zum Kreis gingen.
Eisige Kälte rann durch meine Adern und ich hob den Kopf zum Mond, um dieses Gefühl von der brennenden Hitze der Göttin überfluten zu lassen.
Schon besser.

Um mich herum fielen Kleidungsstücke zu Boden, wie bunte Blätter im Herbst, und auch ich streifte den Stoff von meinem Körper, wie ich es mein Leben lang getan hatte.

Schnell waren alle nackt, bereit für das, was kommen würde.

Ich hatte mit irgendwelchen Formalien oder zumindest großen Worten gerechnet, doch nur ein Wort der Ältesten erhob sich durch die Nacht: „Kämpft."

Ringsum bedeckten sich Brust und Rücken mit Fell, verzogen und verschoben sich Glieder, wuchsen Schweife.

Gleichzeitig spürte ich das Ziehen in meinem Rücken, den süßen, verheißungsvollen Schmerz, schöner als alles andere und wie sich mein Körper bog und verformte. Wärme tief in meinem Blut, überall in mir. Nägel zu Krallen. Zähne lang, scharf und spitz.

Fauchend fiel ich auf alle viere, wie alle um mich herum. Ein Rudel. Ein Moment.

Fast rechnete ich mit heftigem Schmerz, mit einem direkten Angriff, doch er kam nicht.

Stattdessen schoss Rian an mir vorbei und schleuderte mit einer nur halb verwandelten Pranke einen Braunbären aus dem Kreis. Blut tropfte zu Boden.

Einer weniger.

Ich drehte mich. Sah den mächtigen Löwen herumwirbeln.

Erst nach einigen Augenblicken wurde mir bewusst, dass sie mich förmlich ignorierten, mich einfach nicht ernst nahmen.

Verärgert knurrte ich.

Da brach ein Wolf förmlich zusammen und trollte sich mit eingeklemmtem Schweif davon.

Am Rand der Lichtung ließ er sich zu Boden sinken, die Schnauze auf den Pfoten, geschlagen.

Ein Heulen erklang. Ein Brüllen folgte. Tiefes Bellen. Ich selbst jaulte.

Auf der Lichtung ballten sich die Männchen zu einem knurrenden Meer aus Fell zusammen, das hin und her wogte.

Mir war nicht klar, was ich von dieser Ignoranz halten sollte. Noch immer beachtete mich keiner.

Die Hälfte war innerhalb kürzester Zeit ausgeschieden. Sie taumelte und fielen mit blutigem Fell am Rand des Kreises zu Boden.

Ich hatte noch immer nicht recht begriffen, was so schnell geschehen war.

Die Übriggebliebenen ballten sich zu einem wirren Knäuel zusammen.

Verwirrt suchte ich nach einem eigenen Angriffspunkt, fand jedoch keinen, sah nur weitere Verletzte davon ausgespuckt werden.

Kiefer schnappten. Zähne klackten. Pfoten tanzten. Tierkörper, die sich vor- und zurückbewegten.

Dann waren es so wenig, dass es übersichtlicher wurde.

Brüder, die sich mieden.

Dafür ein Freund, der auf den Freund losging.

Knochen, die knackten.

Ein Schauer, der mich überlief.

Ein Panther, der sich mit einem Mal mir zuwandte.

Verblüfft, aber unverwundet landete ich am Boden.
Augenblicklich wogte Hitze durch meine Adern, wie von der Göttin selbst berührt.
Angriff antäuschen, dem Gegenangriff ausweichen und mit den Zähnen zuschnappen. Bewegungen aus reinem Instinkt geboren.
Überrascht fauchend verließ er den Kreis, die Augen erfüllt von fassungslosem Staunen. Auch ich hatte das nicht erwartet.
Ich war so verwundert, dass ich für einige endlos erscheinende Sekunden nichts mehr wirklich wahrnahm.
Ein fauchender Aufschrei rüttelte mich auf und ruckartig drehte ich den Kopf, blickte mich hektisch um.
Mein Bruder drehte sich wie verrückt im Kreis, beinahe so, als würde er seinen eigenen Schweif jagen, doch es war ernster.
Er buckelte und schnappte nach seinem Rücken, auf dem sich Toma, der Jaguar festklammerte und trotz der Gegenwehr zuzubeißen versuchte.
Mir entkam ein Frauchen.
Natürlich würde keiner eingreifen.
Wut jagte einer Feuersbrunst gleich durch meinen Körper. Mein Fell sträubte sich.
Niemand tat meinem Bruder etwas. Absolut niemand.
Wie von fremden Mächten gelenkt, sprang ich vorwärts, obwohl ich viel kleiner war als sie.
Mit voller Wucht prallte ich gegen Tomas Körper, aber er ließ nicht locker, schnappte mit den Zähnen nach Rians Mähne.

So heftig, dass es uns alle drei zu Boden riss.
In mir grollte es und ich erkannte mein eigenes Knurren kaum wieder.
Keine Zeit zu denken.
Noch immer hielt das Maul die Mähne, riss meinen Bruder herum. So weit, dass er schon um Luft rang.
Und Toma ließ einfach nicht locker.
Ohne zu überlegen, drängte ich mich zwischen die riesigen Raubkatzen, drängte sie irgendwie auseinander.
Doch der Jaguar gab nicht auf.
Mit meinen Zähnen schnappte ich nach seiner Schnauze, biss so fest zu, wie ich konnte.
Toma trat gleichzeitig nach mir, die gelben Augen wild entschlossen.
Rian jaulte und fauchte unter unseren sich windenden Körpern, rang immer noch um Luft.
Ich knurrte und griff noch verzweifelter an. Nicht mein Bruder.
Immer heißer brannte die Kraft in meinem Blut. Mehrmals biss ich zu, ehe ich den Jaguar richtig erwischte. Fell durchdrungen. Fleisch zerrissen. Blut in meiner Schnauze.
Endlich zuckte er zurück, aber ich war wie im Rausch.
Er konnte doch noch mal angreifen.
Mit voller Wucht warf ich mich gegen Toma, hatte noch nie solche Kraft in mir gespürt und war schneller und stärker als er, wie auch immer das möglich war.
Die Macht vibrierte wie wild in meinem Körper.

Für einen Augenblick war mir, als könne ich jedem Carnivoren im Rudel das Fell herunterreißen und ich wollte genau das bei Toma tun.

Der Gedanke brachte mich wieder halbwegs zu Sinnen, aber ich taumelte unter der ungewohnten Kraft, die nur langsam abklang.

Was war mit mir passiert?

Ringsum ertönte Heulen, Jaulen, Bellen und Brüllen.

Verwirrt drehte ich mich am Kreis.

Dann entdeckte ich das Blut am Rücken meines Bruders.

Es war sonst keiner mehr übrig. Verschiedene Raubtiere lagen verwundet am Rand der Lichtung, stimmten dennoch in den Rudelgesang mit ein.

Mein Herz überschlug sich. Ich war als Einziger übrig und unverletzt.

Rian trat auf mich zu.

Ich schluckte.

Dann drückte sich seine mächtige Stirn gegen meine.

Glückwunsch, kleiner Bruder. Da hat die Göttin gewählt., drang seine Stimme durch meinen Kopf.

Fassungslos nahm ich das Ergebnis auf.

Beim Mond, wie hatte das passieren können? Hatte Rian recht? War es der Wille der Göttin gewesen? Oder doch nur meine überschäumende Wut?

Durch seine Wunde nicht verwandelt kam Vater auf mich zu und nickte mir zu.

Erneut schluckte ich. Wenn er nicht mehr konnte, sollte ich dieses Rudel führen.

Ich blickte mich um, rappelte mich hoch, hob den Kopf und schrie laut auf, teils fauchend, teils jaulend und nicht ganz ein Brüllen.
Und wieder heulten, bellten, brüllten und jaulten die Mitglieder des Rudels, die verschiedenen Raubtiere.

Colin – Katzen

Etwas war mit einem Mal anders. Die Hitze veränderte sich.
Es war wie ein glühendes Knistern in meinen Adern, meinem Blut.
Heiß rann es in meinen Nacken.
Brennende Nadeln schienen meine Haut zu durchstechen. Immer mehr und mehr.
Alle Haare auf meinem Körper schienen sich aufzurichten, zu sträuben.
Waren es mehr als sonst?
Im nächsten Moment fuhr ein scharfer Schmerz meine Wirbelsäule entlang und verbog mich.
Ich schnappte nach Luft und riss die Augen auf.
Es tat weh und gleichzeitig fühlte es sich so gut an, so natürlich, so ich. Als wäre der Schmerz ein süßes Versprechen, das ich mit ganzem Wesen willkommen hieß.
Unwillkürlich glitt ich vom Bett hinab. So hart, so scharf und so mein.
In einer Bewegung sank ich auf alle viere, bog den Rücken in heißem, süßem Schmerz, während sich alles änderte. Pfoten, Fell, Ohren, Zähne, Schweif,

Körperbau. Jeder Teil meines Körpers war anders, der Schmerz fort.

Ich fühlte mich groß und stark und angriffslustig und, ohne mich anzusehen, schön.

Woher nur kamen diese Gedanken?

Mächtig und gleichzeitig drehte ich mich um mich selbst.

Mir war immer noch warm.

Mein Schweif wies irgendwie Ringe auf, soweit konnte ich sehen.

Es dauerte einige Augenblicke, bis mir der große Spiegel einfiel, der sich an einer Wand befand.

Etwas tapsig und taumelig, ungewohnt, bewegte ich mich durch den Raum.

Und erschrak mich kurz darauf vor meinem eigenen Spiegelbild.

Mondin, wie war das möglich?

Mit geweiteten, gelben Augen starrte ich mich selbst an. Mein Abbild im Spiegel. Eine Raubkatze, auch wenn ich nicht wusste, was für eine. Keine der typischen Großkatzen, keine übergroße Hauskatze und auch keine gewöhnliche, nur größere Wildkatze. So eine Katze kannte ich noch nicht. Eine seltene vielleicht.

Doch diese Gedanken verblassten schnell, denn ich war vollkommen überrascht.

Wir verwandelten uns nicht in Karnivore, in Fleischfresser, und doch hockte ich als merkwürdige, große Katze auf dem Boden unseres Gästezimmers.

„Colin, wie geht es dir?", drang eine Stimme durch die Tür an meine Ohren.

Heftig fuhr ich bei dem Klang zusammen. Meine Familie durfte mich so nicht sehen. Die Herde schon gar nicht.
Etwas ungelenk, aber so schnell, wie ich konnte, hastete ich zum offenen Fenster und sprang hinaus.
Springen war so viel leichter, als auf allen vieren zu laufen.
Nach zwei Sätzen verschwand ich im Wald, tauchte in die Schatten ein, die mich willkommen hießen.
Noch immer war mir sehr warm, aber im Schatten ging es weit besser.

Anfangs war es merkwürdig, ungewohnt, und ich etwas ungeschickt auf den katzigen Pfoten, doch überraschend schnell fand ich mich ein, ließ mich treiben und lief durch den Wald. Immer weiter und weiter, folgte dem Instinkt, der mich zum Laufen animierte und vorantrieb.
Mein Schweif schwang hin und her, war der perfekte Körperteil, um das Gleichgewicht zu halten und einzelne noch ungelenke Bewegungen auszubalancieren.
Herrlich fühlte sich das an, dieses Laufen und dieser gewaltige Körper.
Lediglich das Fell und mein Körper fühlten sich noch immer zu warm an, etwas, das sich eigentlich mit der Wandlung ändern sollte.
Plötzlich geriet ich ins Stocken und bremste hart ab.
Unruhig streckte ich die Nase in den Wind, schnupperte den Duft, der in der Luft lag und sich

veränderte. Würziger und schärfer. Abschreckend und verlockend zugleich.

Aufgewühlt scharrte ich mit einer Pfote. Mein Herz raste.

Erst nach einigen Momenten wurde mir bewusst, dass ich mich wohl an den Reviergrenzen befand. Hinter mir das der Herbivore, vor mir das Gebiet der Carnivoren.

In mir rumorte es.

Wo gehörte ich denn nun hin?

Ein jämmerlicher Laut zwischen Fauchen und Jaulen entkam mir.

Meine Ohren zuckten.

Ein Knacken.

Erschrocken drehte ich mich und ein krautiger Geruch stieg mir in die Nase.

In meinem Kopf geschah etwas, machte mich taumelig. Der Duft erzeugte ein Bild in meinem Hirn.

Ein Tapir.

Noch etwas. Ein Hirsch.

Möglicherweise Mama und Papa. Der Tapir und die Hirschkuh.

Wieder rebellierte etwas in mir. Sie durften mich so auf keinen Fall sehen.

Mit einem mulmigen Gefühl in der Magengegend überschritt ich die Grenze und wagte mich zögerlich ins fremde Revier vor.

Nur langsam bewegte ich mich von meinem angestammten Gebiet fort, fühlte die Erde unter meinen Pfoten so vertraut und doch merkwürdig fremd.

Objektiv gab es keinen großen Unterschied, aber mein Gefühl schien etwas anderes zu flüstern.

Brummend streckte ich mich auf dem Stein im Schatten aus. Die Oberfläche war herrlich kühl und milderte die Wärme, die mir immer noch zu viel war.
Das tat so gut.
Genießerisch räkelte ich mich darauf, spürte das Vibrieren in meiner Brust und hörte staunend mein eigenes Schnurren. Es kam so unerwartet, dass ich aufschreckte und den Laut mit einem scharfen Einatmen beendete.
Ich hatte mich in eine Katze verwandelt. Eigentlich sollte ich mit bestimmten Dingen rechnen, aber es verblüffte mich doch jedes Mal.
Und dann hörte ich ein tiefes Fauchen, das dieses Mal nicht von mir stammte.
Mit einem Satz war ich auf den Pfoten und blickte mich um.
Blaue Augen funkelten mich an. Scharfe Zähne blitzten auf. Rötlich und braun, gelegentlich gräulich war das Fell. Eine leicht gestreifte Zeichnung, wie verschwommen, und ein dunkler Streifen über dem ganzen Rücken und Schweif. Letzterer bauschig, kurz, mit dunkler Ringelung. Definitiv eine Wildkatze, aber in zweifacher Größe und damit eindeutig ein Wandler.
Wieder fauchte das Raubtier.
Ich zuckte zusammen und duckte mich.
Erst nach einem Moment wurde mir klar, dass ich nun ebenfalls ein Raubtier war.

Entschlossen rappelte ich mich hoch, straffte mich und gab meinerseits ein Fauchen von mir und sprang vom Stein.

Erst dem anderen gegenüber wurde mir bewusst, dass wir annähernd gleich groß waren. Sein Fell nur buschiger. Mein eigenes dafür etwas länger.

Erneut fauchte er, machte hoch erhobenen Kopfes einen Schritt auf mich zu.

Ein Zittern durchlief mich. Er strahlte etwas aus, mächtig, stolz, autoritär und unerwartet schön.

Verwirrt taumelte ich zurück.

Was war mit mir los? Wer war diese Katze? Oder eher Kuder?

Das Geschlecht, zumindest was den Körper anging, erkannte ich auf eine unterschwellige, instinktive Art.

Mir pochte das Herz bis zum Hals.

Er kam auf mich zu.

Was wollte er von mir?

Verwirrt schüttelte ich mich, fuhr herum und stürmte davon. Das konnte ich gerade nicht. Ich verstand es nicht einmal.

Wie von den wildesten Raubtieren gejagt, hetzte ich davon und stoppte erst, als ich vom Waldrand unser Haus sehen konnte. Automatisch war ich zurück nach Hause gelaufen.

Wenigstens etwas.

Aber so, als Katze, konnte ich mich meiner Familie nicht zeigen.

Es musste mir gelingen, mich zurückzuverwandeln.

Aus meinem Gedächtnis rief ich mir das Bild meiner Hände und meiner Haut vor Augen, forderte meine menschliche Gestalt ein.

Und entgegen allem, was ich von meiner Familie gehört hatte, ging es blitzschnell, war so leicht und natürlich wie Atmen.

Obwohl das Fell verschwand und ich nackt zwischen den Bäumen hockte, war mir immer noch so unglaublich warm, wenn auch nicht mehr von Hitze erfüllt.

Ich sah mich nervös um und kletterte ins Haus zurück, sobald ich sicher war, dass ich alleine war.

Der hölzerne Boden fühlte sich merkwürdig hart unter meinen nackten Füßen an.

Für einen Moment verspürte ich das Bedürfnis, den Bodenbelag mit den Krallen aufzureißen und etwas Weicheres freizulegen.

Lächerlich. Mein Verstand wusste, dass es nicht so leicht war.

Aramis – Gefahr voraus

Irritiert hockte ich zwischen den hellen Stämmen der Birken und starrte in die Richtung, in der die andere Katze zwischen Büschen und Eschen verschwunden war. So schnell, als wäre er auf der Flucht.

Dabei hatte ich ihn nur ein wenig angefaucht, weil er sich unbefugt in meinem Revier aufgehalten hatte. Er war nicht aus meinem Rudel.

Vielleicht ein Einzelgänger.

Nur warum hatte er das Revier eines fremden Rudels betreten?

Einer der kämpfenden Wilden schien er jedoch nicht zu sein, so wie er geflohen war.

Unter normalen Umständen wäre ich ihm durchaus gefolgt, aber ein scharfes, warnendes Bellen ließ mich innehalten.

Mein Blick schweifte dorthin, wo der Fremde zwischen den Bäumen verschwunden war.

Ich musste mich selbst an die Ereignisse zwei Nächte zuvor erinnern. Nach dem Ritual trug ich eine Verantwortung für das Rudel und sollte mich nicht leichtfertig in Gefahr begeben.

Kurz schüttelte ich mich und lief in Richtung Rudel. Da musste doch etwas passiert sein.

Dennoch konnte ich nicht verhindern, dass ich immer wieder an diese fremde Katze denken musste.

Ein Männchen mit langem, hellgrauen Fell und dunklen Streifen. Ein langer Schweif mit mehreren Ringen. Die Zeichnung sauberer als meine.

Und sehr schön, mit den großen Pfoten, größer als meine.

Doch das für mich Bewegendste war, dass ich endlich mal eine Katze in meiner Größe getroffen hatte. Zum ersten Mal überhaupt. Faszinierend.

Unwillkürlich fiel mir sein Duft wieder ein. So seltsam wie sein Verhalten. Überwiegend würzig, nur ein wenig scharf und außerdem etwas von Kräutern. Letzteres am ungewöhnlichsten. So etwas gehörte sonst eher zu Herbivoren.

Hatte er Umgang mit denen? Oder gab es einen anderen Grund?

Meine Gedanken waren noch lange nicht fertiggedacht, zu Ende geführt, als ich zum Rudel stieß.

Ein merkwürdiges Gefühl erfüllte mich, als die Rudelangehörigen vor mir auseinanderwichen, mich respektvoll durch sie hindurchgehen ließen, durch einen Tunnel aus Fellen unterschiedlichster Art. Bären, Hunde, Wölfe, Katzen, Marderartige und noch andere Raubtiere.

Ich zwang meine Gedanken von der fremden Katze weg und konzentrierte mich auf das Rudel. Das war gerade wichtiger. Zumindest sagte mir das mein Verstand.

Mein Gefühl schien anderer Meinung zu sein.

Vor Vater stoppte ich. Ein Verband war noch immer um seinen Oberkörper gewunden, aber es ging ihm besser.

Eine große Erleichterung für mich. Aus vielerlei Gründen.

Noch konnte ich von ihm lernen und es bedeutete auch, dass ich noch nicht die volle Verantwortung für das Rudel übernehmen musste. Immerhin war ich gerade erst erwachsen geworden.

Über die mögliche Verpflichtung für die Zwillinge wollte ich gar nicht nachdenken.

Wie aufs Stichwort schmiegten sich die Köpfe zweier Wolfswelpen an meine Beine.

Sofort löste sich etwas von der Spannung in mir und ich bückte mich hinab, um einen der beiden am Nacken hochzuheben.

Ein seltsames Gefühl erfüllte mich, als ich mich neben Vater auf dem großen Felsen niederließ.

Um mich davon abzulenken, setzte ich einen der Zwillinge zwischen meinen Vorderpfoten ab. Der andere schmiegte sich von der Seite an mich.

Vaters Hand fuhr mir über den Kopf und ich leckte ihm einmal über das Handgelenk, schmeckte etwas Salz vom Schweiß.

Er griff nach dem Welpen neben mir und setzte ihn sich auf den Schoss, während sich immer mehr Mitglieder des Rudels an unserem Versammlungsort einfanden, dem Ruf folgten.

Manche verwandelten sich zurück. Andere blieben in Tiergestalt, so wie ich.

„Willkommen", tönte Vaters tiefe Stimme über den Platz. „Nach dem Ritual vor zwei Tagen wird es euch wundern, dass wir nun erneut zusammenkommen, aber es wird nun noch gefährlicher als bisher. So wie es zu hören ist, rotten sich die Wilden immer mehr zusammen. Deshalb wird es nötig sein, zu ungewöhnlichen Maßnahmen zu greifen."

Die aufkommende Unruhe im Rudel brachte mich dazu, mich ruckartig zurückzuverwandeln.

„Was meinst du?", stellte ich ihm die Frage, die viele zu bewegen schien.

„Ich fürchte, dass es vonnöten ist, dass wir Gespräche mit den Herbivoren führen", verkündete Vater ganz ernst.

Knurren, Brummen und Fauchen erfüllten die Luft.
Das Rudel war definitiv nicht begeistert.
Ich konnte sie verstehen. Wir waren anders.
Herbivoren und Carnivoren gehörten nicht zusammen.
Und dennoch…
„Er hat recht", stimmte ich Vater nur halbherzig zu.
Aber wir hatten Probleme. Beide Wandlergruppen.
Zumindest was die Wilden anging, waren es ähnliche Probleme.
„Ich will keinen Zusammenschluss, aber in Anbetracht der letzten Ereignisse…" Dabei wies er auf den Verband, der seine Wunde bedeckte. „… wäre es für eine gewisse Zeit womöglich angebracht, eine Allianz zu schließen."
Ich nickte zustimmend. Die widerstrebenden Laute wurden geringer.
Brummend fuhr ich dem Welpen vor mir mit einer Hand durch das dichte Fell.
Wie das mit der Allianz genau ablaufen sollte, war mir noch nicht klar, aber im Augenblick waren sämtliche Wandler in Gefahr.
Mir stellten sich die Nackenhaare auf. In Tiergestalt hätte ich das Fell gesträubt.
„Wäre doch nur die Prophezeiung schon in Erfüllung gegangen", hörte ich kurz darauf die Älteste murmeln.
Ich schluckte. Da war ich mir nicht so sicher und ich hatte das Gefühl, dass jemand mir gegen die Fellrichtung über den Körper geleckt hätte. Ein fieses Gefühl.

Colin – Allianz?

Andenkatze.
Nachdem es mir wieder besser ging, war ich in mein Zimmer unter dem Dach zurückgekehrt und hatte so getan, als wäre ich nur krank gewesen.
Für mich selbst hatte ich nachgeforscht, mich als Katze ganz genau im Spiegel betrachtet und alle möglichen Katzenarten recherchiert.
Und da hatte ich es gefunden. Ich wandelte mich in eine Andenkatze oder auch Bergkatze genannt. Ein Raubtier, das in kalten Regionen lebte und ungewöhnlich langes Fell hatte. Kein Wunder, dass mir immer zu warm war.
Nur warum war ich überhaupt eine Raubkatze, wie war es dazu gekommen. Meine ganze Familie bestand aus Herbivoren.
Immer wieder stellte ich mir diese Frage und kam zu keinem Ergebnis.
Es war zum Fauchen, zum Teppich zerfetzen und Kissen zerbeißen.
„Colin", ertönte ein Rufen, begleitet von einem Klopfen an meiner Tür. „Komm raus."
Onkel Andreas – eigentlich Großonkel – unser Herdenführer stand nun also vor meiner Tür.
Hatte mich vielleicht doch jemand gesehen?
Angespannt schluckte ich, aber es hatte keinen Sinn, sich zu verstecken.
Eilig schloss ich den Browser mit den Infos über Andenkatzen und erhob mich, um zur Tür zu gehen.

Mein Herz pochte vor Nervosität heftiger.
Kurz krampften sich meine Finger zusammen und mir war, als wollten sich Krallen herausdrängen. Zum Glück hörte das auf.
Als ich die Tür öffnete, wirkte Onkel Andreas nicht böse, nur angespannt.
Ich konnte ihn deutlicher riechen, als ich je erwartet hätte. Eine Mischung aus Kräutern und Beeren, so absolut intensiv, dass ich befürchtete, mich verwandelt zu haben, wenn ich nicht mit Kleidung auf zwei Beinen gestanden hätte.
„Komm mit", sagte er schlicht.
Ich nickte nur, brachte kein Wort heraus.
Vielleicht war es auch besser, wenn ich erst einmal nichts mehr sagte.
„Er hat sich noch nicht verwandelt. Das ist Wahnsinn", hörte ich Mama schimpfen.
„Genau", pflichtete Papa ihr bei.
„Rael, Philipp, macht euch keine Sorgen", warf Tante Feline – meine Großtante – ein. „Sie werden das nicht wissen und in menschlicher Gestalt wirkt er ziemlich kräftig. Das brauchen wir dafür."
Hörte sich ganz so an, als hätte mich noch keiner gesehen. Es schien, um etwas anderes zu gehen.
Die Spannung in meinen Muskeln lockerte sich etwas.
Trotzdem war ich noch immer nervös.
Zusammen mit unserem Herdenführer betrat ich das Wohnzimmer, in dem mehr als nur drei vermutete Wandler saßen.
Auf jeden Fall war kein Sitzplatz mehr frei. Nur noch der Boden.

Ich blieb lieber stehen, auch wenn die Gerüche wie ein Sturm auf mich einprasselten. Kräuter, holzig und feuchtes Gras. So assoziierte ich sie jedenfalls.
Immer noch nicht verstand ich so ganz, aber ich gewann mehr und mehr den Eindruck, dass Herbivoren und Carnivoren sich in mehr als nur dem Essen unterschieden. Zumindest was uns Wandler anging.
Selbst unverwandelt fühlte ich mich mächtig, überlegen und so stark wie nie zuvor. Außerdem schienen meine Sinne besser zu sein, wie ich in diesem Raum wieder einmal bemerkte.
So viel ich gehört hatte, war das bei Herbivoren nicht der Fall.
Taumelig von den vielen Eindrücken lehnte ich mich gegen eine Wand und schloss kurz die Augen.
Trotzdem gab es einen Teil in mir, der springen wollte, mit den Krallen zuschlagen, die Pfoten über lebendigen Körpern zusammendrücken und meine Zähne in heißes, blutiges Fleisch schlagen.
Dieses Verlangen ließ mich erschauern.
„Geht es dir gut?", fragte Jenna besorgt.
„Geht schon."
„Vielleicht sollte er doch hierbleiben", sagte Tante Feline ernst.
Als ich die Lider hob, war ihr Blick fest auf mich gerichtet.
Ich war nur erleichtert, dass sie nicht wittern konnten, in was ich mich verwandelte. Da galt ich für den Moment lieber als schwach oder krank.

„Wir werden sehen", brummte Onkel Andreas nachdenklich.
Lediglich seine Gefährtin war in der Lage, ihn von einem Entschluss abzubringen.
Das war bei den meisten Herdenführern in der Vergangenheit so gewesen.
„Was ist überhaupt los?", wollte ich nun wissen, blieb jedoch an die Wand gelehnt stehen.
Mit den veränderten Sinnen musste ich definitiv noch lernen, zurechtzukommen.
„Die Wilden organisieren sich. Immer stärker. Gegen uns und auch gegen die Karnivoren. Deshalb haben sich die Karnivoren an uns gewandt und um eine Allianz gegen die Wilden zu bilden, ihre Ausbreitung zu stoppen", erklärte Jenna und ein Schauer überlief mich.
„Und ihr glaubt, dass wir ihnen trauen können?", erkundigte ich mich zögerlich.
Normalerweise hielt die Herde doch nicht das Geringste von Karnivoren. Natürlicher Feind und so.
„Das wissen wir noch nicht", gab Mama zu. „Deshalb wollen wir uns auf neutralem Grund treffen. Alle bleiben in Menschengestalt. Natürlich bleiben genug Wandler hier, um unser Gebiet für diese Zeit zu schützen. Für länger würde es wohl nicht reichen, aber für einige Tage wird es gehen."
„Verstehe", murmelte ich unruhig.
Das war gefährlich, aber für mich konnte es durchaus Vorteile haben. So würde ich vielleicht mehr über die Fähigkeiten eines Raubtiers, meiner Andenkatze, erfahren.

Unruhe brach aus.
„Wir müssen bald los", verkündete Onkel Andreas und die Aufregung des Aufbruchs wurde größer.
So viele Geräusche gleichzeitig ließen meine Ohren klingeln.
Dennoch löste ich mich von der Wand und geriet wegen all der Eindrücke erneut ins Taumeln.
Mit einem Satz war unser Herdenführer bei mir.
„Du bleibst zu Hause und ruhst dich aus", bestimmte er nun.
In meiner Brust ballte es sich unangenehm zusammen, als ich ein Knurren unterdrückte. Viel zu auffällig.
Dabei wollte ich knurren und fauchen und die Zähne blecken. Meine Krallen in irgendetwas hineinschlagen.
Womöglich war es doch besser, wenn ich die anderen nicht begleitete. Das wäre echt nervenaufreibend und Sinne überreizend.
Zu Hause konnte ich die Andenkatze vielleicht trainieren. Da hätte ich Zeit und Platz, wenn meine Familie nicht daheim war.
„Ist gut", brummte ich nur.
Ein schwacher Abklatsch dessen, was ich wirklich tun wollte. Alles in mir fühlte sich zum Reißen angespannt an.
Übelkeit verkrampfte meinen Magen.
Irgendwie würde ich froh sein, wenn ich endlich wieder alleine wäre.
Die Versammelten erhoben sich und mein Blick traf auf Corvins. Er war aufgekratzt und fast fröhlich.

Natürlich. Als Rabe war er ein Omnivore und hatte sich für unsere Herde entschieden, aber sein Bruder lebte beim Karnivorenrudel. Er war sicher froh, ihn mal wieder zu sehen.

Auf hellgrauen Pfoten lief ich in meinem Zimmer hin und her. Mein Schweif schwang ganz leicht herum, zuckte vor Nervosität.
Diese Allianzsache machte mir Sorgen.
Ob das klug war? Ob es helfen würde? Ob mein Problem dadurch kleiner wurde?
Leise fauchend fuhr ich mit den Pfoten über den festen Boden. Eigentlich wollte ich kratzen und reißen, die Krallen ausfahren und darüberfahren lassen, aber ich konnte nicht.
Wie funktionierte das?
Wieder lief ich hin und her.
Ich war aufgekratzt und musste mich bewegen. Das Zimmer wirkte viel zu klein.
Ohne lange zu überlegen, sprang ich zur Tür.
Zum ersten Mal verstand ich die Schwierigkeiten, die Tiere mit Türklinken hatten. Beinahe hätte ich sie abgerissen.
Doch ich wagte es nicht, aus dem Fenster zu springen, auch wenn ich gehört und gelesen hatte, dass Katzen immer auf den Pfoten landeten.
Nach etwas Mühe hatte ich die Tür endlich geöffnet und machte, dass ich ins Erdgeschoss kam.
Die nächste Herausforderung war die Treppe als Katze hinabzusteigen.

Natürlich hätte ich mich zurückverwandeln können, aber ich wollte es nicht. Gerade wollte ich auf vier Pfoten bleiben, mit aller Kraft laufen und noch viel mehr.

Der Wunsch kitzelte mich so sehr.

Zum Glück stand ein Fenster offen, sodass ich hinausspringen konnte. Noch eine Tür hätte mir so gar nicht gepasst. Das dauerte so irre lange.

Als ich mich dem Wald näherte, wünschte ich mir, dass diese Allianz zustande kam, denn dann würde ich vielleicht jemanden finden, der mir helfen würde, mit meinem Tier zurechtzukommen.

Aramis – Anfänger auf Samtpfoten

Verantwortung.

Ich hasste dieses Wort. Es wäre vielleicht besser gewesen, wenn ich nicht angetreten wäre.

Doch so war es nun und da meine Familie mit einigen anderen Wandlern zum Treffen mit den Herbivoren aufgebrochen waren, hatte ich das Kommando.

Das gefiel mir und auch einigen der älteren Rudelangehörigen nicht besonders. Gerade erst war ich alt genug, um nach den Gesetzen der Wandler als erwachsen zu gelten.

Und ich musste einfach raus, ein bisschen den Kopf freibekommen, laufen und eventuell sogar jagen. Mal sehen.

Aufgewühlt steuerte ich auf vier Pfoten die Fichten an, die sich hinter der Villa befanden.

Schatten und Licht wechselten sich ab, während ich durch den Fichtenwald lief. Immer weiter. Weg vom Rudel und der Verantwortung.
Einfach raus, zur Ruhe finden.
Nach einer Weile wurde es über mir dichter, anders.
Die Fichten gingen Schritt für Schritt und Sprung für Sprung in Laubwald über. Rotbuchen, Eichen, Eschen, Birken, vereinzelte Kiefern und Fichten bildeten einen Mischwald und die Baumkronen gaben dem Sonnenlicht einen sanften, grünen Schimmer.
Für wenige Augenblicke hielt ich inne, genoss die Atmosphäre, die Düfte und Gerüche, das weiche Leuchten, ehe ich meinen Weg fortsetzte.
Freiheit. Grenzenlose Freiheit. Wild. Und laufen, einfach laufen, die Nase in den Wind strecken. Die Luft im Fell spüren. So unglaublich herrlich.
Zumindest bis ich mit einem Mal wieder diesen Duft in der Nase hatte. Würzig, scharf und kräuterartig. Die fremde Katze.
Auf leisen Pfoten folgte ich der Fährte, die ich aufgenommen hatte.
Bald hörte ich ein frustriertes Fauchen. Da war jemand wohl echt ärgerlich.
Langsam und lautlos schlich ich mich näher und entdeckte den Körper zwischen Buche und Birke. Ein heftiges Schütteln lief durch ihn hindurch.
Ich spannte mich an. Noch einmal würde ich ihn nicht davonlaufen lassen. Ganz sicher nicht.
Dann sah ich etwas flattern und er sprang.
Den amüsierten Laut, der mir entkommen wollte, unterdrückte ich, bevor er mich hören konnte.

Das war ein Vogel und ich musste das Schnauben zurückhalten.
Diese Katze bewegte sich beim Versuch, das Tier zu fangen, so unbeholfen und untrainiert, dass ich bezweifelte, dass er jemals vorher gejagt hatte.
Und sich dann an einem Vogel ausprobieren. Konnte ein echter Anfänger sein, auch wenn seine Größe und das vermutliche Alter das sehr merkwürdig machten.
Neugierig geworden, beschloss ich, der Katze eine Weile zu folgen. Das war einfach zu interessant.

Nach einer Weile war ich fast sicher, dass es sich um einen Anfänger handelte, egal wie komisch es war.
Schweratmend ließ er sich schließlich am Fuß einiger Felsen nieder. Sehr leichtsinnig, aber die perfekte Möglichkeit, auch meine letzten Zweifel zu beseitigen.
Vorsichtig sprang ich auf einen der Felsen und schob mich darüber, blickte von oben auf die grau-dunkel gemusterte Katze hinab.
Das Raubtier war eigentlich sehr schön, aber ich wusste nicht, was ich genau von ihm halten sollte.
Kurz schüttelte ich mich und ließ mich vom Felsen herabfallen, direkt auf seinen Rücken.
Er ruckte hoch.
Da biss ich ihm auch schon fest in den Nacken und er erstarrte augenblicklich. Katzenreflex und die endgültige Bestätigung, dass er keine Ahnung hatte.
Alles, was noch von ihm kam, war ein leises Wimmern.

Einige Sekunden hielt ich ihn so fest, bis ich letztlich doch losließ und von seinem Rücken sprang, vor ihm landete.

Mit schreckgeweiteten Augen duckte er sich zurück an den Felsen.

In mir schlug der Wunsch auf, ihn zu packen, hinabzudrücken, unter mir zu vergraben.

Das ließ mich einen Moment zögern, bevor ich mich zurückverwandelte.

„Lektion eins: Gib immer auf deinen Nacken acht, denn wenn dich jemand dort packt, bist du am Ende", sagte ich knurrig zu ihm und ließ meine Hand vorschnell, nach seiner Pfote greifen. „Merke dir das."
Ich drückte in seine Tatze, sodass die Krallen ausfuhren. „Und jetzt wandele dich."

Er fauchte nur als Reaktion.

Ich atmete tief durch.

„Ich bin Aramis und ich kann dir nur helfen, wenn wir miteinander reden", sprach ich weiter auf ihn ein.

Ein heftiger Ruck ging durch seinen Körper und ein Jugendlicher hockte mit einem Mal im schattigen Gras.

„Aramis wie bei den drei Musketieren?", fragte er unvermittelt und ich schmunzelte ein wenig.

„Ja. Meine Mutter liebt die Geschichte und mein Vater hat zugestimmt, weil der Name auch kleiner Löwe bedeutet."

Er legte den Kopf schief. Eine katzige, instinktive Bewegung, die an ihm so ungewohnt wirkte. Die Wölbung des Halses dabei dennoch so weich und gleichzeitig so unschuldig, dass ich am liebsten darüber geleckt hätte. So verlockend und rein.

Ich schluckte. Zwar hatte ich schon Erfahrungen gesammelt, aber keine davon war so gewesen, wie das, was ich gerade tun wollte.

„Du bist aber eine Wildkatze, kein Löwe", merkte der Teenwandler mit einem winzigen Lächeln an.

„Stimmt, aber erfahrener als du bin ich." In mehr Bereichen, als er wohl dachte. „Und du scheinst jemanden zu brauchen, der dir hilft."

Colin – Ein räuberischer Lehrer?

„Und du willst mir helfen?", fragte ich beklommen.
Das war mehr, als ich zu hoffen gewagt hatte.
Blaue Augen funkelten mich belustigt an.
„Ja", sagte er und kam näher auf mich zu.
Ein Raubtier in Menschengestalt. Geschmeidig und elegant. Fast, als wäre ich eine Beute, die er jagen wollte.
Und unglaublich schön, mit dem sandfarbenen Haar, den funkelnden Augen und diesen Bewegungen.
Wie erstarrt hockte ich da und registrierte verblüfft, wie er einen Moment später seine Nase an meinem Ohr rieb.
„Du hast eine Menge zu lernen, schöner Kater", raunte er mir zu.
Verblüfft zuckte ich zurück und landete auf dem Hintern.

Aramis lachte auf und ließ sich rücklings ins Gras fallen.

„Lektion zwei: Lass dich nicht so leicht überrumpeln", sagte er schließlich zwinkernd. „Und direkt Lektion drei: Sei dir bewusst, dass du immer ein Raubtier bist, selbst wenn dein Körper menschlich erscheint."

„Okay", flüsterte ich perplex.

Aramis lachte erneut und richtete sich dabei auf.

„Dein Name?", fragte er, sobald er wieder ernst war.

„Colin", antwortete ich leise, ein wenig zögerlich.

„Gut, Colin. Dann komm mal mit. Bevor wir jagen gehen, gibt es noch eine Lektion, die du lernen solltest", verkündete Aramis zufrieden und streckte sich beim Aufstehen.

Staunend betrachtete ich seinen Körper, die sich geschmeidig bewegenden Muskeln, die Behaarung seines Oberkörpers, das tanzende Spiel seiner Oberarme. Ein unglaublicher Mann. So schön und sexy.

Nur langsam kam ich auf die Füße, war einfach zu gefangen von seinem Anblick, obwohl ich nackte Männer durchaus gewöhnt war. Immerhin war ich ein Wandler und das gehörte dazu. Damit wuchsen wir auf.

Nervös folgte ich Aramis, wusste noch nicht genau, ob ich ihm trauen konnte, aber es gab sonst keinen Karnivoren, den ich fragen konnte.

Für einen Augenblick wollte ich ihn von hinten anspringen und meine Krallen in seinen Rücken schlagen.

Es schüttelte mich.

Auf einer Lichtung stoppte mein Begleiter schließlich. „Ich nehme an, dass du noch nie versucht hast, deine Zwischengestalt anzunehmen?", fragte er mich und brachte mich damit total durcheinander.
„Zwischengestalt?", hakte ich nach.
„Oh, süße Unschuld auf vier Pfoten", stieß Aramis überraschend hervor und schüttelte amüsiert den Kopf. „Sieh genau zu, Unschuldskater."
Verblüfft starrte ich ihn bei der Bezeichnung an, konnte nicht glauben, wie er mich gerade genannt hatte.
Doch diese Gedanken verblassten bei dem, was daraufhin geschah. Zuerst war die Veränderung nur klein. Das sandfarbene Haar, das länger und zottiger wurde, die Haut, die seltsam aussah.
Doch dann wurde es mehr. Hände, die sich verbogen wie Pranken. Nägel, die zu Krallen wurden. Haut, aus der das Fell einer Wildkatze herauswuchs. Ein gebogener Rücken.
Wild funkelnde Augen. Eine verzogene Nase. Fell über den Gesichtszügen.
Volle Lippen, die sich teilten, ausgelöst von sich verlängernden Raubtierzähnen.
Halb Tier. Halb Mensch.
Voller Staunen sah ich ihn an, konnte den Anblick nicht fassen, der sich mir darbot.
Und so unglaublich es auch sein mochte, er war wunderschön. Schöner als zuvor. Ein Fell, in dem ich meine Schnauze vergraben wollte, um den würzigen,

scharfen und ein wenig stürmischen Duft von ihm noch intensiver aufzunehmen.

Ein Ruck ging durch mich hindurch. Das wollte ich auch.

Irritiert schüttelte ich den Kopf und zottiges, dunkles Haar fiel mir ins Gesicht. Meine Hände krampfte, die Wirbelsäule bog sich ein wenig. Nadelstichen gleich spross das Fell der Andenkatze aus meiner Haut.

Das Gebiss eines Raubtieres zerriss fast meinen Mund.

Es war Schmerz und Vergnügen zugleich und ich hieß es mit ganzem Herzen willkommen.

Als ich mich blinzelnd umsehen wollte, war die schöne Wildkatze direkt vor mir.

„Du bist ja ein echter Musterschüler, Colin", stellte er mit einem Schnarren in der Stimme fest und stolz erfüllte mich. „Ich wette, es dauert nicht lange, dir das Jagen beizubringen."

„Ja?", fragte ich verblüfft und hatte ein ähnliches Schnarren in der Stimme.

„Bisher lernst du schnell", merkte Aramis an.

Er hockte sich hin und instinktiv tat ich es ihm gleich.

Ein raubtierhaftes Grinsen zeigte sich in seinen Zügen.

Der Anblick zuckte heiß durch mich hindurch.

Gerade, wenn ich dachte, dass es keine Steigerung mehr geben könnte, warf er mich erneut aus der Bahn.

Eine Klauenhand berührte meinen Hals und verblüfft ließ ich ihn machen, darüberfahren.

Hart griff er mir in den Nacken und meine Muskeln verhärteten sich in der unkontrollierten Starre, die es auslöste.
„Denk an deinen Nacken", zischte er mir zu und gab mich wieder frei.
„Das ist unfair", murrte ich.
Aramis lachte und mir entkam ein Fauchen.
„Das ist Übung", erwiderte er belustigt und lehnte sich zurück. „Vielleicht gehen wir morgen zusammen jagen."
„Vielleicht?", brachte ich geschockt hervor.
Eigentlich hatte ich gedacht, dass alles geklärt sei, aber ob er mir half, stand wohl doch noch nicht ganz fest.

Aramis – Herkunft

„Vielleicht", bekräftigte ich und bleckte leicht die Zähne. „Woher soll ich wissen, dass du meine Hilfe verdienst?"
Unsicherheit verzog Colins Raubtiergesicht und sein Blick flackerte unruhig.
„Soll heißen?", forschte er leise nach.
Seine Krallenhände bogen sich und er machte den Eindruck, damit zuschlagen zu wollen.
„Ich weiß nicht genau, wer du bist, woher du kommst, was du tust", eröffnete ich rau.
Er schluckte hörbar.
„Was willst du? Ich weiß es von dir auch nicht."

„Ich bin Aramis Wilde. Wildkatzenwandler. Sohn von Rudelführer und Schakalwandler Lukas Wilde und Bärenwandlerin Emilia Wilde. Erst kürzlich hat sich gezeigt, dass ich das Rudel nach meinem Vater führen werde. Zur Zeit ist er mit einigen anderen Wandlern zwecks einer Allianz unterwegs zu einem besonderen Treffen, also habe ich hier die verdammichte Verantwortung, obwohl ich gar nicht will", erzählte ich ernst und Colin zuckte zusammen.
Sein Blick ging zu Boden und er fauchte leise.
„Ich bin Colin Kadiri." Und dann wurde seine Stimme sehr viel leiser. „Sohn von Tapirwandler Philipp Kadiri und Hirschkuhwandlerin Rael Kadiri. Und du bist der erste, der sowohl das weiß, als auch meine Wandlung kennt."
Irritiert verharrte ich, sah wie sich seine Hinterkrallen vor Unruhe drehend in den Boden gruben.
„Deine Eltern sind Herbivoren?", vergewisserte ich mich noch einmal und er nickte ganz leicht.
Das erklärte so einiges. Vegetarier.
Natürlich jagten sie nicht.
Plötzlich fiel mir jedoch etwas auf.
„Du verwandelst dich, aber sie wissen nicht in was?", hakte ich schnarrend nach.
„Erst seit kurzem", wisperte er mit einem Knarzen im Ton.
„Du verwandelst dich erst seit kurzem in eine Katze."
„Überhaupt verwandeln", hauchte Colin rau.
In diesem Moment fielen mir die Omnivoren ein. Die Allesfresser, die sich erst nach dem Kindesalter verwandelten, zu Beginn der Pubertät.

War es bei Herbivoren auch so, dass sie nicht von klein auf ihre Gestalt wechselten?
„Herbivoren verwandeln sich mit der Pubertät wie Omnivoren?", hakte ich erstaunt nach.
„Nein. Später. Ungefähr beim Erwachsenwerden."
„Verstehe."
„Wann verwandeln sich Karnivoren?", wollte Colin mit zitternder Stimme wissen.
„Vom Babyalter an", eröffnete ich.
„Mondin, wow", entfuhr es ihm staunend und ich lächelte.
Immerhin lief er nicht davon.
„Gut. Morgen zur Dämmerung. Dann jagen wir."
Sein Kopf ruckte hoch. Die grüngelben Augen von Aufregung erfüllt.
„Wirklich?", fragte er leise zweifelnd.
Grinsend rückte ich nah an ihn heran, rieb meine Nase erneut an seinem Ohr, atmete den würzigen, scharfen und kräuterhaltigen Duft ein, der von ihm ausging. Eine verlockende Kombination.
„Ganz wirklich. Morgen, an den Steinen, an denen wir uns zum ersten Mal begegnet sind", schnurrte ich ihm ins Ohr, wich mich drehend zurück und verwandelte mich komplett.
Vom Waldrand aus blickte ich noch einmal zurück.
„Ich werde da sein", murmelte Colin, dann lief ich los. Von ihm hörte ich nichts weiter.
Hoffentlich tat ich wirklich das Richtige, indem ich ihm half, aber er hatte so keine Ahnung davon, wie es war, ein Raubtier zu sein.
Da konnte ich ihn unmöglich alleine lassen.

Colin – Alte Freunde

Ich wusste es schon, kurz bevor ich den Waldrand erreichte und stoppte.
Zwei Personen, deren Anwesenheit holzig und krautig roch.
Unverwandelt, denn ich konnte die Tiere nicht identifizieren, aber es mussten Herbivoren sein.
Selbst Aramis hatte die Grenze nicht überschritten.
Das war ich gewesen und anstatt mich zu jagen oder zu bestrafen, wollte er mir helfen. Unglaublich diese Wildkatze.
Ich schluckte und verwandelte mich zurück. Besser nackt aus dem Wald kommen, als auf den Pfoten meiner Andenkatze.
„Colin", ertönte eine vertraute Stimme und ließ mich innerlich erkalten.
Widderwandler Baran. Irgendwann waren wir Freunde gewesen, hatte ich zumindest gedacht.
Ich sah zu ihm und wie zu erwarten gewesen war, befand sich Gazellenwandler Oskar an seiner Seite.
Das war seit etlichen Monaten so.
Meine Finger krümmten sich.
Mühsam hielt ich die Wandlung zurück, die Krallen, die hervortreten wollten.
Ganz genau erinnerte ich mich an die Ereignisse. Noch vor ihren Wandlungen waren sie ein Paar geworden. Da hatten wir schon weniger Zeit

miteinander verbracht. Nach ihren Wandlungen gar nicht mehr.

So viel zum Thema Freundschaft.

„Was wollt ihr?", fragte ich dunkel, konnte das Knurren gerade so aus meiner Stimme heraushalten, auch wenn es sich grässlich unnatürlich anfühlte.

Ich krümmte die Finger einer Hand, als wären es Krallen. Das half ein wenig.

„Wir dachten, da du jetzt alleine im Haus bist, könntest du Gesellschaft gebrauchen", kam es vorsichtig von Baran.

„Halt die Hufe still. Ich komme klar", erwiderte ich scharf, nahe daran zu fauchen.

Ich wollte gar nicht mit ihnen zusammen sein.

„Bist du immer noch sauer?", fragte Oskar leise.

„Sollte ich nicht?", gab ich grimmig zurück.

Ob eine Andenkatze eine Gazelle erbeuten konnte?

Mein eigener Gedankengang erschreckte mich und mit schnellen Schritten ging ich auf das Haus zu, sprang durch das offene Fenster hinein.

Leider hatte ich ihre Hartnäckigkeit unterschätzt, denn die beiden Herbivoren folgten mir ins Innere.

Mich schauderte kurz.

Ich griff nach einem der Morgenmäntel, die im Wohnzimmer hingen. Sicherheitsvorkehrung für mögliche auftauchende Menschen, wenn man gerade verwandelt war.

Obwohl ich mit Wandlern und Nacktheit vertraut war, wollte ich so nicht vor Baran und Oskar stehen.

Es fiel mir sogar leichter vor Aramis, den ich kaum kannte.

Die beiden verzogen die Gesichter.
Mir entkam ein Seufzen.
„Das mit uns hätte nicht funktioniert", warf die Gazelle unvermittelt an.
„Ich weiß. Deine Küsse waren nicht, was ich brauchte, Oskar", sagte ich schlicht, was beide zu schockieren schien.
Oskars Küsse waren seidig und irgendwie glatt. Süß, aber irgendetwas hatte eindeutig gefehlt. Noch war mir nicht klar, was es gewesen war.
Mit einem Menschen hatte es sogar noch weniger gepasst.
Oder Küssen war einfach nicht meins. Keine Ahnung.
„Wie bitte?", würgte Baran irgendwie hervor. „Du warst doch sauer."
„Wenn vermeintliche Freunde mich links liegen lassen, wenn ich fast schon ignoriert werde, dann habe ich ja wohl das Recht, sauer zu sein", schnappte ich unwillig.
Beide starrten mich an, als könnten sie es absolut nicht fassen.
„Du willst behaupten, deshalb…?"
Barans Schock war zu hören. Seine Stimme brach sogar fast.
Leise grollend ließ ich mich auf die Couch fallen, legte einen Arm über die Augen.
„Ihr habt mich weggestoßen, mich ignoriert, so getan, als gäbe es mich nicht", erinnerte ich sie dann.
Wie gerne hätte ich nun etwas mit meinen Krallen zerfetzt und zerrissen.

„Colin", kam es geknickt von Baran und ich nahm den Arm herunter, um den Widder anzusehen.
Er wirkte zerknirscht und regelrecht resigniert.
Oskar sah ihn von der Seite an. Aufgewühlt, ängstlich.
Die Duftnoten veränderten sich.
Meine Muskeln spannten sich an.
Wenn ich das doch nur richtig einordnen könnte.
In meiner Brust vibrierte es und gerade so verhinderte ich, dass ich laut aufknurrte.
„Wir wollten dir nur Zeit geben, mit der Sache zurechtzukommen", kam es von Oskar.
Ich schürzte die Lippen und setzte mich auf, die Beine angezogen.
„So toll bist du echt nicht", verkündete ich schnippisch und konnte einen weiteren Kommentar nicht zurückhalten. „Aramis gefällt mir viel besser."
Das stimmte und rief mir sein Bild ins Gedächtnis. Von den funkelnden Augen, den fellbedeckten Zügen, den gefährlichen Zähnen und scharfen Krallen. Eine Erinnerung, die mir fast schon das Wasser im Mund zusammenlaufen ließ. So schön und lockend.
„Wer ist Aramis?", wollte Baran misstrauisch wissen.
„Ein Freund."
„Deiner?", bohrte Oskar nach.
Ich schüttelte den Kopf, vermisste die langen, dunklen Zotteln zwischen den Gestalten. Gleichzeitig war der Gedanke, dass es so wäre, wie er vermutete, überaus reizvoll.
Dann erst fiel mir ein, dass Aramis irgendwann die Karnivoren anführen würde und das war nichts, was anziehend wirkte. Ruhe war mir da lieber.

Grummelnd streckte ich mich ausgiebig, so wie Aramis es nach seiner Verwandlung getan hatte. Das tat gut in den Muskeln, so bald nach der Verwandlung. Schon wieder was gelernt.
Unerwartet kam Baran auf mich zu. Sein Geruch überlagerte das andere. Holz und frischer Wind. Irgendwie so.
„Können wir nicht wieder Freunde sein?", bat er, hockte sich vor mich.
„Vielleicht", murmelte ich unsicher.
Würde er das überhaupt noch wollen, wenn er wusste, dass ich ein Karnivore war?
Eine erschütternde Vorstellung.
„Hast du deine Konsole noch?", erkundigte sich Oskar.
„Jaaaa", sagte ich langgezogen und sah zwischen dem Pärchen hin und her.
„Dann lass uns doch zocken."
Das hatte ich lange nicht mehr getan.
Mit wem auch?
Die wenigsten Wandler mochten das. Eigentlich kannte ich nur diese beiden.
„Na gut", stimmte ich zu, auch wenn es mich nicht so reizte wie früher.
Laufen war aufregender. Auf großen, hellgrauen Pfoten.
Das kam natürlich nicht infrage, ohne mich zu verraten.
„Na dann auf."
Baran klatschte in die Hände.

Ich lächelte verhalten. Wir würden sehen, was dabei am Ende herauskommen würde.

Aramis – Brüder

„Bruder", riefen zwei hohe Stimmen und die Zwillinge kamen auf mich zugerannt.
Einer wie immer voran, die blonden Zottelhaare hin und her schwingend.
Ich machte einen Schritt zur Seite und fing ihn mit einem Arm um den Bauch ab. Hatte ich es doch gewusst.
Zev war oft viel zu stürmisch und überhastet. Mit meiner Aktion bremste ich ihn erfolgreich aus.
Und aus dieser Bewegung heraus und wirbelte ihn lachend herum, was ihn lauthals jubeln ließ.
Einmal kopfüber drehen, dann zurück und wieder auf dem Boden absetzen.
Fröhlich lachte er zu mir auf, die kleinen Reißzähne blitzend.
Vuk war nun ebenfalls bei mir angekommen, die Augen groß und unverwandelt. Der Ruhigere von beiden und dennoch konnte ich in seinen blauen Augen erkennen, dass er ebenfalls spielen oder toben wollte, mich lediglich stumm darum bat.
Grinsend griff ich nach ihm und riss ihn hoch.
„Wildkatzenrodeo", rief ich und warf ihn in die Luft.
Kichernd drehte mein kleiner Bruder sich in der Luft.
Ich verwandelte mich und fing ihn auf meinem Rücken auf.

Kleine Finger gruben sich in mein Fell.
Leicht sprang ich vorwärts, buckelte spielerisch. Hätte ich ernst gemacht, wäre er sofort von mir runtergeflogen, aber diese Situation war ja nur Spiel und Spaß.
„Will auch", rief Zev zu uns herüber.
Vuk knurrte, signalisierte, dass er nicht von meinem Rücken herunter wollte.
„Wie wäre es mit Löwenrodeo?", erklang die tiefe Stimme unseres großen Bruders.
„Ja", jubelte Zev und warf begeistert die Hände in die Luft.
Rian sprang in die Luft. Abgestoßen in Menschengestalt, landend als riesiger Löwe.
Ohne den Hauch von Angst stürmte unser stürmischer Zwilling auf ihn zu und zog sich mit ein paar Bewegungen an der Mähne auf seinen Rücken, so wie ich das früher immer getan hatte.
Wandlerrodeo für die Kleinen war mal Rians Idee gewesen, als ich nicht müde geworden war, die ganze Zeit herumzutollen.
Nun sprangen wir einfach umeinander herum, duckten uns, knurrten und fauchte uns an, buckelten ein wenig.
Vuk kicherte, während Zev lauthals lachte.
Dann gruben kleine Zähne sich kitzelnd in mein Rückenfell.
Locker ließ ich mich auf die Seite fallen und ein kleiner, beigefarbener Wolf purzelte neben mir ins dichte Gras.

„Ich auch. Ich auch", rief Zev begeistert und verwandelte sich in den Wolfswelpen und schon ließ sich Rian fallen.

Nur kurz sah ich ihnen noch zu, ehe ich mich drehte und mit den Zähnen nach Vuk schnappte, ihn zwischen meine Vorderpfoten zog, während ich auf dem Boden lag.

Einige Momente später befanden sich Rian und Zev in einer ähnlichen Position, auch wenn Letzterer etwas herumzappelte, im Gegensatz zu Vuk.

Ohne lange zu überlegen, neigte ich den Kopf und leckte den Kopf des ruhigeren Zwillings ab, fing an, ihn mit meiner rauen Zunge zu putzen.

Rian versuchte dasselbe bei dem anderen, der sich jedoch wand und sich aus seiner Position herausschlängelte. Unwillig.

Sobald er auf seinen kleinen Pfoten stand, knurrte er auffordernd in Richtung seines Zwillings. Es dauerte ein paar Sekunden, bis auch Vuk sich meiner Zunge entzog und zu ihm lief.

Lauft nicht zu weit., ermahnte ich sie leicht grollend.

Beide brummten zustimmend und liefen dann weiter.

Irgendwann macht Zev allen möglichen Blödsinn und zieht Vuk in alles mit rein., kommentierte Rian und sah mich eindringlich an.

Sollte es soweit kommen, werde ich mich darum kümmern., versicherte ich ihm.

Du wirst mal ein guter Anführer., merkte er unerwartet an. *Aber für einige Zeit sollte das Vater noch tun, damit du von ihm lernen kannst.*

Ich war nicht sicher, was ich darauf erwidern sollte. Jedes Wort schien unpassend, besonders, da ich ihm quasi die Möglichkeit genommen hatte. Und dennoch hielt er zu mir. Beruhigend und verwirrend zugleich.
Bis dahin solltest du eine Gefährtin erwählt haben.
Ich fauchte. *Oder einen Gefährten.*
Eine große Zunge fuhr mir über den Kopf. Rau und feucht.
Schüttelnd entzog ich mich dieser Geste, immerhin war ich kein Junges mehr.
Ich glaube nicht, dass es in diesem Rudel ein Weibchen oder ein Männchen gibt, die für mich infrage kommen., murrte ich und streckte mich.
Unwillkürlich musste ich an die Andenkatze denken. Colin.
Ob er so wäre?
Und wie sollte so jemand sein?, erkundigte sich Rian und sah mich ruhig an.
Eine Person, der wir alle wichtig sind. Eine Person, die immer an meiner Seite steht. Eine Person so stark, dass wir auf Augenhöhe stehen. Eine Person, die für das Rudel einsteht., zählte ich auf und fügte nur für mich noch Dinge hinzu.
Geschmeidige Bewegungen. Ein wildes Wesen. Körperlinien so schön geschwungen.
Unwillkürlich musste ich an den Wunsch denken, über Colins Hals zu lecken, und presste die Zähne aufeinander.
Ob er das konnte? Zum Rudel stehen?
Es fiel mir schwer, daran zu glauben. Er kannte kein Rudel, nur eine Herde.

Das ist für das Rudel, nicht für dich., kam es ernst von Rian. *Wenn du meinen Rat hören willst, suche dir jemanden, der dich glücklich macht. Eine Person, die dich so sehr liebt, dass sie dich dafür im Rudel unterstützt.*
Ich fauchte. Wenn das mal so einfach wäre.
Rian sprang zu mir, leckte mir über den Kopf und wich zurück.
Knurrend drehte ich mich und folgte ihm.
Spielerisch rangelten wir herum und meine geringere Größe ermöglichte es mir, zwischen seinen Pfoten hindurchzuschlüpfen.
Eine Weile tollten wir so miteinander herum, bis wir um- und übereinander fielen und zu einem Fell-, Pfoten- und Klauenknäuel verwickelt waren.
Als ich meinen Kopf gegen seinen Hals schmiegte, schnurrte mein großer Bruder und es tat unglaublich gut.

Colin – Jagen

Ich streckte mich lang auf dem Boden aus, tapste dann mit den Pfoten auf und probierte es aus.
So genau wie möglich rief ich mir in Erinnerungen, welche Teile meiner Pfote auf Aramis' Drücken reagiert hatten.
Fest spannte ich sie an und fühlte die Veränderung.
Scharf schossen die Krallen heraus.
Nachdenklich betrachtete ich meine Pfote und die Klauen.

Das war eine. Drei lagen noch vor mir.
Doch nach dem ersten Mal ging es bei der zweiten Vorderpfoten ganz leicht.
Krallen raus. Krallen rein. Das war mit einem Mal ganz einfach.
Kurz krallte ich über den Holzboden und schreckte zurück. Es war nicht gut, Krallenspuren zu hinterlassen.
Eilig konzentrierte ich mich auf meine Hinterpfoten.
Die Krallen wollten nicht herauskommen. Wie eingerostet und festgeklemmt.
Fauchend schüttelte ich eine Tatze, dann die andere. Immer wieder und mit jedem Mal heftiger.
Schnapp. Krallen draußen und etwas war an meiner rechten Hinterpfote.
Ich schüttelte sie, um es loszuwerden, und hörte ein Reißen und Scheppern. Etwas zersprang.
Stoff wickelte sich zeitgleich um mein Bein. Zappelnd kämpfte ich mich frei, fauchte und drehte mich.
Die Decke war von meinem Tisch gerissen. Ein Glas und die Konsole am Boden zerschellt.
Mondin, was hatte ich da denn angerichtet?
Mein Fell sträubte sich.
Aber wenigstens konnte ich die Krallen ausfahren und vielleicht war das beim Jagen nützlich.

Während ich darauf wartete, dass Aramis auftauchen würde, hatte ich das Gefühl, mein Blut würde singen, so sehr freute ich mich darauf.
Sich streckend tauchte er in seiner Menschengestalt zwischen den Bäumen auf und kam mit

geschmeidigen Bewegungen auf mich zu. Ein Raubtier auf zwei Beinen.

Sein Blick war lauernd, fixierend und es hatte was ganz Eigenes, so raubtierhaft angestarrt zu werden.

„Abend, Colin", grüßte er dunkel und hockte sich vor mich.

Große Hände umfassten meinen Kopf und eine Stirn schmiegte sich an meine. Es fühlte sich an, als würde ich angenommen, dazugehören.

Ich gab ein leises, wohliges Brummen von mir.

„Pass auf. Jagen braucht vor allem eines: Geduld. Du musst schleichen, dich verstecken, den Wind bedenken, warten und lauern", zählte Aramis mit ernster Stimme auf. „Selbst ein erfahrener Jäger hat nicht immer Erfolg. Also ärgere dich nicht, wenn es mal nicht klappt. Wie gesagt: Geduld ist alles." Ich streckte den Kopf und fuhr mit meiner Schnauze über seine Stirn, atmete seinen scharfen, gewürzt erscheinenden Duft ein. „Am besten du folgst mir, versteckst dich und beobachtest genau, was ich tue. Und dann versuchst du es selbst."

Klang gut und ich brummte zustimmend.

Aramis rieb seine Nase an meinem Ohr, sprang zurück und verwandelte sich. Eine blitzschnelle Wandlung, sodass es schien, als würde das Fell aus ihm herausgesprengt.

Ein kurzes Schütteln und er blickte mich an.

Aufgeregt setzte ich mich in Bewegung und stoppte direkt vor ihm.

Seine Lefzen hoben sich. Er stupste mich an. Anschließend lief er los und ich folgte ihm in den dichten Wald.

Unter dem Busch kauernd ließ ich Aramis nicht aus den Augen. Sein kurzer Schweif war das einzige an ihm, was sich in der letzten Zeit bewegt hatte.
Doch dann zuckten seine Ohren und ich lauschte. Irgendetwas raschelte. Meine eigenen Ohren rotierten, um es auszumachen.
Der Schweif hielt still, die Ohren der Wildkatze fokussierten nun. Etwas kam aus dem Unterholz.
Seine Augen folgten den Bewegungen.
In mir rumorte es.
Ich brauchte alle Willenskraft, um Aramis und nicht dessen Beute zu beobachten.
Seine Hinterläufe schoben sich etwas nach hinten. Spannung erfüllte seinen Körper. Der Schweif streckte sich gerade hinter ihn.
Mit einem Satz schnellte er vor.
Fast rechnete ich mit einem Tatzenhieb, doch er streckte beide Pfoten vor, um zuzupacken.
Einige hektische Sprünge machend raste ein Hase davon.
Fauchend schüttelte Aramis sich und blickte anschließend zu mir, als wolle er mich an seine Worte von vorher erinnern. Selbst ein erfahrener Jäger hatte nicht immer Erfolg.
Sein Kopf ruckte auffordernd herum und zögerlich schlich ich mich näher heran.

Der Wind ließ die Pflanzen auf dem Feld leicht wogen und rauschen.
Ein Geräusch unterbrach den windigen Rhythmus. Etwas bewegte sich im Feld.
Tiefer duckte ich mich, durfte nicht gesehen werden.
Mein Herz pochte aufgeregt und nervös. Anspannung verkrampfte meine Glieder.
Ich wusste genau, dass Aramis irgendwo hinter mir war und mir zu sah. Das weckte meinen Ehrgeiz, denn ich wollte, dass er mich akzeptierte, und sah, dass ich es konnte.
Etwas bewegte sich zwischen den Pflanzen und ich war nur noch darauf fokussiert. Es war fast da.
Der Geruch eines Tieres füllte meine Nase. Ein Rebhuhn veranschaulichte mein Hirn.
Verblüffend so ein Karnivorenhirn.
Dann schien der Vogel nah genug. Mein Körper zuckte. Ein Satz vor. Zu kurz. Noch ein Satz.
Es rannte.
Im Sprung drehte ich mich etwas, rein instinktiv.
Meine Pfoten packten zu. Lautstark flatterten die Flügel und meine Beute schrie.
Mein Maul schnappte zu. Ich warf den Kopf hin und her.
Knackend brachen die Knochen und ich stellte die Pfoten auf den reglosen Körper, um meinen Kopf zu heben.
Aramis trat aus dem Schatten des Waldes. Seine Haltung wirkte zufrieden, möglicherweise sogar etwas stolz, und Freude erfüllte meine Brust. Das tat unheimlich gut.

Beobachtend legte er sich zwischen die Pflanzen. Zum Glück war es zu spät für Feldarbeit, sodass es ungefährlich war.
Ohne lange zu überlegen, senkte ich den Kopf, riss dem Rebhuhn einen Flügel aus, um ihn zu Aramis hinüberzuwerfen.
Er wirkte überrascht, schnappte jedoch zu.
Ich wandte mich dem Rest meiner Beute zu, riss sie auf und genoss das Gefühl des warmen Blutes, das meine Kehle hinabrann. Noch nie hatte ich rohes Fleisch gekostet, aber es war köstlich und frisch und wundervoll.
Warum hatte ich Aramis noch mal etwas abgegeben?

Aramis – Zwei Katzen

Ich streckte mich genüsslich im warmen Sonnenlicht, ließ es mir richtig auf den Pelz scheinen.
„So kann man auch seinen Nacken schützen", erklang eine belustigte Stimme und Colins Kopf streckte sich über den Felsen neben mir.
Halb verwandelte ich mich zurück und sank komplett auf den Rücken, blickte zu ihm auf. Hervorragende Aussicht.
„Ich habe um die Zeit nicht mit dir gerechnet", gab ich zu, war jedoch froh darüber.
Ich war gerne mit dieser talentierten Katze zusammen.
„Die meisten Herdenmitglieder, die noch hier sind, patrouillieren den Großteil der Zeit oder sie schlafen,

weil sie nachts patrouillieren", erklärte er mir. „Und ich habe Ferien."

Der letzte Satz rief eine Frage in mir wach: „Wie alt bist du eigentlich?"

In einer geschmeidigen Bewegung sprang er vom Granitfelsen hinab und verwandelte sich dabei halb, landete direkt neben mir im raschelnden Gras.

„Man fragt nicht nach dem Alter", sagte er halb grollend, halb neckend.

Langsam setzte ich mich auf, genoss seinen Blick, der, wenn ich mich nicht irrte, ziemlich gierig über mich glitt.

„Ich dachte, dass gilt nur für Frauen", erwiderte ich belustigt und geschmeichelt.

Colin neigte den Kopf zur Seite, schien zu überlegen und ich nutzte die Gelegenheit, meinen Blick über seinen schön geschwungenen Hals gleiten zu lassen, bedeckt von weichem, hellgrauen und schwarzgestreiften Fell.

„Ausnahmsweise", murmelte er schließlich und grinste räuberisch. „Ich bin 17."

Drei Jahre jünger als ich.

„Du gehst aber noch zur Schule?", erkundigte ich mich, erinnerte mich, dass er von Ferien gesprochen hatte.

„Ich mache Abi. 12. Klasse nach den Sommerferien", eröffnete Colin und blickte zum Wald. „Aber müssen wir reden?"

„Wir könnten auch laufen. Oder jagen. Oder herumtollen. Oder klettern. Wie du magst", bot ich ihm an.

„Ein bisschen von allem?", schlug er fragend vor.
„Das ist das Beste", stimmte ich die Zähne gebleckt zu und verwandelte mich in einer Drehung.
Am Waldrand war die Andenkatze neben mir.

Zähne schnappten nach meinem Ohr und zogen daran.
Amüsiert gab ich dem Ruck nach und ließ mich gegen Colins Katzenkörper fallen.
Fauchend strampelte er mit den Pfoten durch die Luft, um mich wegzudrücken.
Ich drehte mich und drückte die Pfoten auf seine Brust. Spielerisch deutete ich einen Biss gegen seine Kehle an und sprang anschließend zurück.
Er rappelte sich auf, die Ohren nach vorne gerichtet und die gelben Augen blitzten.
Schon sprang er wieder auf mich zu.
Ich wich ihm minimal aus.
Wenn ich gewollt hätte, hätte ich ihn locker schlagen und am Boden halten können, denn im Gegensatz zu ihm war ich kampferfahren, aber das zwischen uns war nur ein Spiel. Außerdem fühlte es sich einfach zu gut an, mit ihm zu tollen, sich gegenseitig durch die verschiedenen Bäume zu jagen und nach einander zu schnappen, ganz leicht zu beißen und sich zu kratzen.
Ein unglaublicher Tag und eine Wahnsinnskatze.

Ratsch. Knack.
Ein Fauchen.
Lautlos folgte ich den Geräuschen und kauerte mich unter einen Holunderstrauch, um sehen zu können, was los war.

Nicht einmal waren die Geräusche verstummt.
Dann sah ich die große Andenkatze, auf den Hinterbeinen, die Vorderpfoten an einem Baumstamm. Die Krallen waren ausgefahren und er zog damit tiefe Risse ins Holz hinein. Die Rinde hatte er bereits herabgerissen.
Fasziniert sah ich ihm zu. Gar nicht so schlecht.
Ich wollte ihn nicht unterbrechen, denn ich kannte dieses Verlangen zu kratzen und meine Krallen irgendwo hineinzuschlagen.
Dafür hatte ich tatsächlich einen extra angefertigten Kratzbaum in meinem Zimmer zu Hause. Als Junges von Herbivoren war das bei ihm natürlich nicht der Fall.
Auf einmal fauchte Colin lauter und warf sich zurück.
Eine Pfote blieb am Baum.
Sofort sprang ich aus meinem Versteck und verwandelte mich halb.
„Ich mach das", rief ich ihm zu, griff nach seiner Pfote, deren Krallen sich zu tief ins Holz gegraben hatten.
Zu tief und ziemlich fest. Vorsichtig, um ihm die Krallen nicht abzubrechen, zog und bewegte ich.
Er fauchte und riss selbst daran.
Grollend drehte ich den Kopf.
„Halt still, sonst brechen sie", fuhr ich ihn grimmig an.
Die Andenkatze zuckte kurz zusammen und ließ mich dann machen.
Nach einer Weile schaffte ich es, ihn zu befreien.

„Ich würde dich ja an meinen Kratzbaum einladen, aber da wäre das Rudel wohl nicht begeistert von", merkte ich an.
Colin fauchte und sprang auf mich zu.
Ich ließ mich fallen und wandelte mich.

Die schöne Katze zuckte erschrocken zurück, als ich unvermittelt auf der Lichtung auftauchte.
Ich lachte leise.
„Putzen ist ganz natürlich", teilte ich ihm mit und ging zu ihm. „Ein Instinkt, dem sich keine Katze entziehen kann." Mit den Händen umfasste ich seinen Kopf, lehnte meine Stirn an seine. „Auch wir Wandler nicht. Wenn wir uns nahe stehen, machen wir das auch gegenseitig."
Er fauchte und trat von einer Pfote auf die andere.
Ich erwähnte lieber nicht, dass ich mir selbst schon vorgestellt hatte, wie es wäre, wenn ich ihn putzen würde.
Entschlossen riss ich etwas von dem Gras um uns herum aus und hielt es ihm hin.
„Essen", sagte ich scharf.
Colin bebte und starrte mich an, als wäre ich verrückt geworden.
„Essen", wiederholte ich noch eindringlicher.
Er zitterte, zögerte und tat ganz langsam, was ich verlangte.
Seine Zunge war rau an meiner Hand.
Leise brummend sah er mich anschließend an, fast so, als mache er mir Vorwürfe.

Dann begann er zu würgen und zu röcheln. Im nächsten Moment spie er einen länglichen Verbund aus Haar aus.
Keuchend sank er zu Boden.
Ich ließ mich neben ihn gleiten.
Gelbe Augen fixierten mich, vermischten sich mit etwas Grün seiner menschlichen Augen, als er seine Zwischengestalt annahm.
„Verzeih. Ich hätte bei deinem langen Fell daran denken müssen", murmelte ich ihm zu.
„Ich werde mich nie wieder putzen", murrte Colin unwillig.
Lachend warf ich ihn auf den Rücken.
„Blödsinn. Das ist ein Teil von dir. Du kannst aber jemanden fragen, ob der dich bürstet. Das verringert die Haarballenrate", erklärte ich ihm.
Er fauchte nur noch.

Mit geübten Bewegungen kletterte ich die Eiche hinauf, blickte hinab zu Colin, der mir hinterherkletterte. Genau wie ich in seiner Zwischengestalt, die Krallen benutzend, um nicht abzurutschen.
Lässig hangelte ich mich auf einen dicken Ast und hockte mich abwartend darauf.
Die Andenkatze schob sich herauf und stoppte am Baumstamm neben mir.
Ich griff nach seinem Handgelenk und zog ihn an mir vorbei neben mich auf den Ast, wo er sich locker niederließ, die Beine baumelnd.

Nur langsam und zögerlich setzte auch ich mich so hin, ließ die Füße herabhängen, wie ich es sonst eigentlich nicht tat.
Colin gähnte lautstark.
„Hab ich dich etwa müde getobt?", fragte ich ihn neckend, wie ich es so gerne tat.
„Ich schlafe nicht so gut", gab er leise zu und seufzte.
Wieder gähnte er.
„Schlaf ruhig. Ich passe auf, dass du nicht fällst", versicherte ich ihm.
Und er musste wirklich müde sein, weil er nur nickte und sein Kopf sich an meine Schulter lehnte. Damit hatte ich ehrlich nicht gerechnet.
An mein Angebot denkend legte ich fest den Arm um Colin, um zu verhindern, dass er fiel, sollte er tatsächlich einschlafen.
Brummend lehnte ich meinen Kopf an seinen und ließ seinen Duft auf mich wirken. Scharf, würzig und etwas Kräuter. So einzigartig wie er.
Sein Atem wurde langsam ruhiger. Er schlief tatsächlich ein. Kaum zu glauben.
Doch es wurde noch unfassbarer. Im Schlaf fing er an zu schnurren.
Ich musste mir das Lachen bei dieser Reaktion verkneifen, denn ich wollte ihn ja nicht aufwecken.
Vorsichtig lugte ich in sein Gesicht.
Eigentlich war das ja sogar ganz süß und zeigte mir einen neuen Aspekt an ihm, nicht, dass ich ihn in der Woche, die ich ihn nun kannte, nicht schon relativ gut kennengelernt hätte.

Wir hatten uns jeden Tag getroffen. Zusammen gejagt. Herumgetollt. Zusammen gescherzt. Und geredet. Letzteres nicht ganz so viel.

Aber in dieser Zeit war mir schon etwas klar geworden. Würde diese Andenkatze zu meinem Rudel gehören, hätte ich ihn schon zu meinem gemacht.

Diese Gefühle in mir waren für die kurze Zeit, die wir uns kannten, schon erschreckend stark und ich glaubte nicht, dass ich es geschafft hätte, mich von ihm fernzuhalten.

Und gerade war er so herrlich verlockend. An meiner Schulter schlafend. Weich und trügerisch sanft. Ein täuschend ruhiges Raubtier.

Doch die Haare so zottig, die scharfen Zähne im leicht offenen Mund blitzend, das Schnurren, das an meinem Körper vibrierte, die Kraft unter seinem gestreiften Fell.

Meine Krallen strichen über seine Seite.

Im Schlaf schmiegte er sich enger an mich, als würde er das spüren.

Sein Schnurren hatte etwas herrlich Beruhigendes.

Irgendwann in der Dämmerung ging das Schnurren in ein leises Brummen über und Colin begann, sich zu regen.

Sein Fell rieb an meinem. Der Kopf ruckte leicht hoch. Er blinzelte mich an.

„Bin ich echt eingeschlafen?", fragte er verlegen.

„Ja und du schnurrst im Schlaf", teilte ich ihm grinsend mit.

„Mondin, wie peinlich", murmelte er mit gesenktem Kopf.
„Sehr katzig und ich habe über dich gewacht. Tue ich immer", erwiderte ich.
„So wie dann, wenn du mich einfach anspringst?", fragte Colin leise fauchend.
Amüsiert rieb ich meine Nase an seinem Ohr, genoss dieses Gefühl.
„Das tue ich, so oft es mir gefällt und dir." Ich wusste, dass es ihm ebenso viel Spaß machte, mit mir zu rangeln und über den Boden zu rollen, nacheinander zu schnappen, wie mir. „Achtung."
Einem plötzlichen Impuls folgend stieß ich ihn einfach vom Ast in die Tiefe.
Sein Schrei war Schreck und Angst zugleich.
Lachend sprang ich ihm hinterher, stieß ihn von der Seite an, als ich neben ihm in der Hocke landete.
Die Überraschung war noch in seinen schönen Zügen zu lesen.
„Katzen landen immer auf ihren Pfoten", erinnerte ich ihn zwinkernd und lief los. „Komm."
Wandeln und rennen.
Eine Andenkatze folgte mir. Er war schon fast so schnell wie ich.

Der Mond stand fast am höchsten Punkt, als ich mich halb zurückverwandelte und mich an einen Baum lehnte.
Colin tapste auf hellgrauen Pfoten auf mich zu, blickte mich durchdringend an.

Mein Herz schlug heftig. Er war so schön, talentiert und mutig, mit einem starken Herz, das verzeihen konnte.

Und mir wurde klar, dass ich es ihm mitteilen wollte, bevor die anderen zurückkehren würden. Er sollte wissen, was ich empfand.

„Kannst du morgen Abend zu unseren Felsen kommen? In Kleidung?", bat ich flüsternd.

Mit aufgerissenen Augen wandelte er sich halb.

„Warum?", fragte er mit scharfen Zähnen.

„Lass dich überraschen", murmelte ich.

„Okay."

Dieses Vertrauen ließ beinahe meine Instinkte explodieren, aber ich riss mich zusammen. Ich wusste, was ich tun würde und wo.

Aufregung überflutete mein Herz.

Colin – Unter Mond und Sternen

„Hey", grüßte Aramis und grinste mich raubtierhaft an.

Kribbelnd und mondlichthell schien es in meinem Blut zu singen, das zu sehen.

Mondin, ich war verloren.

„Also, was hast du vor? Warum sollte ich in Kleidung kommen?", forderte ich hastig zu wissen, wollte mir lieber keine Gedanken um das Summen und Singen in meinen Adern machen.

„Lass dich überraschen", verlangte Aramis geheimnisvoll und zog die Riemen des Rucksacks fester, den er trug.
„Muss das sein?", fragte ich murrend.
Mit raubtierhafter Eleganz kam die Wildkatze auf mich zu und ließ mein Herz schneller pochen.
„Du vertraust mir doch?", forschte er mit raunender Stimme.
Etwas in mir schien zu schmelzen und ich gab nach. Nickte ihm zu.
Sein Lächeln war wie der schönste Mondaufgang über den Bergen.
„Komm", forderte er mich zufrieden auf.
Aufgewühlt folgte ich ihm in den Wald hinein.

Zu gerne hätte ich nach Aramis' Hand gegriffen, während wir immer, immer weiter wanderten. Tief und immer tiefer in den Wald hinein und Hänge hinauf.
Nach Wurzeln greifen, manchmal fast klettern.
Meinen Kommentar, dass es vielleicht besser wäre, sich zu wandeln, tat er mit einem Lächeln und einem Kopfschütteln ab. Diese Reaktion wühlte mich nur noch mehr auf.
Kühle Luft umwehte uns, als wir letztlich auf einer kleinen Lichtung ankamen.
Tief atmete ich den Duft von frischem Laub und Gras ein. Irgendwo in der Nähe gab es Beeren, verriet mir meine Nase.

Ein flatterndes Geräusch ließ mich herumfahren und gerade noch sehen, wie Aramis eine Decke auf dem Boden ausbreitete.

Mir stockte der Atem. Eine Ahnung kroch in mir hoch und wieder schien mein Blut einen uralten Gesang anzustimmen.

Sollte es das werden, was ich dachte?

Der Gedanke ließ es in meinem Bauch kitzeln.

„Ich dachte, wir picknicken. Etwas Quatschen, Essen, die Nacht und die Sterne genießen. Und was uns sonst noch so einfällt", erklärte Aramis und seine Zähne wurden ein wenig länger, die Augen blitzten herausfordernd.

Aufregung und Vorfreude erfüllten mich mit einem kribbelnden Glühen. So unglaublich intensiv.

Vermutlich meinte er nicht, was mir gerade vorschwebte, aber ich hatte das immer größer werdende Bedürfnis, der Wildkatze das Fleisch vom Rücken zu reißen.

Stattdessen ließ ich mich neugierig auf der Decke nieder und wartete gespannt.

Weshalb er das wohl organisiert hatte?

Im Licht des schmalen, abnehmenden Mondes setzte Aramis sich ebenfalls und zog den Rucksack heran, um einige verschlossene Dosen herauszuholen. Sie waren gut gefüllt und ich erstaunt, dass ich das nicht längst gewittert hatte.

„Luftdicht verschlossen", erklärte Aramis mir, als hätte er meine Gedanken gelesen und zwinkerte mir zu. „Ich hoffe, du hast Hunger."

„Wie ein Raubtier", bestätigte ich und bleckte leicht die Zähne.

Als er den ersten Deckel anhob, heulte mein Magen auf und ich atmete genüsslich den Duft des rohen Fleisches ein.

Aramis musterte mich raubtierhaft und mein Herz flatterte nervös.

Ich blinzelte verwirrt, als er mir einen Becher in die Hand drückte. Mir war nicht mal aufgefallen, dass er so etwas herausgeholt hatte.

Eine unbeschriftete Flasche tauchte in meinem Blickfeld auf, aus der er mir etwas einschenkte.

Die Farbe ließ mich kurz an Alkohol denken, aber der Duft war der von Traubensaft.

Besser so. Alkohol war nicht gut für Wandler, besonders nicht für Karnivoren. Die Kontrolle aushebeln zu lassen, konnte gefährlich werden.

Mit seinem eigenen Becher prostete Aramis mir zu und sein bohrender Blick schürte meine Nervosität noch mehr. Mir war immer noch nicht klar, was er mit diesem Picknick bezweckt.

Hastig trank ich einen Schluck. „Darf ich dich etwas fragen?"

„Fragen?", ich war ehrlich verblüfft.

„Ich will mehr über dich wissen, Colin", eröffnete Aramis mir und mich überlief ein Schauer.

Ich konnte ihn durchaus verstehen. Die letzten Tage waren wir hauptsächlich mit Wandlerdingen beschäftigt gewesen.

„Frag nur", sagte ich in der Hoffnung auf ein selbiges Entgegenkommen seinerseits.

„Dein Lieblingsessen?", das war eine relativ einfache Frage.
Dabei begann er, auszupacken. Sandwichs, Frikadellen, Kartoffelsalat, Gurke, Tomaten, Paprika, Weintrauben, Nektarinen und so, aber das meiste waren doch rohe Fleischsorten.
„Gulasch", antwortete ich.
„Isst sich gut", zwinkerte er mir zu und fuhr fort.
„Dein liebstes Knabberzeug?"
„Käseschinkenchips." Aramis lachte sein wundervolles, dunkles Lachen. „Früher hatte ich Süßigkeiten lieber, aber da war es noch anders."
In einer eleganten Bewegung lehnte er sich zu mir hinüber. Das enge T-Shirt ließ seine Muskeln stark erkennen und das, was es verbarg, aber schon kannte, machte es nur reizvoller.
Wirre, verlockende Bilder blitzten in meinem Kopf. Ich drängte sie in den hintersten Winkel meines Hirns zurück.
Schließlich hielt er mir eine offene Dose hin.
„Dann wirst du das mögen", teilte er mir grinsend mit, zeigte die leicht spitzen Zähne.
Ich wollte zu gerne an ihnen lecken, selbst wenn ich mich dabei verletzen und eilig griff ich nach dem Inhalt der Dose, um mir nichts anmerken zu lassen.
Als ich abbiss, breitete sich ein süßer Geschmack in meinem Mund aus. Fleisch und Honig! Himmelsmond, so lecker.
„Danke", murmelte ich.
„Da habe ich wohl einen ganz Süßen erwischt", meinte die Wildkatze und zwinkerte mir zu, sodass ich

ziemlich sicher war, dass er nicht nur meine Vorliebe für Süßigkeiten meinte.
Meine Wangen brannten stärker, als es mir sonst zu heiß war.
„Wenn du eine einzige Sache an dir verändern könntest, was wäre das?", forschte Aramis nach.
Beinahe hätte ich den Rest vom Fleisch fallenlassen, so sehr brachte mich seine Frage aus dem Konzept.
„Meine Herkunft", sagte ich letztlich.
Ich wollte mich nicht so verstecken müssen.
„Auf keinen Fall", schnaubte Aramis und sah mich durchdringend an.
Mein Herz überschlug sich regelrecht und für einen Moment wollte ich mich winselnd auf den Boden werfen.
„Du bist genau richtig, so wie du bist, und du wärst nicht so, wie du bist, wenn du eine andere Herkunft hättest."
Unwillkürlich musste ich lächeln. Es war so gut, das zu hören, auch wenn ich selbst der Meinung war, dass mein Leben als Karnivore mit Herbivorerherkunft echt kompliziert war.
„Nett von dir", war alles, was mir dazu einfiel.
Um nicht noch mehr sagen zu müssen, aß ich weiter von dem süßen Fleisch.
Erstaunt registrierte ich, wie er nach einem Sandwich griff und selber aß. Dabei hatte ich mit noch viel mehr Fragen gerechnet. Stattdessen saßen wir essend, ohne noch etwas zu sagen, auf der Decke.
Es war überraschend, wie angenehm es war, mit ihm so ruhig zusammen zu sein. Normalerweise hatte ich

in solchen Situationen immer das Gefühl, dass ich unbedingt etwas sagen müsste, weil ich das Schweigen kaum aushalten konnte. Dieses Mal nicht.

„Woran denkst du?", fragte ich flüsternd, als ich schließlich bemerkte, dass er regelrecht verträumt vor sich hinstarrte.
„An meine erste Zwischenverwandlung. Es war genau hier", eröffnete er mit einem Lächeln.
„Hier?", fragte ich und blickte mich erneut um.
„Ja. Es war Wahnsinn. Ich war fünf Jahre alt und doch ist die Erinnerung so klar, als wäre es gestern gewesen. Davor habe ich nur zwischen Katze und Mensch gewechselt", erzählte Aramis und blickte zum Mond hinauf. „Du musst doch genau wissen, wie es war. Ist ja noch nicht so lange her."
„Es ist wie das süßeste Blut nach ewiger Jagd", flüsterte ich, ohne lange zu überlegen.
Die Wildkatze blickte mich mit wild funkelnden Augen an.
„So wie du", raunte er.
„Sag das nicht einfach so", verlangte ich aufgewühlt.
Er schüttelte den Kopf, sein Ausdruck rastlos und er schien fast hilflos, um Worte zu ringen.
Ich konnte mich kein Stück rühren.
Und dann senkten sich seine Lippen auf meine, mit einer Intensität, die mich überraschte.
Ein heißer Schauer durchlief mich und instinktiv bot ich ihn meinen Mund dar.

Aramis kostete mich gründlich, liebkoste mit seiner Zunge die meine, forderte ohne Worte eine Reaktion von mir ein.

Ich spürte sein Haar an meinen Händen, wusste erst da, dass ich hineingegriffen hatte, weil er nicht aufhören sollte.

Sein scharfer, würziger Duft nahm meinen Geruchssinn ein.

Nach so einem Kuss hatte ich mich gesehnt, regelrecht verzehrt. So wie ihn mir keiner hatte geben können. Oskar nicht und auch kein anderer.

Aramis biss in meine Lippen und mir entkam ein Keuchen. Selbst das wollte ich.

Mit meinem Mund schnappte ich nach seinem, nahm ihn erneut in Besitz.

Es war rau und roh. Scharf und wild. Das tiefe Pulsieren von Leben.

Und ich hatte mich sowas von geirrt. Diese Küsse waren noch süßeres Blut im Licht des Mondes als jede Wandlung.

Aramis sank zurück, zog mich mit ihm, über ihn, bis wir gemeinsam auf der Decke lagen.

Krallenhände drückten mich hinab. Küsse ließen meine Gedanken ins Vergessen abdriften.

Meine Hände, die Klauen, erkundeten seine Schultern, das Gesicht, die Brust und die Muskeln.

„Ich werde meine Beute vor deinen Pfoten ablegen", grollte Aramis, hielt mich an den zottigen Haaren fest.

Zähne zogen eine glühende, gekratzte Spur über meinen Hals.

Ich schmiegte mich an ihn, fühlte das wilde Verlangen, ihn zu beißen, sein Fleisch zu schmecken, seinen Rücken aufzureißen.

Doch mehr als alles andere sollte er niemals wieder aufhören.

Plötzlich wölbte sich mein Rücken, durchfuhr mich der süße Schmerz und mein Körper drehte sich.

Fauchend verhedderte ich mich in meiner Kleidung, kam nicht heraus.

Lachend zog Aramis am Stoff, während ich zappelte. Er hatte mich erstaunlich schnell frei und ich stürzte winselnd auf alle vier Pfoten.

Amüsiert funkelten blaue Augen mich an. Eine Zunge leckte über scharfe Raubtierzähne.

Ich bebte innerlich.

„Das üben wir noch mal", sagte er neckend zu mir, kam ganz nah und ohne zu überlegen, ließ ich meine Zunge über seine Zähne gleiten.

Im nächsten Moment zuckte ich zurück.

Mein Herz raste.

Aramis lehnte sich nah zu mir.

„Ich kämpfe, wenn ich muss. Ich trage den Wandler meines Herzens auf Händen und Pfoten." Wieder erklang sein herrliches, raues Lachen. „Beim Mond, ich lasse für ihn auch die Welt kopfstehen."

Blitzartig verwandelte ich mich zurück, zumindest zur Hälfte.

„Ist das jetzt Angeberei?", fragte ich ihn herausfordernd.

Seine Augen blitzten, als nähme er genau diese Herausforderung an.

„Muss ich es dir beweisen?"
„Ich warte gespannt."
Ich lächelte mit einem heftigen Flattern im Bauch.
Es war aufregend und trotz dieses Ortes und dieser Situation hatte ich etwas Schwierigkeiten damit, mir das vorzustellen.
Aramis richtete sich überraschend auf und zog sein Handy hervor, tippte schmunzelnd darauf herum.
Musik erfüllte die Luft. Das Lied kannte ich nicht.
Mit einem Satz war die Wildkatze auf den Beinen, streckte mir die krallenbewehrte Hand entgegen.
Mein Herz pochte aufgeregt, als ich meine hineinlegte, seinen festen Griff spürte, mit dem er mich emporzog.
„Tanz mit mir", forderte er mich auf.
Damit hatte ich nicht gerechnet. Auf keinen Fall.
Unwillkürlich nickte ich.
Er zog mich eng an sich und drehte sich mit mir im Kreis zum Takt der Musik.
Krallen fuhren leicht und zärtlich meinen Rücken hinab.
Meine Knie wurden weich. Nur sein Griff hielt mich aufrecht. Es war ein wenig wie Schweben. Himmelsmond.
Sein Duft war wundervoll und vollständig um mich herum geschlossen. Keine Ahnung, wie viel Zeit verging. Mein Zeitgefühl war vollkommen aufgelöst.
Aber das war auch egal. Es war zu schön.
Plötzlich wurde sein Griff an meiner Hüfte etwas fester und er hob mich unerwartet hoch. Erschrocken

krallte ich mich um seinen Hals fest und schlang automatisch die Beine um seine Hüfte.

Dann wirbelte er mich im Kreis herum.

Ich lachte. Das war lustig. Definitiv und im Gegensatz zu einem Herbivoren oder gar einem Menschen musste ich mir keine Sorgen machen, dass ihn die Kraft, mich zu halten, verlassen würde.

„Schließe deine Augen und lehne dich zurück", forderte er mich schnarrend auf.

Ohne zu zögern, folgte ich seinen Worten.

Er drehte sich, uns im Kreis. Der Wind riss an meinem Haar. Seine Krallen drückten leicht in meine Hüfte und meinen Rücken.

Hinter meinen geschlossenen Lidern flackerten bunte Punkte. Ich jauchzte vor Vergnügen, obwohl mir ziemlich schwindelig wurde. „Augen auf!"

Ich tat es. Mein Kopf lag immer noch im Nacken.

Die Welt stand komplett auf dem Kopf und drehte sich dabei. Einfach alles.

Noch nie hatte ich Bäume und Blumen auf dem Kopf gesehen und die silbrigen Farben verschwammen. Mir wurde immer schwindeliger, aber das war egal. Erde oben, Himmel unten.

Ich war vollkommen benebelt.

Aramis lachte auf. Schließlich hielt er inne und ließ mich herunter.

Schwindelig taumelte ich gegen seinen kräftigen Körper.

Die Welt drehte sich weiter und ich lehnte meinen Kopf gegen seine breite Schulter.

„Jetzt hast du meine Welt echt kopfstehen lassen", lachte ich, als sich die Konturen langsam wieder einrenkten.

Ich wollte mich von ihm lösen und zur Decke zurück, doch mein Gehirn hatte die Welt offenbar noch nicht so gut fixiert, wie ich gedacht hatte. Beinahe wäre ich gefallen, aber er fing mich auf und hob mich einfach auf seine Arme.

Mir stockte der Atem, als ich an seine kräftige Brust gedrückt wurde.

Himmelsmond, fühlte sich das gut an, beinahe zu gut.

Die Welt auf den Kopf gestellt, auf Händen getragen.

Und das an einem Tag.

Behutsam legte er mich auf der Decke ab und schaltete die Musik aus.

Aramis – Verfolgt

Nicht zum ersten Mal wies ich zu den Sternen herauf, als wir nebeneinander auf der Decke lagen.

Obwohl wir uns nicht berührten und beide zum Himmel emporblickten, war seine Nähe überaus präsent. Seine Ausstrahlung und sein einzigartiger Duft nahmen mich gefangen.

Leise murmelte ich uralte Geschichten über die Sterne und den Mond.

Die Magie einer anderen Zeit schien in der Luft zu hängen.

„Kennst du das ganze Universum auswendig?", fragte Colin mich plötzlich und ich musste schmunzeln.

Das war doch eindeutig ein Filmzitat.

„Nur den bekannten Teil", gab ich die einzige mögliche Antwort darauf.

„Zu viel The Quest gesehen?", kam auch prompt die Frage dazu.

Na wer hatte da denn wohl angefangen.

„Du offensichtlich auch", lachte ich und drehte den Kopf zu ihm herum.

Im Silberschein des Mondes trafen sich unsere Blicke.

Colin drehte sich mit angezogenen Beinen auf die Seite. Sein hellgraues Fell wirkte wie silbergewirkt, während die dunklen Streifen aussahen, als würden sie das Licht verschlingen können. Schöner als der ewige Mond.

Gefühlte Ewigkeiten lagen wir so schweigend da. Die Gerüche des Waldes legten sich um uns, schienen seinen Duft noch zu unterstreichen. Beim Mond, war das verlockend.

Colin hob eine Hand über den Kopf, dort, wo schon mein Arm ausgestreckt lag. Unsere Klauen schoben sich ineinander und für einen Moment schien die Zeit zu zerreißen.

Mein Blut rauschte. Das Herz schlug heftig und alles kribbelte.

Ich rückte näher an ihn heran.

Da drehte sich der Wind und ein scharfer, feuriger Geruch wehte über uns hinweg.

Wir schreckten gleichzeitig alarmiert auf.

„Wilde Wandler", zischte ich ihm zu.

Colin blickte sich hektisch um, mit zuckendem Blick.

Eilig griff ich nach seiner Pranke, die sich unglaublich kalt anfühlte. Er musste definitiv Angst haben.
Mit einem Ruck zog ich ihn an mich, grub die Krallen der zweiten Hand in seine Hüfte und küsste ihn kurz, hart und tief.
Es schien ihn wieder etwas herunterzubringen.
„Du hast nie gelernt zu kämpfen", zischte ich ihm zu, rieb meine Nase an seinem Ohr. „Deshalb verschwinden wir jetzt von hier."
„Unsere Sachen?"
Eine merkwürdig surreale Frage.
„Unsere Leben bedeuten mehr."
Damit zog ich ihn mit mir in den Wald hinein.
Mein Vorteil war, dass ich die Gegend von klein auf kannte, schon als junge Katze durch diese Wälder voller Eichen, Eschen, Birken, Buchen, Fichten, Kiefern und Tannen gestreift war.
Baumkronen voller Blätter wölbten sich einem Tunnel gleich über uns.
Wie auch immer es die Wilden in unser Revier geschafft hatten, ich durfte nicht zulassen, dass sie Colin etwas antaten.
Warum hatten die Patrouillen sie nicht bemerkt?
Irgendetwas lief schief und zwar gewaltig. Möglicherweise hatten meine Eltern zu viele kampferprobte Wandler mitgenommen.
Zum Glück waren wir beide Katzen und konnten selbst im schwachen Licht der Nacht deutlich sehen.
Mit jedem Moment, den wir durch die Dunkelheit hetzten, schlug mein Herz heftig und die Klauen eines

gefrorenen Raubtiers schienen in meinen Nacken zu greifen. Eiskalte Angst.
Ich hatte schon mal gegen Wilde gekämpft, aber dieses Gefühl war neu, kalt und fremd.
Mein Anblick streifte kurz über Colins anziehende, raubtierhafte Züge.
Einer kalten Welle gleich schwappte die Angst, ihn zu verlieren, über mich hinweg. Wir waren uns doch gerade erst nähergekommen. Eine fiese Eisschicht zog sich über meine Knochen.
Ein raschelndes Geräusch. Ein feuriger Geruch. So nah. Viel zu nah.
Ich konzentrierte mich, bemühte mich, sie zu orten.
„Aramis? Was nun?"
Colins Stimme zitterte, obwohl er leise sprach.
„Ruhig."
Ich zog ihn in meine Arme. Es war, als könnte ich seine Angst spüren und ich ertrug es kaum.
„Du musst mir vertrauen. Ich bringe uns hier raus", raunte ich rau und angsterfüllt.
„Okay", flüsterte er zurück und für einen Moment lehnte er sich an mich.
Ganz kurz schien sich die Kälte in meinem Körper zu verflüchtigen, aber dann ließ ich ihn los, hielt nur noch seine Hand und das Eis kehrte zurück.
Wir liefen schnell durch den dichten Wald mitten durch die Dunkelheit.
Zu schnell stürzten wir zwischen den Bäumen entlang, die ich im Dunkel nicht mal identifizieren konnte.

Das Blut rauschte in meinen Ohren. Bald vermischte sich dieses Rauschen mit dem Geräusch des nahen Wasserfalls.

Ich gab mir keine Mühe, leise zu sein. Es hätte ohnehin nichts gebracht.

Im Augenblick ging es nur um Geschwindigkeit. Auf Pfoten wäre es etwas anderes gewesen, aber ich hatte keine Zeit, meine Kleidung abzustreifen.

Dann hätte ich anhalten und Colin wäre noch mehr in Gefahr geraten. Alleine die Vorstellung war grausig.

Mit einem Ruck blieb ich stehen und riss ihn an meine Brust, damit er nicht in den Abgrund stürzte, der sich vor uns erstreckte. Natürlich hatte ich vorher gewusst, wie es aussah. Ein Wasserfall ergoss sich in einen See unten im Abgrund. Er stürzte an etlichen Felsen entlang, bis sich das Wasser zwischen Granit, Gneisen und anderen Gesteinen in den See ergoss, der halb von Felswänden, halb von Wald umgeben war und aus dem ein Fluss hinausfloss.

Das konnte man in der Nacht kaum erkennen. Das Wasser war schwarz, bis auf ein paar Stellen, wo es vom Mondlicht getroffen wurde und silberne Schlieren hinterließ.

Das vorher so zauberhaft wirkende Mondlicht erschien mir auf einmal vollkommen kalt.

„Nicht dein Ernst?", zischte Colin.

Sein Blick war auf die einzige Möglichkeit gerichtet, den Abgrund zu überwinden.

Eine alte Hängebrücke. Das rötliche Buchenholz war alt, fast verrottet und hinüberzugehen war wirklich

gefährlich, aber wir konnten nicht zurück. Es gab keinen anderen Weg mehr.
Eine Eisklaue umklammerte mein Herz.
Die Geräusche hinter uns wurden lauter und die Gerüche intensiver.
„Wir haben keine Wahl", sagte ich verkrampft und fühlte die Andenkatze zittern. „Höhenangst?"
„Normalerweise nicht, aber ich kann mir nicht vorstellen, dass die Brücke hält", murmelte er und biss sich die Unterlippe leicht blutig.
Mein Herz krampfte wieder, während mein Instinkt sich auf das Blut fokussieren wollte.
„Ich passe auf dich auf", versprach ich und zog ihn mit mir.
Er wehrte sich nicht, obwohl ich merkte, wie viel Angst er hatte. Die Hängebrücke schwankte unter unseren Bewegungen.
Zum Glück ging kaum Wind, sodass es nicht noch verstärkt wurde.
Mit einer Hand griff ich nach einem der Seile an der Seite, zog die Krallen ein, um sie nicht zu zerfetzen.
In der anderen Klauenhand hielt ich Colins und würde ihn auf keinen Fall loslassen.
Normalerweise wäre ich schneller über diese Brücke gelaufen, aber bei deren Zustand und in Anbetracht der Tageszeit konnten wir nur langsam hinübergehen.
Colins Griff wurde immer stärker, als suche er nach Halt.
Vorsichtig kratzte ich mit einer Kralle über seinen Handrücken.

Wir kämpften uns weiter vorwärts. Anders konnte man das, was wir taten, nicht bezeichnen. Selbst als Kinder waren Rian und ich nicht auf diese Brücke gegangen.
Und die Zwillinge würden es zu diesem Zeitpunkt bestimmt auch nicht tun. Dafür wirkte sie zu gefährlich.
Ich hatte den Gedanken gerade zu Ende gedacht, als das Seil mir mitten durch die Hand rutschte. Mir entkam ein schmerzerfüllter Laut, als es durch Fell und über Haut brannte.
Mein Kopf fuhr herum.
Im ersten Augenblick hatte ich gedacht, dass das Seil gerissen war, doch nun sah ich gelbe Augen aufblitzen. Nur schwach konnte ich die Konturen in der Dunkelheit erkennen.
Es sah aus wie etwas Großes. Wolf, Puma oder Luchs vielleicht. Zu weit entfernt, um die Tiere zu identifizieren.
Heftig schrak ich zusammen, spürte Colin zusammenzucken, als sich eine Pranke im Mondlicht hob.
„Nein!", schrie er und sein Atem klang scharf und erschrocken.
Das zweite Handseil wurde von scharfen Krallen zerschnitten. Es surrte an uns vorbei. Ruckartig riss ich die Andenkatze an mich heran und spürte einen Teil des Seils gegen meine Schulter schlagen.
Den Schmerzenslaut unterdrückte ich. Diese verdammten Wilden würden auch den Rest der Brücke zum Einstürzen bringen. Es gab nur einen

Weg. Es war nur etwas weniger gefährlich, als zu fallen, aber das bisschen konnte ausschlaggebend sein.

Fest umfasste ich Colins Schultern und sah ihn ernst an.
Die Angst in seinen schönen Augen raubte mir für einen Moment den Atem.
„Du musst mir jetzt vertrauen", bat ich ihn eindringlich.
Er nickte leicht und ich zog ihn eng an mich.
„Schließe deine Augen", forderte ich, drückte seinen Kopf an meine Schulter und sprang mit ihm in den Armen herab.
Die Luft rauschte an uns vorbei. Colins Schrei erstickte am Stoff meines T-Shirts.
Wir stürzten ins Wasser. Kalt schlug es über uns zusammen. Ich schrie vor Kälte auf und schluckte Wasser. Es war eine richtige Qual. Die Stellen des Aufpralls pochten. Prustend paddelte ich an die Wasseroberfläche, kämpfte gegen das Ziehen der durchtränkten Kleidung an.
Erst aus dem Wasser aufgetaucht ließ ich Colin lockerer.
Er hustet heftig.
„Du bist verrückt", stieß er keuchend aus.
„Besser als fallen", erwiderte ich.
Trotz des rauschenden Wassers konnte ich frustriertes Fauchen und Knurren über uns hören. Dann das Geräusch von knackenden Ästen und rutschenden Steinen.
„Wir sollten aus dem Wasser raus", keuchte er.

„Nein. Sie sind auf dem Weg hier runter", widersprach ich ihm. „Es gibt einen Weg. Du musst mir noch einmal vertrauen."

„Wir können nicht noch mal springen", meinte er schmunzelnd und bleckte gleichzeitig die scharfen Zähne.

Ich war erstaunt, wie er das mit Humor nahm, aber es gefiel mir. Beim Mond, ich wollte ihn in diesem Moment am liebsten küssen.

„Tief Luft holen. Wir tauchen."

Colin nickte und wir atmeten beide tief ein.

Schon tauchten wir unter. Ich hielt ihn ganz fest, ließ nicht einmal los.

Ein Glück, dass ich mich in dieser Gegend auskannte. Gemeinsam tauchten wir unter dem Wasserfall hindurch und schwammen anschließend auf die unterirdische Höhle zu. Man konnte sie kaum finden, wenn man sie nicht kannte. Keine Höhle direkt hinter dem Wasserfall, sondern noch mit einer Felswand dazwischen. Ein gutes Versteck.

Heftig atmend tauchten wir nach ungefähr zwei Metern im Inneren des Granitfelsens wieder durch die Wasseroberfläche auf.

Es war wie ein kleiner unterirdischer See.

Wir kletterten aus dem Wasser und die Feuchtigkeit tropfte von Haut, Haaren, Fell und Kleidung. Nur ganz wenig Licht fiel durch einige Risse im Gestein.

Alles war nur schemenhaft zu erkennen, aber Hauptsache, wir waren in Sicherheit.

„Ist dein Leben immer so?", fragte er mich und hatte noch den Nerv, mich raubtierhaft anzugrinsen.

„Ich hoffe, du bist nicht enttäuscht, wenn es nicht so ist", erwiderte ich zwinkernd und hielt ihm schnell den Mund zu, als er zu lachen anfing.
Die Felswand war nicht dünn, aber Wandler haben gute Ohren. Zu laute Geräusche konnten trotzdem wahrgenommen werden. Sein Atem vibrierte an meiner Haut und mein Herzschlag geriet ins Stolpern.
Ich nahm meine Hand trotzdem nicht weg. Zu gefährlich.
Mein Körper reagierte mit nervösem Kribbeln und Rauschen.
Als sein Lachen verstummte, nahm ich meine Hand mit etwas Bedauern weg.
„Also, kein Abenteuerleben?", fragte er mich leise.
Offenbar hatte er begriffen, dass wir leise sein sollten. Er kannte ja seit kurzem ebenfalls die guten Ohren.
„Nur in den Filmen, die ich gucke. Na ja, meistens jedenfalls." Ich unterdrückte ein Fauchen. „Ich muss aus den nassen Klamotten raus."
„Ich dachte, Karnivoren werden nicht einfach krank", merkte Colin an.
„Doch, nur nicht so schnell wie Menschen."
Ich zuckte mit den Schultern.
„Ich bin eh nur in Fell", dokumentierte die Andenkatze amüsiert.
„Stimmt."
Kurz drückte ich ihn an mich, spürte seinen fantastischen Körper.
Anschließend streifte ich mir die Kleidungsstücke vom Körper und ließ den nassen Stoff zu Boden gleiten.

„Mein Fell ist trocken, also komm ganz nah ran", flüsterte ich nervös und verwandelte mich komplett.
Auch Colins Körper verschob und verbog sich.
Schließlich schmiegte er sich als durchnässte Andenkatze an meinen Wildkatzenkörper. Statt zurückzuzucken, legte ich den Kopf über seinen Nacken und ließ zu, dass er sich an meinem Körper wärmte.

Eng aneinandergeschmiegt konzentrierten wir uns auf mögliche Geräusche hinter den Felsen. Außerdem schmerzten die Stellen, an denen ich das Wasser durchbrochen hatte.
Und meine Lunge schmerzte ein wenig von der Flucht.
Die Aktionen dieser Nacht forderten ihren Tribut.
„Hinter dem Wasserfall?", lenkte mich eine scharfe Stimme ab.
„Nein", diese Stimme war nicht nur scharf, sondern geradezu schneidend.
Mir war, als könne ich den Hass schon in diesem Ton hören. Mich überlief ein Schauer und ich musste ein Knurren unterdrücken. Das Verlangen, Colin hinter mir gegen die Wand zu drücken und mich schützend vor ihn zu stellen, um alle Gefahren abzuwehren, wurde immer stärker.
Ich musste mich zwingen zu bleiben, wo ich war.
Einige Worte gingen im Rauschen des Wassers unter.
Erst die erste Stimme, die laut eine Anweisung gab, drang wieder deutlicher an meine Ohren: „Den Fluss

entlang. Sie müssen ihn hinunter geschwommen sein, wenn wir sie hier nicht wittern können."
Dann war es still.

Colin – Abschied?

Ich hatte jedes Zeitgefühl verloren.
Es war schön und seltsam, so als Raubkatzen zusammengeschmiegt in der Höhle zu liegen. So ruhig hatten wir in dieser Gestalt noch nie Zeit miteinander verbracht. Doch es erfüllte mich mit einem viel zu guten Gefühl.
Das Adrenalin hatte sich etwas gelegt und gab wieder ruhigere Gedanken frei. Irritierenderweise hatte mir die Flucht teilweise Spaß gemacht.
Dabei war ich sonst nie der risikofreudige Typ gewesen.
Aber mit Aramis?
Es war, als würde mir etwas sagen, dass mir mit ihm nichts passieren würde.
Plötzlich hob er den Kopf. Ich spürte es nur, anstatt es zu sehen. Immerhin hatte ich inzwischen die Augen geschlossen.
Er regte sich weiter und überrascht rückte ich ab. Ich öffnete die Augen und stellte fest, dass es etwas heller geworden war.
Durch zwei oder drei Ritzen fiel etwas Licht herein.
Aramis richtete sich auf und das wenige Licht ließ ihn geheimnisvoll wirken. Sein verwaschen gemustertes Fell schien in dieser Höhle größtenteils dunkel. Mir

kam es so vor, als hätte ich ein Märchengeschöpf vor mir.

Unbewusst verwandelte ich mich zurück und hob eine Hand, aber im letzten Moment hielt ich inne, berührte ihn nicht.

Seine blauen Augen durchbohrten mich richtig. Für einen Moment war es, als wolle er mich verschlingen. Der Begriff „Zum Fressen gern haben" bekam für einen Augenblick eine ganz neue Bedeutung.

Der Augenblick verstrich und sein Körper begann, sich ebenfalls zu verformen.

Die helle Haut seiner Menschengestalt schien im leichten Licht regelrecht zu leuchten.

„Ich fürchte, wir müssen wieder durchs Wasser zurück", sagte er und brummte unwillig.

Mein Mund wurde trocken, als sich seine Muskeln verlockend anspannten, während er seine Kleidung wieder überstreifte.

„Selber Weg raus, wie rein", stellte ich fest.

Ich sah zu dem kleinen See, oder was es war, hinüber. Für einen Moment erinnerte ich mich an den Schock des kalten Wassers, als Aramis mit mir gesprungen war. Ein Schatten von Schock und Adrenalin durchzog meinen Körper. Blass von der Erinnerung. Nicht zu vergleichen mit dem Gefühl, das ich dabei gehabt hatte.

Die Wildkatze hielt mir seine Hand entgegen. Dankbar legte ich meine hinein.

Es hatte etwas von Kraft und Zuversicht. Es war nicht so, dass ich schlecht schwimmen oder tauchen konnte,

aber er gab mir etwas mehr Sicherheit. Gemeinsam ließen wir uns ins Wasser gleiten. Es war kühl.
Ich atmete tief ein und tauchte unter. Genau wie Aramis.

Einige Zeit später tauchten wir vor dem Wasserfall aus dem See auf. Angestrengt blinzelte ich ins Sonnenlicht hinein.
Wir mussten den Rest der Nacht in der Höhle verbracht haben.
Auf jeden Fall war inzwischen wohl Morgen geworden und es war unerwartet warm.
Gemeinsam schwammen wir in Richtung Ufer.
An der Böschung kletterten wir aus dem Wasser und mussten uns dafür loslassen. Leider, wie ich zugeben musste. Ich mochte es, wenn er meine Hand hielt. Sehr sogar. Es war schön und gab mir ein Gefühl von Sicherheit.
In der Nähe raschelte es und ein Reh sprang heraus. Es riss die Augen auf, die Nüstern geweitet. Hektisch rannte es wieder davon. Unser Geruch musste es verschreckt haben.
Platschend fiel Aramis' Kleidung neben uns zu Boden. Klatschnass von der erneuten, unfreiwilligen Schwimmeinheit.
„Ich muss zum Rudel. Wir müssen das ganze Revier durchkämmen", merkte er an und ich fauchte.
Zu gerne wollte ich bei ihm bleiben, aber ich wusste, dass er recht hatte.
Er sprang auf mich zu und riss mich grob an seinen Körper. Zähne schnappten nach meinen Lippen, ein

Mund presste sich rau und süß auf meinen, schien mich verschlingen zu wollen.

„Würdest du zum Rudel gehören, würde ich dich sofort zu meinem machen", knurrte er an meinem Mund, spürte seinen Körper an meinen gedrängt, wie sehr er auf mich reagierte.

Verzweifelt winselte ich.

Konnte das je passieren?

„Geh nicht", flehte ich mit diesem Winseln.

„Du weißt, dass ich muss." Er warf grollend den Kopf zurück. „Meine Beute gehört dir."

Noch einmal verschlang mich sein Kuss, aber viel zu kurz und er ließ mich los.

Da war er bereits verwandelt und auf allen vieren, wollte wohl loslaufen.

Plötzlich fiel mir ein, dass die anderen an diesem Tag zurückkehren würden.

„Warte", hielt ich ihn mit einem anderen Gedanken zurück und sprang zu den nächsten Bäumen herüber.

Mit Klauen und Zähnen riss ich ein Stück Rinde ab und ritzte etwas hinein, um es Aramis hinzuhalten.

„Meine Handynummer. Nach allem, was war, weiß ich nicht, ob wir uns hier im Revier treffen können", erklärte ich hastig, fauchend und etwas verlegen.

Die Wildkatze schnappte sich das Holz, rieb seinen Kopf an meiner Seite und rannte dann davon.

Schweren Herzens sah ich ihm nach, als wäre es ein Abschied für immer.

Erst nach einer Weile verwandelte ich mich komplett und spurtete davon. Ich durfte nicht mehr in diesem Revier sein, wenn das Rudel es durchsuchen würde.

Hoffentlich meldete Aramis sich bald.

Aramis – Heimkehr

Unwillig streckte ich mich auf Führungsfelsen aus und starrte zur strahlenden Sonne hinauf.
Ihre warmen Strahlen tauchten unseren Versammlungsplatz in ein rotgoldenes Licht. Offenbar würden wir in diesem Sommer doch noch ein paar richtig warme Tage kriegen.
Colin tat mir in diesem Augenblick schon richtig leid. Als Andenkatze lagen ihm kühle Temperaturen mehr als sommerliche Hitze. Das zeigte ja schon sein längeres Fell.
Ich schob diese Gedanken beiseite, denn es gab gerade andere Dinge zu tun.
Nur sehr widerwillig hatte ich Nimea aufgesucht, damit sie das Rudel zusammenbellte. Die Frau war einfach nur unangenehm.
Sofort danach war ich zu unserem Versammlungsort gelaufen und hatte mich auf dem großen Felsen ausgestreckt. Dort wartete ich nun auf das restliche Rudel.
Zumindest die, die sich zur Zeit im Revier aufhielten.
Ein Marder kam auf mich zu.
Mein Kopf ruckte hoch und ich knurrte Artemis an, die sich mit einem Winseln vom Führungsfelsen zurückzog.
Es war zu erwarten gewesen und der Grund, weshalb ich Colin zum ersten Mal getroffen hatte. Die

Befürchtung, dass sich nach dem Ritual die ledigen Rudelangehörigen an mich heranmachen würden.
Mir sträubte sich verärgert das Nackenfell.
Kein Wunder, dass mein Bruder mir geraten hatte, jemanden zu erwählen.
Ob meine Wahl dem Rudel gefallen würde, war natürlich eine andere Sache.
Langsam kamen weitere Rudelangehörige auf den Platz. Manche im Pelz, andere im Tier und manche in Menschengestalt. Wie sie halt wollten.
Dann sah ich plötzlich das goldgelbe Fell eines Goldschakals und entspannte mich augenblicklich. Sie waren endlich zurück.
Vater sprang zu mir auf den Felsen, während sich Mutters Bärengestalt am Fuß des Granits ausstreckte.
Nahezu alle Rudelangehörigen, die mit zu den Verhandlungen gereist waren, kamen aus den Schatten des Mischwaldes.
Köpfe reiben, von den Seiten anstoßen, sich anspringen und Laute der Begrüßung erklangen, um sie willkommen zu heißen.
Ich rieb nur kurz meinen Kopf an Vaters Seite.
Alles Weitere später.
Ein Bellen von ihm ließ Ruhe einkehren.
Er nickte mir auffordernd zu.
Widerwillig wandelte ich mich halb zurück, um sprechen zu können. Immerhin hatte ich das Rudel zusammengerufen.
„Geschwister", wählte ich die Ansprache, die sonst Vater oder die Älteste verwendeten. „Ich war letzte Nacht unterwegs. Da waren wilde Wandler in unserem

Revier. Nicht im Grenzgebiet. Mitten drin. Zu viele für mich alleine. Ich musste mich verstecken."
Es war wohl besser, wenn ich Colin nicht erwähnte. Noch nicht und nicht im Zusammenhang mit den Wilden.
„Das ist nicht gut", sagte Vater neben mir, der sich während meiner Worte ebenfalls gewandelt hatte.
„Wir müssen besser aufpassen", stellte ich klar.
„Jetzt sind wir wieder da und unser Abkommen mit den Herbivoren wird die Wilden überraschen", verkündete Vater und sah über die Versammelten hinweg. „Wir müssen uns alle zusammenreißen."
Ich blickte mich selbst um und bemerkte Rabans breites Grinsen. Ihm musste das Ergebnis sehr zugesagt haben und gab mir schon einen Hinweis, was passiert sein konnte.
„Die wenigen Vögel werden gemeinsam fliegen und wir verstreuen uns miteinander an der gesamten Grenze", erklärte Vater ernst. „Wir schützen uns gegenseitig."
Das schuf ein klares Bild bei mir. Karnivoren und Herbivoren nebeneinander an ihrer und unserer Grenze.
Es würde nicht die Zahl, aber den Überraschungseffekt erhöhen.
Möglicherweise würde das unsere Chancen verstärken und unseren Schutz.
Und das mit den Vögeln erklärte Rabans Fröhlichkeit. Er konnte Patrouille fliegen und dabei noch Zeit mit seinem Bruder verbringen, der eigentlich bei den Pflanzenfressern lebte.

Die Situation von Omnivoren war wohl noch verfahrener als die von uns anderen. Ihre Wege konnten sich für immer trennen.
Mein Herz fühlte sich mit einem Mal schwer an.
Würden Colin und ich eine ähnliche Entscheidung treffen müssen?
Und dann erhob Vater wieder die Stimme, um zu erklären, wer mit wem patrouillieren würde und wo und mit welchen Herbivoren wer zusammentreffen würde.
Für einen Moment war ich bockig und fühlte mich zurückgesetzt, aber dann fiel mir ein, dass ich so vielleicht Zeit hatte, mich mit Colin zu treffen.
Vater hatte natürlich andere Beweggründe. Er wollte erst sichergehen, dass wir den Herbivoren vertrauen konnten, bevor er die nächste Führung des Rudels mit ins Spiel brachte.

Schließlich zerstreute sich das Rudel wieder und wir trafen als Familie aufeinander.
Die Zwillinge kletterten auf Mutters Bärengestalt herum.
Ich rieb meinen Kopf kurz an ihrem Hals und schmiegte mich letztlich an Vaters Schakalkörper.
Rian lag auf seiner anderen Seite.
Zu dritt beobachteten wir die kleinen Wölfe dabei.
Für einen Augenblick war alles ruhig und wir friedlich.
Nur bestimmt nicht für lange.

Colin – Unruhe

Grummelig starrte ich auf das Handy, das keinen Ton von sich gab. Dabei hatte ich so sehr auf einen Anruf Aramis gehofft.
Ich warf mich nervös herum und fragte mich, ob er ebenfalls bei den großen Patrouillen dabei war.
Das jagte mir einen kalten Schauer über den Rücken und ich musste mich sehr zusammenreißen, um nicht einfach dorthin zu stürmen.
Vielleicht war er noch bei der Abklärung. Das hatte bei uns auch stattgefunden.
Onkel Andreas hatte für die Zusammenarbeit mit den Karnivoren die besonders Großen und Starken ausgewählt. Aus Sicherheitsgründen.
Die Kleineren bildeten in unserem Gebiet einen zweiten Grenzring. Sicher war sicher.
Und da ich auf seine Frage den Kopf geschüttelt hatte, war klar gewesen, dass ich Berge und Wälder nicht betreten sollte.
Wie gerne wäre ich gelaufen, hätte Aramis gesucht oder gejagt, aber wenn so viele Wandler unterwegs waren, dann war das zu gefährlich.
So konnte ich nur auf einen Anruf warten, der nicht kam und je später es wurde, desto mehr wirre Gedanken machte ich mir.
Das plötzliche Klingeln des Handys schreckte mich auf und eilig griff ich zu.
Unbekannte Nummer.
Nervös schlug mein Herz schneller.

„Ja?", hauchte ich hoffnungsvoll.
„Hey, Kumpel", ertönte Barans Stimme und es war, als würde ich hart auf dem Boden aufschlagen.
Er musste irgendwann ein neues Handy bekommen haben, denn die alte Nummer hatte ich noch gespeichert. Eine Erinnerung.
„Hey", murmelte ich unwillig.
„Das klingt ja sehr begeistert", gab er zurück.
„Es ist spät", war das Einzige, was mir als Erklärung einfiel.
„Klar."
Er glaubte mir nicht, das konnte ich hören.
Manchmal waren gute Ohren nicht so toll.
Ich verspannte mich und fühlte Fell aus meiner Haut dringen. Wenigstens konnte mich gerade keiner sehen.
„Lass uns ein anderes Mal reden", brummte ich, wollte ihn abwimmeln, bevor meine Raubtierzähne wuchsen.
„Wir könnten die nächsten Tage wieder zocken", schlug er vor.
„Eher nicht", murmelte ich und dachte an das Geschehen. „Mir ist die Konsole runtergefallen."
„Sag doch gleich, wenn du mich nicht sehen willst", stieß Baran hervor.
„Ich sage die Wahrheit."
„Klar."
Wieder glaubte er mir nicht.
„Wir sehen uns", sagte ich noch.
Im Augenblick hatte ich nicht die Zeit für lange Diskussionen, auch wenn ich das gerne geklärt hätte.

Dann war die Leitung auch schon tot und ich ließ mich aufs Bett zurückfallen.
Von Aramis nichts zu hören.

Ein lautes Klopfen weckte mich am nächsten Morgen und brummend bewegte ich mich ein wenig.
„Colin, aufstehen", rief Papa.
Ich brummte erneut und schlug widerwillig die Augen auf.
Verblüfft sah ich die zerfetzte Tapete direkt vor meiner Nase.
Mir entkam ein leises Winseln.
„Colin?", kam es wieder von der Tür.
Beim Versuch, mich aufzusetzen, purzelte ich aus dem Bett und drehte mich herum.
Offenbar hatte ich mich im Schlaf verwandelt. So ein Mist.
Hastig wandelte ich mich zurück und saß auf dem Boden.
„Gerade wach", rief ich zur Tür, um meine Ruhe zu haben.
„Es gibt Frühstück", teilte Papa mir mit.
„Bin gleich da."
Da ich noch Ferien hatte, würde ich mir nur locker was überziehen. Ich musste ja nicht raus.

Noch bevor ich zum Frühstück hinuntergehen konnte, klingelte mein Handy.
Blind griff ich zu.
„Wer stört?", fragte ich, ohne nachzusehen.

„Ich freue mich auch, dich zu hören", ertönte eine schnarrende Stimme.
„Aramis." Es war mir sogar egal, dass ich total weich und sehnsüchtig klang. „Ich habe mir Sorgen gemacht. Warst du auf Patrouille?"
„Nein. Ich war noch bei meiner Familie", eröffnete die Wildkatze. „Und dann war es so spät, dass ich nicht mehr stören wollte."
„Du darfst immer stören", verkündete ich.
Er lachte so fauchend und herrlich, dass er bestimmt in seiner Zwischengestalt war.
„Du auch. Speicher die Nummer ab. Melde dich, wenn etwas ist. Ich muss heute arbeiten, weil die meisten auf Patrouille sind", erklärte er.
„Schade", brummte ich.
„Meine nächste Beute gehört nur dir", flüsterte er mit einem eindringlichen Knurren, dass mein Herz vor Gefühlen überquoll.
„Ich will dich küssen und beißen", schnarrte ich darauf, musste es ihm einfach sagen, weil ich mich sonst ruckartig verwandelte hätte oder geplatzt wäre.
„Da sind wir zwei." Aramis schnurrte diese Worte zärtlich und ich seufzte vor Sehnsucht. „Ich melde mich in der Pause."
„Ja. Bis bald."
Die Verbindung unterbrochen.

„Das hat gedauert", stellte Jenna fest, als ich mich an den Küchentisch setzte.
„Ich habe Ferien und war noch am Schlafen", erwiderte ich nur und griff nach einem Brötchen.

„Die letzte Woche warst du aber viel unterwegs", merkte Mama an und fügte hinzu. „Martin hat gemeint, dass er einen ganzen Stapel mit Zetteln hat, die hier an der Tür hingen, als du unterwegs warst und er nach dir sehen wollte."

„Ja. Brauchte frische Luft, als es mir besser ging. Und mir ist die Konsole runtergefallen, also war ich in der Stadt, um mir die Preise neuer Geräte anzusehen", log ich und goss mir Orangensaft ein.

„Dir geht es also besser?", hakte Mama nach.

Sie wirkte geradezu enttäuscht, als hätte sie gehofft, dass es doch eine Verwandlung gewesen wäre. Nur mit etwas Verzögerung.

„Offensichtlich", brummte ich.

Tatsächlich war es besser geworden. Meine Sinne schienen eingependelt zu sein. Jedenfalls drohten die Gerüche, mich nicht mehr umzuhauen wie beim letzten Mal.

Ich zog den Käse heran. Der war immer noch besser als Pflanzenkost.

Vielleicht sollte ich mir einen eigenen kleinen Kühlschrank mit Wurst und Fleisch zulegen.

„Du hättest Martin nicht so auflaufen lassen sollen", merkte Jenna an.

Hastig stopfte ich mir den Mund mit einem Teil meines belegten Brötchens, um nicht laut zu knurren.

„Ich brauche keinen Betreuer", schnappte ich dann und lehnte mich zurück. „Außerdem haben Baran und Oskar mich ja wohl angetroffen."

„Was hattest du überhaupt im Wald zu suchen?", kam Mama direkt auf das nächste Thema zu sprechen. „Bei all den Wilden."
„Du hättest Martin mal vorlesen lassen sollen. Ich hatte geschrieben, dass ich mich von der Grenze fernhalte."
„Es waren nicht so viele Herdenangehörige unterwegs", warf Jenna ein.
Für einen winzigen Moment fuhren unter dem Tisch meine Krallen aus. Ruckartig zog ich sie zurück.
Nicht gut. Ich sollte mich nicht einmal minimal verwandeln. Nicht in dieser Situation.
Gierig trank ich den restlichen Orangensaft in zwei Zügen aus, um das raue Gefühl in meinem Hals loszuwerden.
Meine Familie starrte mich geschockt an.
„Was?", fragte ich schnappend.
Wenigstens das. Fauchen, knurren oder grollen war angenehmer.
„Trink nicht so hastig", ermahnte Papa mich.
Ich verdrehte die Augen.
Seit wann war ich wieder zum kleinen Kind geworden?
„Am Wochenende findet ein Herdentreffen statt", merkte Jenna an, bevor ich mich weiter aufregen konnte.
„In dieser Situation?", fragte ich alarmiert, denn ich hatte die Wilden selbst erlebt.
Leider konnte ich das nicht erwähnen, ohne mich zu verraten oder meine Treffen mit Aramis preiszugeben.

„Gerade deshalb", sagte Mama grimmig. „Wir wählen die nächste Herdenführung."
„Deine Mutter hat gute Chancen, es zu werden", kam es von Papa und er klang sehr stolz.
Natürlich. Wie immer.
Starke Hufe. Mächtige Kämpferin. Möglicherweise Herdenführerin.
Wie ich das hasste.
Fast hätte ich gelacht, denn da gab es ja noch diese Wildkatze, die irgendwann das Rudel hinter unseren Grenzen anführen würde. Ein Raubtier, das seine Krallen regelrecht in mein Gefühl gegraben hatte.
„Ich gehe auf mein Zimmer", brummte ich, schob mir das letzte Stück Käsebrötchen in den Mund.
„Es kommt schon noch", sagte Papa mitfühlend.
Offenbar dachte er, dass ich wegen der fehlenden Wandlung geknickt war. Umso besser. Dann würden sie nicht so viele Fragen stellen.

Obwohl Aramis gesagt hatte, dass er arbeiten musste, wählte ich seine Nummer an, kaum, dass ich die Tür meines Zimmers hinter mir abgesperrt hatte.
Es läutete genau zweimal, bis er sich meldete: „Hey, Unschuldskater."
So bescheuert es sein mochte, ich lächelte wegen der Anrede. Es fühlte sich gut an.
Meine Ohren fingen das Motorengeräusch im Hintergrund ein. Vermutlich saß er im Auto auf dem Weg zur Arbeit und hatte die Freisprechanlage eingeschaltet.
„Hey", hauchte ich zurück.

„Was machst du heute so?", fragte er locker.
Es war erstaunlich, wie leicht seine entspannte Stimmung auf mich übersprang, nur vom Klang seiner Stimme.
„Weiß noch nicht", sagte ich wahrheitsgemäß. „Meiner Familie aus dem Weg gehen. Die Herde meiden oder so."
„Entspann dich und mach dich nicht verrückt. Ich habe nach der Arbeit noch meinen Impftermin", erzählte Aramis, wahrscheinlich um mich abzulenken. „Ich würde dich ja mitnehmen, aber da müsste ich von dir erzählen."
„Noch ein Grund mehr, um nichts zu sagen. Ich vermute, die Impfungen unterscheiden sich", fiel mir dazu ein, während ich mich auf das Bett sinken ließ.
„Stimmt. Das hat die Älteste auch schon gesagt", bestätigte Aramis. „Wir kriegen das schon irgendwie hin."
„Sicher." Mein Blick blieb an meiner von Krallen zerfetzten Tapete hängen. „Hab im Schlaf gewandelt. Meine Tapete ist zerfetzt."
„Oh."
Für kurze Zeit hörte ich nur das Brummen des Motors. Dann war ein Quietschen und Keuchen zu hören.
„Was ist passiert?", entfuhr es mir erschrocken.
„Es staut sich am Kamm", eröffnete Aramis dunkel.
„Pass besser auf", verlangte ich leise grollend.
„Ja." Sanft, fast gerührt. „Beim Schlafwandeln fällt mir nur ein. In den Wald, dort wo Rosmarin und Lavendel wachsen." Die Kräuter würde ich mir merken. „Ich würde dich zu gerne heute Abend

mitnehmen, aber da sind zu viele vom Rudel. Vor allem mein Bruder. Sie würden dich wittern."
Ich horchte auf.
„Wohin mitnehmen?", erkundigte ich mich.
Mein Fuß wippte auf und ab. Krallen fuhren aus und zogen sich wieder ein. Ich konnte nicht anders.
„Fitnessstudio."
Das ließ mich lächeln.
„Wir könnten in meins fahren. Da sind zwar auch Herdenangehörige, aber in Menschengestalt können sie dich nicht wittern", schlug ich vor, weil ich ihn unbedingt treffen wollte, selbst wenn wir nicht alleine sein würden.
Ein heftiges Hupen ließ mich zusammenzucken.
„Was ist jetzt wieder?"
„Hab mir zu sehr Zeit gelassen, aufzurücken. Als würden die vier Meter einen Unterschied machen."
Aramis schnaubte verächtlich und ich schmunzelte.
„Gib mir deine Adresse. Ich hole dich gegen sieben ab. Vergiss dein Sportzeug nicht."
„Natürlich nicht."
„Ich beiß dir in den Nacken", stieß er mit einem Mal grollend und sehr leidenschaftlich hervor.
Ein heißer Schauer rann durch mich hindurch.
„Zähne weg von meinem Nacken", erwiderte ich schnarrend, bleckte die Zähne, auch wenn die Erinnerung an seine Zähne mich nicht kalt ließ.
„Aber nicht von deiner Schulter, deinem schönen Hals, den verführerischen Lippen", raunte er herrlich sinnlich, dunkel und verlockend.
„Ich warte ungeduldig", gab ich zurück.

Sein Lachen war wundervoll kehlig und dunkel.
„Bis später, Unschuldskater."
„Bis später."
Das Geräusch des Motors wurde leiser, ehe die Verbindung erstarb.
Mein Blick fiel erneut auf die zerfetzte Tapete.
Ich zog die Krallen ein und sprang auf, machte mich an der Truhe am Fußende des Bettes zu schaffen.
Bald lagen unzählige alte Poster auf der Matratze. Die hatte ich erst vor kurzem abgehängt, weil viele so kindisch wirkten.
Hastig sah ich sie durch und entschied mich für ein relativ harmloses Tierbild, das ich über den Kratzern anbrachte. Hoffentlich würde ich das nicht auch noch zerreißen.

„Bin in der Stadt", rief ich, als ich bereits an der Tür war.
„Muss das sein?", fragte Mama.
„Ja", stieß ich grimmig hervor und riss die Tür auf.
Viel lieber hätte ich die Kräuter im Wald gesucht, aber wenn die Herde alarmiert und in voller Stärke war, war die Gefahr aufzulegen zu groß.
Ich konnte den Bus bereits hören, der über all die Dörfer fuhr, um Leute in die Stadt zu bringen.
Als ich knappe zwei Minuten später einstieg, erinnerte ich mich beim Anblick der paar Menschen daran, dass sie keine Ahnung hatten, welche Gefahr zwischen Fell, Schuppen, Hüften, Pfoten und Krallen auf sie alle lauerte. Ohne Herde und Rudel hätten die Wilden längst Jagd auf die Menschen gemacht.

Überlegungen, die mich schaudern ließen und erneut in Unruhe versetzten.

Aramis – Verplappert

Gelangweilt, aber aufmerksam blickte ich auf einen Bildschirm nach dem anderen.
Nichts Außergewöhnliches. Natürlich nicht.
Lediglich Menschen, die sich im Gebäude bewegten, ihrer Arbeit nachgingen.
Computer, deren Bildschirme von den Kameras weggedreht waren. Lediglich die Leute konnte ich sehen.
Natürlich, denn irgendjemand konnte ja Firmengeheimnisse ausplaudern.
Genervt lehnte ich mich zurück.
Ich hasste Tagschicht. Das war so unglaublich langweilig, denn tagsüber waren viel weniger Rundgänge nötig. Es gab weniger Schatten, denen ich nachspüren konnte.
Doch das Rudel war mit der Sicherung für die nächste Zeit beschäftigt und damit, das Revier auf Sicherheit zu prüfen, nachdem einige Wilde im Revier gewesen waren.
Die einzig positive Nachricht war gewesen, dass die Wilden wohl nur im Wald und nicht in der Nähe der Stadt gewesen waren.
Ich hätte meine Zeit viel lieber mit Colin verbracht.
Leise knurrte ich.
„Morgen", erklang eine gedehnte Stimme.

Ein Fauchen entkam mir. Melina.

„Du bist zu spät", warf ich ihr leise grollend vor.

„Du bist doch hier."

Der Stuhl quietschte lauthals, als sie sich darauf niederließ.

„Keine Schicht alleine", zitierte ich vorwurfsvoll.

„Komm schon. So viel zu spät bin ich nicht."

Eine säuselnde Lautfolge.

Ich schnaubte und verzichtete auf weitere Worte.

Beim Mond, es war zum Krallen Wetzen nervend.

Grimmig biss ich von meinem kalten Schnitzel ab und bemühte mich, die düstere Stimmung nicht Oberhand nehmen zu lassen.

Als wäre Tagschicht nicht schon schlimm genug, mit Melina war es noch anstrengender.

Die Frau ging mir gehörig auf die Nerven. Hätte sie nicht zum Rudel gehört, wäre sie schon längst aus der Firma geflogen. Ganz sicher.

„Willst du nicht teilen?", fragte ich säuselnd.

„Nein", knurrte ich und fuhr grollend zu ihr herum.

Sie rollte auf ihrem Stuhl heran, die Augen glitzernd, die Reißzähne etwas länger, schärfer, spitzer.

„Komm schon. Du bist alt genug. Du kannst nicht immer alleine bleiben", gurrte sie fast, als wäre sie kein Fuchs, sondern eine Taube.

Beinahe hätte ich gelacht, aber der Hintergrund ihrer Worte war zu präsent, um so zu reagieren.

„Ich bin nicht alleine", grollte ich und dachte sofort an Colin.

Verlockende Andenkatze, mit scharfen Instinkten.

„Aber vielleicht einsam", bemühte Melina sich weiter und rückte näher.

Zu nah. Fauchend stieß ich sie so heftig zurück, dass sie mit dem Stuhl an der gegenüberliegenden Wand landete.

Ärgerlich verzog sich ihr Gesicht und sie griff kurz an ihre Schulter.

Ich hatte ganz sicher kein schlechtes Gewissen.

„Ein Wandler sollte nicht alleine stehen. Ein Anführer schon gar nicht", murrte sie.

„Tue ich nicht", erwiderte ich finster, hielt mühsam die Krallen eingefahren, die sich eigentlich aus dem Fleisch schieben wollten.

„Ein Anführer braucht eine starke Gefährtin."

Oder Gefährten, ging es mir durch den Kopf.

Ihr Ton war herausfordernd und eindeutig zugleich. Vom Schnarren der Reißzähne unterstrichen.

„Ich habe schon gewählt", stieß ich aus, ohne lange nachzudenken, und hätte meine Krallen am liebsten in den nächsten Bildschirm oder die Wand gerammt.

Ich konnte Colins Geheimnis doch nicht einfach verraten.

Ein scharfes Einatmen, kurz blitzende Krallen und geweitete, dunkle Augen.

„Wer?"

„Kennst du nicht."

Beim Mond, ich redete mich immer weiter in die Bredouille.

Ich brauchte eine Ausrede und eigentlich gab es nur eine, wenn ich Colins Geheimnis wahren wollte.

„Nicht aus dem Rudel?" Melina schrie fast auf. „Doch kein Wilder."
„Ein Einzelgänger. Mehr geht dich nichts an."
Meine Zähne wuchsen und ich knurrte bedrohlich.
Sie zuckte zusammen und schien, sich unter einer gehörigen Portion Furcht zu ducken.
Mein Inneres krampfte. Da hatte ich mich ja ganz schön verplappert, aber wenigstens schien sie nicht weiter darauf herumreiten zu wollen. Nicht vor mir.
Doch Neuigkeiten wie diese verbreiteten sich schnell im Rudel.

„Vielleicht solltest du deinen Einzelgänger auch herbringen", schlug Rema mir vor, während sie ein kleines Tuch auf meinen Arm drückte.
Damit bestätigte sie nur, was ich schon geahnt, fast gewusst hatte. Die Nachricht hatte sich schnell verbreitet.
Die Ärztin nahm das Tuch wieder weg. Nichts weiter nötig. Die Einstichstelle bereits verheilt.
„Ich rede mit ihm", war alles, was ich sagen konnte.
„Du solltest ihm auf jeden Fall das Shampoo geben, wenn er noch nicht selbst etwas unternommen hat", riet Rema mir.
Ich streckte mich erst einmal, statt etwas zu sagen.
Diesen Augenblick nutzte sie aus, um noch etwas hinzuzufügen: „Das Rudel will ihn bestimmt kennenlernen und da sollte er ohne Parasiten auftauchen."
„Mal sehen", brummte ich.

Zuerst musste ich ihm mal erzählen, dass ich mich verplappert hatte und was ich als Ausrede benutzt hatte. Die nächste Entscheidung lag bei ihm, so wenig mir das auch behagte.

Colin – Entscheidung?

Nachdenklich starrte ich in meinen Schrank hinein und kam mir dabei so total lächerlich vor.
Aramis hatte mich nackt und in Fell gesehen. Da sollte es doch kein Problem sein, mit was für Kleidung ich auftauchte.
Seltsam, dass ich das nicht schon bei unserem Picknick überlegt hatte.
Mit dem Gedanken fiel mir ein, was er dort getragen hatte. Schwarze Jeans und ein dunkelgraues Shirt. Lederstiefel.
Meine Lippen kräuselten sich, weil ich mir unwillkürlich vorstellte, wie Papa reagieren würde, wenn ich in dunkler Kleidung aufbrechen würde. Er würde denken, dass ich sauer oder enttäuscht wäre, weil es mit der Wandlung nicht klappte.
Meine Finger fuhren kurz über ein rotes Oberteil, das ich mal im Urlaub gekauft und nur dort getragen hatte. Da war meine Familie der Meinung gewesen, dass die Farbe bei Zusammentreffen mit Karnivoren aufreizend wirken würde.
Also, auf mich hatte es trotz der Farbe keine solche Wirkung.

Das anzuziehen, kam natürlich dennoch nicht infrage. Meine Familie würde durchdrehen.
Ich verdrängte diese Gedanken und entschied mich letztlich für eine dunkle Jeans und ein grünes Oberteil in der Farbe meiner menschlichen Augen. Deshalb hatte ich es irgendwann mal gekauft. Dazu einfache Turnschuhe.
Im Fitnessstudio würde ich mich ja ohnehin umziehen. Trotzdem zupfte ich noch ein wenig an meinem Oberteil herum.
Bis ein „Colin, Besuch für dich" zu mir heraufklang.
Ich warf einen Blick zur Uhr. Viertel vor sieben. Ein ganzes Stück zu früh. Das hatte ich nicht von Aramis erwartet.
„Brauche noch einen Moment", rief ich zurück.
Obwohl mein Blut zu singen schien, wenn ich an die Wildkatze dachte, sollte er sich nicht einbilden, dass ich ewig auf ihn warten würde. Selbst dann, wenn ich eigentlich genau das tun würde.

Fünf Minuten ließ ich mir Zeit, als wäre ich noch längst nicht fertig gewesen, ehe ich mit der Sporttasche die Treppe hinabstieg.
Doch ich hatte noch nicht die unterste Stufe erreicht, als mir klar wurde, dass Aramis nicht bei uns war. Er war nicht zu früh aufgetaucht.
Stattdessen war die Luft von einem anderen hausfremden, aber bekannten Duft erfüllt. Die Mischung, die es ergab, wenn Baran und Oskar zusammen waren.
Den Geruch gab es ja fast nicht getrennt.

Ich holte tief Luft, stellte die Sporttasche im Flur ab und ging ins Wohnzimmer, wo sie sich aufhalten mussten.

Papa stand am Fenster und grinste zufrieden. Er freute sich ganz offensichtlich darüber, dass das Pärchen gekommen war und ich nicht alleine sein würde.

Mama und Jenna waren zu ihrer Patrouille aufgebrochen, während ich mich fertiggemacht hatte.

Blöd nur, dass ich bereits verplant war.

„Was macht ihr hier?", fragte ich deshalb zurückhaltend.

„Wir könnten ausgehen oder zocken oder einen Film gucken oder einfach nur quatschen", erklärte Baran grinsend und Oskar nickte.

„Ich habe schon was vor", teilte ich mich.

Mein Ex gab ein ungläubiges Schnauben von sich.

„Sag es doch einfach, wenn du nichts mit uns zu tun haben willst", forderte er missmutig.

Mein Mund öffnete sich, aber die Türklingel hinderte mich daran, etwas zu sagen.

Es war immer noch zu früh, aber dieses Mal nur knappe fünf Minuten und ich war mehr als willkommen.

„Wie gesagt, habe ich schon etwas vor", erinnerte ich und wies zum Flur, ehe ich losging, um die Haustür zu öffnen.

Hinter mir hörte ich die anderen, die mir neugierig folgten. Vermondete herbivorische Neugierde.

In dem Punkt waren sich offenbar alle Arten von Wandlern ähnlich.

Mein Herz pochte heftig, als ich die Hand nach der Klinke ausstreckte, und meine Aufregung schnellte empor.
Dann zog ich die Tür auf.
Dieses Mal war es tatsächlich Aramis. Er trug fast dieselbe Kleidung wie bei unserem Picknick, lediglich noch eine Lederjacke darüber, deren ledrig seifiger Duft sich mit seiner eigenen Duftnote mischte, ihn dadurch nicht weniger verlockend machte.
Seine Haltung war lässig und dennoch schien er absolut sprungbereit zu sein.
Das Lächeln auf seinen faszinierenden Lippen schien etwas in mir schmelzen zu lassen.
Es bekam einen leicht spöttischen Hauch, als er die drei Personen hinter mir erblickte.
„Was wird das denn?", fragte er belustigt.
„Die Pfeifen sind einfach nur hoffnungslos neugierig", winkte ich ab. „Ich hole nur meine Tasche."
„Nicht so schnell", stieß Aramis hervor und zog mich zu ihm.
Fest und entschlossen pressten sich seine rauen Lippen auf meine. Eine Zunge, die sich unerbittlich in meinen Mund schob und mich dazu brachte, ihm alles von mir anzubieten. So satt und pulsierend wie das Leben selbst.
Gerade als ich gebissen werden wollte, löste er sich von mir.
Seine Nase rieb leicht an meinem Ohr.
„Jetzt haben sie was zum Tratschen", raunte er mir amüsiert zu.

Mir entkam ein Schnauben und ich stieß ihn leicht weg.

Er lachte und auch ich musste schmunzeln.

Schnell holte ich meine Tasche.

„Colin", kam es alarmiert von Papa, während Baran und Oskar noch starrten, als hätten sie einen Geist gesehen.

„Ich weiß, was ich tue", wiegelte ich eilig ab und stürzte fast aus der Tür.

Das wollte ich gerade nicht diskutieren.

„Colin", rief Papa.

„Wir reden später", gab ich zurück und steuerte den dunklen Mercedes an, der vor dem Haus geparkt war.

Irgendwas Hochpreisiges und es passte nicht so recht zu dem Aramis, den ich kannte. Etwas Wilderes hätte besser zu ihm gepasst.

Ich warf meine Tasche auf den Rücksitz und ließ mich einen Augenblick später auf den Beifahrersitz fallen.

Krallen, die ich durch den Stoff meiner Jeans am Oberschenkel spüren konnte, brachten meinen Herzschlag aus dem Takt.

Schon zog er seine wieder menschliche Hand zurück und zwinkerte mir zu.

Mit einem leisen Seufzen ließ ich mich im Sitz zurücksinken, während er losfuhr.

Jedes Mal, wenn er schaltete, streifte seine Hand mein Bein und ich wurde zunehmend unruhiger.

Von der Seite betrachtete ich Aramis, der sich auf die Straße konzentrierte.

Stark, kräftig und ich wollte am liebsten jeden einzelnen seiner Muskelstränge erkunden,

entlangfahren und einzelne mit meinen Krallen aufreißen. Irgendwie wirkte er jedoch angespannt.
„Ich habe mich verplappert", sagte er unerwartet und sein Kiefer mahlte.
Vielleicht musste er sich davon abhalten, die Reißzähne ausfahren zu lassen.
„Verplappert?", hakte ich zögerlich nach.
Ein mulmiges Gefühl drückte auf meinen Magen.
„Ja. Melina ging mir so auf die Nerven, dass ich gesagt habe, dass es jemanden gibt. Und natürlich hat sie nachgebohrt. Ich musste etwas sagen, wegen des Rudels", eröffnete Aramis nun ernst, sah nicht zu mir.
In mir fühlte sich alles mit einem Mal seltsam taub an. Ich wusste nicht, was ich davon halten sollte.
„Was hast du gesagt?", fragte ich mit merkwürdig blecherner Stimme.
„Ich wollte die Herde nicht ohne deine Zustimmung erwähnen und habe gesagt, dass du ein Einzelgänger wärst."
„Ein Einzelgänger?"
Was genau bedeutete dieser Begriff?
„Ein einzelner Wandler, ohne Rudel oder Herde. Jemand, der durch die Gegend streift. Mal in Wäldern, mal in Städten. Also kein Wilder, aber auch kein Angehöriger einer Gruppe."
Das sagte mir doch etwas.
„Du meinst einen Streuner", fiel mir dazu ein.
„So sagt die Herde?", forschte Aramis.
„Ja."
Mehr sagte ich nicht dazu.

Seine Züge waren verkrampft und angespannt, als warte er auf etwas.

Trotz seiner Handlung und der Situation wollte ich ihm die Sorgen und Anspannung mit meinen Krallen von der Seele kratzen.

„Sag mir, was du denkst?", stieß er grollend und frustriert hervor.

„Was ändert sich dadurch?", brachte ich irgendwie eine Frage hervor, obwohl mir die möglichen Antworten ziemliche Angst in die Knochen jagten.

Aramis' Gesicht verzog sich leicht.

„Rema hat angeboten, dich zu impfen." Unwillkürlich musste ich lächeln. „Ich… na ja, es kann sein, dass das Rudel dich kennenlernen möchte."

Mein Magen zog sich zusammen.

„Würde bedeuten?"

„Na ja, es bedeutet schon etwas, wenn das Rudel den Gefährten eines Anführers kennenlernt", sagte Aramis leise.

Seine Worte lösten eine ziemliche Spannung aus.

War ich das? Ein Gefährte für einen Anführer?

Klar, ich war verliebt und ich wollte viel Zeit mit ihm verbringen, aber wir kannten uns nur kurze Zeit.

Und da waren ja auch noch meine Familie und die Herde.

Würde ich mich entscheiden müssen, wie es auch bei Omnivoren war?

Ein kalter Schauer rieselte mir über den Rücken.

„Ich weiß nicht, ob ich das will", murmelte ich mit bebender Stimme.

Aramis schaltete etwas härter und ich zuckte kurz zusammen.

„Ich zwinge dich nicht", sagte er einige Momente später und etwas Spannung in mir löste sich. „Ich wünsche mir so einiges von dir, aber ich will dich nicht drängen."

Vielleicht musste ich irgendwann gedrängt werden, aber das sprach ich nicht aus.

„Wie lange wird das Rudel warten?", wollte ich stattdessen wissen, ließ aufgewühlt die Krallen raus- und reinfahren.

„Ich weiß nicht. Ich halte sie so lang zurück, wie ich kann."

Ich war nicht überzeugt, dass ihm das lange gelingen würde, aber ich wollte auch nicht diskutieren. So wenig, wie ich eine Entscheidung treffen wollte.

Eigentlich wollte ich doch nur die Zeit mit Aramis genießen.

„Können wir das einfach auf uns zukommen lassen?", bat ich nervös.

„Wie du willst."

Diese Worte ließen mich entspannen.

Noch keine Entscheidung treffen.

Aramis – Erfahrung

Als ich den Wagen parkte, wirkte Colin noch immer nachdenklich und er gefangen zwischen zwei Welten. Eine Hand menschlich, die andere krallenbewehrt.

Bevor er aussteigen konnte, legte ich ihm eine Hand auf den Oberschenkel, drückte mit den Krallen gerade so weit zu, dass es seine Jeans nicht zerriss, obwohl das zu tun ein verlockender Gedanke war.

Sein Kopf fuhr zu mir herum. Leichtes Gelb in den fragenden grünen Augen.

Mein Herz überschlug sich bei seinem Blick.

„Alles klar?", fragte ich wispernd.

Ein wenig Angst vor der Antwort brannte in meinen Adern.

„Wie viel Erfahrung hast du eigentlich?", fragte er zögerlich, ein wenig unschlüssig.

Ich entspannte mich jedoch ein wenig. Es ging nicht mehr um Gefährtenbande.

„Ein bisschen", gab ich zu, war nicht sicher, wie viel ich ihm sagen konnte.

„Aramis", drängte Colin, blickte mich fast vorwurfsvoll an.

„Ich hatte einmal was mit einer Füchsin aus einem anderen Rudel, als ich im Urlaub war. Aber das waren nur einige Küsse, etwas Beißen und ein wenig Flirterei", eröffnete ich und er ließ mich nicht aus den Augen. „Aber es hat nicht gereicht. Etwas hat gefehlt. Was es war, wurde mir erst klar, als mich ein Einzelgänger, der zu Besuch war, geküsst hat. Männer nicht Frauen."

Ein tiefes Knurren erfüllte den Innenraum des Wagens und ich starrte Colin an. Erst da weiteten sich seine Augen und er schien richtig wahrzunehmen, was er da tat. Seine Schultern krampften, ehe sein Zwerchfell Ruhe gab.

„Willst du das wirklich hören?", fragte ich besorgt, angesichts seiner Reaktion.
„Ja."
Das klang tatsächlich ziemlich trotzig.
„Ich habe ein bisschen mit ihm herumgemacht, aber wir haben nicht miteinander geschlafen. Na ja, da war ich jünger als du jetzt."
Colin brummte leise, verzog dabei die Nase. Es gefiel ihm nicht.
„Erzähl du", forderte ich ihn auf, anstatt direkt weiterzuerzählen.
Die Andenkatze verzog das Gesicht.
„Erst du. Dann erzähle ich mehr", fügte ich hinzu.
Quidquopro.
Er fauchte kurz, seufzte dann jedoch.
„Ein paar Küsse mehr nicht. Mit Oskar und auch mit einem Menschen."
„Oskar?", fragte ich leise grollend.
Der Mensch interessierte mich nicht. Ein anderer Wandler schon.
„Vorhin. Der blonde Wandler bei mir."
Ein tiefes Grollen entstieg meiner Kehle. Meine Krallen fuhren ruckartig aus und ich schoss zu Colin herum, ignorierte, dass mein Knie gegen den Schaltknüppel stieß, als ich ihn in den Sitz drückte.
„Du triffst ihn noch?", fragte ich von tiefem Ärger erfüllt.
In meiner Brust rumorte und brüllte es.
„Er gehört zur Herde und ist mit meinem besten Freund zusammen", erwiderte Colin halb eingeschüchtert, halb bockig.

Verärgert knurrte ich, drängte mich enger an ihn, mein Bein zwischen seinem.
Große, grüne Augen starrten mich an. In mir tobte es. Ich knurrte ihn, wollte ihn beißen und markieren. Stattdessen küsste ich ihn, drang mit meiner Zunge hart, schnell und besitzergreifend in seinen Mund, fühlte nur noch ihn. Roch ihn, schmeckte ihn, hörte ihn seufzen und wurde von dem Taumel der Gefühle beinahe überwältigt. Mit schwerem Atem zog ich mich zurück und versuchte, die drehende Welt wieder scharfzustellen.
Blinzelnd starrte Colin mich an und fauchte leise.
„Du hältst dich zurück", murrte er unwillig.
„Nicht auf einem Menschenparkplatz. Ich beiße dich später", versicherte ich ihm, erinnerte mich wieder, was mich so aufgewühlt hatte. „Was ist mit diesem Wandler?"
„Da hast du keine Konkurrenz", sagte Colin entschieden und schürzte die Lippen. „Mehr gibt es nicht zu sagen. Da war sonst nichts. Du bist dran."
Widerwillig zog ich mich auf meinen Platz zurück und atmete tief durch.
„Als sich vor fast drei Jahren die Angriffe der Wilden gehäuft haben, bin ich in Vaters Auftrag zu einem anderen Rudel. So wie einige andere auch. Wir haben Informationen gesammelt", erzählte ich, griff zu diesen Informationen, um mich etwas zu beruhigen. „Ich war eine Weile dort und hatte etwas mit einem älteren Wandler. Ein bisschen Rummachen und etwas Sex." Colin fauchte. „Nichts Tieferes." Trotzdem verlängerten sich seine Zähne. „Ich hatte noch ab und

an was mit jemandem, aber nichts Längeres." Ich verzog das Gesicht, beim Knurren der Andenkatze. „Keiner war wie du."
„Wie bin ich denn?", fragte er knurrig, angespannt, mit gebleckten Zähnen.
„Ein Kater, den ich nie zu treffen erwartet hätte. Ein unglaubliches Talent. Ein scharfer Instinkt. Ein wacher Geist. Intelligent. Unschuldig. Wunderschön", zählte ich auf und lehnte mich zu ihm, um ihn leicht am Hals zu lecken. „Ein Traum auf grauen Pfoten. Der Kater, den ich im Sternenlicht unter dem Schutz des Mondes zu meinem machen will."
Colin atmete heftig und angestrengt bei meinen Worten.
Mühsam zog ich mich von ihm zurück und lehnte mich gegen die Fahrertür.
„Du hörst, was ich möchte, aber du entscheidest", teilte ich ihm ernst mit.
Ganz egal, wie schwer es mir fiel und wie sehr ich ihn wollte, ich würde ihn nie zu etwas drängen, das er nicht wollte. Selbst in der höchsten Erregung nicht.
„Und das von einer Wildkatze", erwiderte Colin neckend.
„Ich bin ein Wandler, kein gewöhnliches Tier", erinnerte ich ihn.
„Ich auch."
Daraufhin mussten wir beide lachen.

Mit dem Handtuch wischte ich mir den Schweiß von der Stirn, ehe ich Colins Verfolgung aufnahm.

Er war nur wenige Augenblicke zuvor los zur Theke, um sich etwas zu trinken zu besorgen.

„So ein Durchhaltevermögen haben nur wenige", kam es von der Bedienung dahinter, gerade als ich näher kam.

„Jeder ist anders", sagte Colin schlicht und beim letzten Wort blitzte das Bild seiner Wandlung vor mir auf.

Ich schob es beiseite und sah zu der Frau, die sehr beeindruckt wirkte. Sie hätte meinen Bruder erleben sollen, der machte noch länger, der alte Streber. Aber für Karnivore hatten wir an diesem Abend ein normales Pensum vorgelegt.

„Hey, Baby", sagte ich und schlang einen Arm um Colins Hüfte.

Sein Mund legte sich direkt an mein Ohr und seine Worte waren ein Gemisch aus Zischen und Fauchen: „Nenn mich noch einmal Baby und du bekommst meine Zähne da zu spüren, wo es richtig wehtut."

Diese Erwiderung ließ mich auflachen.

„Ist gut."

Grinsend ließ ich mich neben ihm auf einen Stuhl sinken.

„Widerlich", vernahm ich eine Stimme, als jemand an uns vorbeiging.

Ein Mensch hätte es vermutlich nicht gehört.

„Menschen sind komisch", brummte Colin und schnaubte leise.

Da die Bedienung zu einem Kunden am anderen Ende der Theke gegangen war, wagte auch ich es, dazu etwas zu sagen: „Was Herz und Seele wollen,…"

„... kann niemals Irrtum sein", vervollständigte die Andenkatze den Satz, den ich als Wandler nur zu gut kannte und lächelte. „Manchmal scheinen unsere Arten doch etwas gemeinsam zu haben."
„Wir doch sowieso", stimmte ich ihm schmunzelnd zu.
Da die Bedienung zurückkam, vertieften wir dieses Thema nicht. Es war auch nicht weiter von Bedeutung.
Dass es Menschen gab, die intolerant waren, war ja auch nicht unbedingt etwas Neues und leider mussten wir in derselben Welt leben.

„Hier", sagte ich in der Dusche und hielt Colin die Shampooflasche entgegen.
„Ähm...", irritiert hielt er seine eigene hoch.
„Ist besser für Katzen", teilte ich ihm ernst mit. „Und ich habe da noch ein Mittel, dass du dir regelmäßig in den Nacken träufeln solltest."
„Und wozu das?", erkundigte sich Colin stirnrunzelnd.
„Parasiten."
Er verzog zähnebleckend das Gesicht.
„Du glaubst, ich könnte Parasiten bekommen."
„Ich weiß, dass es ätzend ist, welche zu haben. Erfahrungen. Ich habe es mal vergessen und mir was eingefangen", eröffnete ich und knurrte bei der Erinnerung auf.
„Okay. Du klingst, als wäre es übel."

„Wenn du magst, mache ich es dir nachher drauf. Bisher scheinst du ja Glück gehabt zu haben", bot ich ihm an.
Colin lächelte.
„Gerne."

Colin – Abendstund

Mit pochendem Herzen lehnte ich mich zu Aramis hinüber, als wir vor meinem Haus angekommen waren.
„Ich melde mich, wie es bei mir schichtmäßig aussieht", sagte er leise, während ich seine Lippen fast nur anstarren konnte.
Anstatt etwas zu erwidern, schnappte ich mit den Zähnen nach seiner Unterlippe, biss leicht zu.
Arme schlangen sich fest um mich und Lippen drängten sich auf meine, Zähne gruben sich leicht in meine Lippen.
Gierig ließ ich mich darauf ein, nahm mit allen Sinnen auf, was ich kriegen konnte.
Nur widerwillig zog ich mich schließlich zurück.
Aramis' Augen blitzten unwillig. Ihm ging es wohl ähnlich.
„Ich warte ungeduldig", murmelte ich.
„Pass auf dich auf", gab er zurück.
Eine kurze Berührung von Krallen an meinem Handgelenk und ich wollte am liebsten einfach nur mit der Wildkatze zusammenbleiben, gar nicht aussteigen.

Dennoch öffnete ich bedauernd die Beifahrertür und stieg aus.

Es wäre alles andere als gut gewesen, wenn ich nicht nach Hause gekommen wäre. Wegen meiner Familie und der Herde.

Nur Papa. Sein Duft von Kräutern und Blumen war der einzige, der präsent genug war, um zu sagen, dass er zu Hause war.

Mama und Jenna waren vermutlich auf Patrouille.

Eigentlich wollte ich nur noch in mein Zimmer und mich schlafen legen, doch dabei fiel mein Blick ins Wohnzimmer.

Dort saß Papa auf dem Sofa und hatte eine Zeitschrift in den Händen, in der er jedoch nicht zu lesen schien, so wie er aussah.

Kurz zögerte ich, doch in mir stieg die Erinnerung auf, wie wir uns früher auf dem Sofa zusammengekuschelt hatten.

Ich mit meinen Notenblättern und Liedtexten, während er in seiner Reisezeitschrift gestöbert hatte.

Langsam ließ ich meine Tasche zu Boden gleiten und betrat den Raum. Er bemerkte mich nicht.

Zumindest so lange, bis ich mich ebenfalls aufs Sofa setzte und er den Kopf hob.

„Du bist zurück", stellte er fest und obwohl seine Stimme neutral klang, waren seine grünen Augen voller Sorge.

„Ja." Ich überlegte nur einen Moment und nahm ihm die Zeitschrift ab. „Wohin würdest du heute gerne reisen?"

Diese Frage hatte er mir manchmal gestellt, wenn ich meine Sachen zur Seite gelegt hatte, und dann hatten wir uns ausgemalt, wie es an verschiedenen Orten gewesen wäre. Tatsächliche Reisen hatten wir nur selten tun können. Schon der Herde wegen.
Papa sah mich verblüfft an.
„Ich weiß gerade nicht", gab er zu.
Lächelnd lehnte ich den Kopf an seine Schulter und griff nach der Zeitschrift, blätterte darin herum.
„Island", sagte ich und wies auf eine Seite. „Nebel, um sich zu verstecken. Heiße Quellen, wenn einem zu kühl ist." Für mich als Andenkatze wäre die kühle Luft eindeutig angenehm. „Geysire. Wenige Menschen, wenn man sich von der Hauptstadt entfernt. Stell dir die großen Felder und Landstriche vor. Vielleicht würde ich dort auf Pfoten quer übers Land laufen und nicht gesehen werden."
Papa lachte und schien es sich vorzustellen. Auch wenn er mit seinen Gedanken bestimmt falschlag, musste ich lächeln.
„Und ich würde auf den Tapirzehen alles tun, um dich einzufangen", sagte er nun.
„Wer weiß. Möglicherweise wäre ich um ein Vielfaches schneller", entgegnete ich grinsend.
„Du könntest auch so klein sein, dass ich dich mit dem Rüssel einfangen könnte."
„Dann würde ich auf Mamas Rücken springen und auf und davon reiten", erwiderte ich und wir lachten beide.
Ein wenig spekulierten und alberten wir noch herum.

Angesichts dessen, in was ich mich längst wandelte, war das natürlich zwecklos, aber es machte echt Spaß.

Aramis – Loreley

Colins Art, sich von mir zu verabschieden, war ziemlich aufwühlend.
Es gelang mir, die Krallen einzuziehen. Zu gerne hätte ich ihn mit zu mir genommen, aber das war nicht meine Entscheidung.
Ich konnte nur um ihn werben und hoffen, dass er werden würde, was ich in ihm sehen wollte.
Grollend fletschte ich meine Reißzähne und es blitzte grell auf.
Beim Mond, geblitzt worden.
Hart bremste ich ab und stoppte am Straßenrand.
Grimmig blickte ich zurück. Eine relativ alte Blitzsäule stand dort. Keine Autos in Sicht.
Murrend kletterte ich aus dem Wagen.
Normalerweise hätte ich das Knöllchen bezahlt und gut wäre, aber ich hatte die Zähne eines Raubtiers gehabt. Das durften die Menschen nicht sehen.
Knurrend verwandelte ich mich zur Hälfte. Krallen, um das Teil auseinanderzunehmen, Fell, um keine Fingerabdrücke zu hinterlassen.
Kurz witterte ich. Niemand in der Nähe.
Dann schlich ich mich zum Blitzer zurück. Nun durfte bloß kein Auto kommen.

Mit einer Kralle durchtrennte ich das Schloss, unterdrückte den Drang, richtig reinzukrallen. Keine zu offensichtlichen Spuren hinterlassen.

Nachdem das Ding offen war, riss ich das Innenleben heraus, sodass ich sicher war, dass keine Fotos mehr gesichtet werden konnten.

Den ganzen Kram warf ich in den Kofferraum und würde wohl alles ganz tief in der Erde vergraben müssen. Irgendwo möglichst weit vom Standort des Blitzers entfernt.

Als ich viel später heimkam, konnte ich leise rhythmische Klänge vernehmen. Loreley war offensichtlich noch wach.

Auch gut. Ich war ohnehin zu aufgedreht, um mich sofort schlafen zu legen.

Nicht, dass es bei uns je wirklich ruhig wurde. Wir waren oft zu den unterschiedlichsten Zeiten auf den Pfoten. Es wäre eher alarmierend gewesen, wenn es ganz ruhig gewesen wäre.

Ich hängte den Autoschlüssel ans Schlüsselbrett und machte mich auf zur Ältesten. Mir gingen so einige Dinge durch den Kopf.

Vor ihrer Tür schnupperte ich. Schien nichts Besonderes zu sein, also drückte ich sie auf.

„Tante Loreley?", fragte ich vorsichtig.

„Komm rein, mein Junge." Bei allen anderen wäre ich ausgeflippt, aber ihr konnte ich das verzeihen. „Was kann deine alte Tante denn für dich tun?"

„Ich hörte deine Trommel und kann gerade eh nicht schlafen", erklärte ich und ließ mich auf einem der verstreuten Kissen auf dem Boden nieder.

„Da dachtest du, dass wir auch gemeinsam schlaflos sein können?", fragte die Älteste schmunzelnd.

„Ich dachte, wir könnten reden. Du kennst doch die ganzen alten Wandlergeschichten."

„Beschäftigt dich etwas Bestimmtes?", forschte Loreley nach.

„Ich habe mich gefragt, ob es möglich wäre, dass bei Karnivoren zum Beispiel ein Herbivore geboren werden könnte."

Ich drehte die Tatsachen einfach mal um, um nichts zu verraten.

„Das ist kompliziert", gab die Älteste zu und legte ihre faltige Hand auf meine. „Es gibt Geschichten über solche Ereignisse, aber nichts Gesichertes." Es war manchmal doch nicht gut, dass bei uns das meiste nur mündlich weitergegeben wurde. „Da sind verschiedene Geschichten. Manche erzählen von diesen Dingen, einfach nur, dass solche Wandler geboren wurden. Und es gibt ältere Geschichten. Von Herbivoren und Karnivoren, die zusammen Kinder hatten, die nur ein Erbe in sich trugen. Da heißt es, dass das andere Erbe erst Generationen später aufgetreten sein soll. Da war der Ursprung nur noch Legende."

Gähnend streckte ich mich zwischen den ganzen Kissen aus und wandelte mich zur Hälfte, fuhr die Krallen aus und ein.

Loreley trommelte wieder leicht und lächelte mir zu.

„Wusstest du, dass es hoch im Norden ein Rudel geben soll, dass aus allen möglichen Wandlern besteht? Da soll es keine Trennungen geben."
Unwillkürlich musste ich lachen. Das erschien mir so unglaublich absurd und regelrecht lächerlich, immer wieder, obwohl ich es schon gelegentlich gehört und selbst aufgeschrieben hatte.
Die Herbivoren, die ich kannte, fürchteten unsere Krallen und Zähne.
Wie sollte man mit denen zusammen laufen, ohne Panik auszulösen?
„Glaubst du, dass sich diese Prophezeiung wirklich mal erfüllen wird?", fragte ich nach einer Weile unzusammenhängend.
„Die, die anders sind. Die, die zusammenstehen. Die, die füreinander einstehen. Die werden wecken eine alte Kraft in Zeiten der Gefahr", zitierte Loreley, ohne mit dem Trommeln aufzuhören. „Es ist lange her. Die Worte sind alt und wurden mündlich überliefert, so wie unsere Geschichte. Niemand kann sicher sein, was wirklich gemeint ist." Krallen fuhren am Rand einer Trommel entlang. „Aber bei dem Ärger mit den Wilden wäre zusätzliche Kraft nützlich." Ihre Krallen berührten meine Hand. „Aber wenigstens haben wir jemanden mit dem Mond im Blut."
Ich gab ein ärgerliches Fauchen von mir. Schön und gut, wenn das so gesehen wurde, aber ich sollte mich ja nicht einmischen.
„Deine Zeit wird kommen", sagte Loreley.
Wieder fauchte ich und schloss lieber die Augen. Diese Diskussion war ohnehin müßig.

Colin – Kräuter und Blumen

So viel zum Thema Rosmarin und Lavendel. Das Poster, mit dem ich die ersten Krallenspuren verdeckt hatte, war in drei Teile zerfetzt.
Zum ersten Mal hatte Aramis' Rat mir nicht geholfen.
Brummend setzte ich mich auf.
Irgendetwas musste ich tun, damit das nicht ständig passierte.
Ich tastete herum und fand nach kurzem mein Handy wieder.
Kurzentschlossen wählte ich Aramis' Nummer an.
Dieses Mal dauerte es etwas länger, bis er sich meldete.
„Morgen, Unschuldskater", vernahm ich ein verschlafenes Schnurren, das mir sofort ein Bild von ihm auf einem großen Bett in den Kopf setzte.
Am besten nur im Pelz seiner Zwischengestalt.
Heftig schüttelte ich den Kopf, um diese Bilder zu vertreiben.
„Morgen", erwiderte ich und fügte direkt hinzu. „Rosmarin und Lavendel helfen übrigens kein bisschen beim Schlafwandeln."
„Sollte es. Loreley hat mal gesagt: Wer von uns in der Nacht umherwandert, begebe sich tief in den Wald, um nicht gesehen zu werden, und umgebe sich mit Lavendel und Rosmarin, um ruhig zu werden und nicht weit zu laufen."

Langsam sickerten die Worte in meinen Verstand und ich musste laut lachen, als mir das Missverständnis zwischen uns klar wurde.

„Gehts dir gut?", fragte Aramis nach einer Weile.

Ich atmete mehrmals tief ein, um mich zu beruhigen.

„Ich fürchte, da haben wir aneinander vorbeigeredet", klärte ich ihn belustigt auf. „Ich habe nicht schlafgewandelt, sondern mich im Schlaf in die Andenkatze gewandelt."

Das brachte auch ihn kurz zum Lachen.

„Da muss ich tatsächlich nachfragen, ob Loreley etwas weiß", gab Aramis zu und gähnte lautstark.

„Wer ist diese Loreley eigentlich?", erkundigte ich mich, streckte mich auf dem Bett aus.

„Unsere Älteste", lautete die Antwort. „Wolltest du mir nur mitteilen, dass ich falschlag?"

Für einen Moment wollte ich ihn damit aufziehen, aber dann entschied ich mich doch anders.

„Auch um deine Stimme zu hören", nannte ich ihm den zweiten Grund.

„Sehr schön", schnurrte er hörbar zufrieden. „Ich bin auch froh, dass du angerufen hast."

Erstaunlicherweise entspannte ich mich nun richtig, genoss seine Zufriedenheit und ihn zu hören.

Wir redeten noch kurz miteinander und ich bedauerte es, dass wir das Gespräch beenden mussten.

In mehreren Zügen leerte ich die Milchpackung und stellte sie mit einem minimalen Rest zurück in den Kühlschrank. Dabei musste ich daran denken, wie Jenna wohl gucken würde, sobald sie das bemerkte.

Manchmal hatte ich einfach diesen Drang, meine große Schwester etwas zu reizen und aufzuziehen.
Und das, was ich gerade tat, mochte sie gar nicht.
Von draußen konnte ich einen Schatten hören und ging zur Terrassentür.
Hätte ich das nicht schon öfter gesehen, hätte ich die dreckverschmierte Person im Garten für ein Monster halten können. Doch das war nur Papa, der schon eine Weile im Garten beschäftigt war.
Ohne lange darüber nachzudenken, zog ich mein Oberteil aus und ging nach draußen.
Gartenarbeit hatte früher mit ihm immer viel Spaß gemacht.
„Kann ich mit anpacken?", fragte ich und streifte die Jeans ab, sodass ich nur noch in Boxershorts dastand.
Besser als die gute Kleidung zu verhunzen. Wenigstens war es etwas kühler geworden.
Und mir wurde ja zum Glück nicht kalt. Der Andenkatze sei Dank.
Papa sah überrascht auf, lächelte jedoch erfreut.
„Klar. Bin gerade mal zur Hälfte fertig", sagte er und winkte mich heran.
Ich begab mich zum Blumenbeet und grub meine Hände ohne viel Federlesen in die frische, aufgewühlte Erde.
Das hatten wir so lange nicht mehr gemacht, aber irgendwie wollte ich es gerade. Ein bisschen war es so, als hätte mich Aramis' Eröffnung über sein Verplappern aufgeschreckt.
Und gerade deshalb wollte ich wieder näher mit meiner Familie zusammenrücken. Sei es nun dadurch,

dass ich Jenna auf die Palme brachte oder wild mit Papa fantasierte oder mit ihm am Beet arbeitete.

Er reichte mir eine Blume, die ich ordentlich einpflanzte. Das hatte ich nicht verlernt.

„Hilfst du mir gleich noch beim Kräutergarten?", fragte Papa.

„Ach, lässt Mama dich da jetzt doch mehr dran als nur zum Ernten?", erwiderte ich neckend.

„Sie hat viel zu tun, aber schon ein paar Pflanzen gekauft. Aber natürlich mit detaillierten Anweisungen, wie vorzugehen ist", erklärte er halb amüsiert, halb besorgt.

„Das kann ich mir nur zu gut vorstellen." Ich hob eine Schulter. „Klar kann ich dir da auch noch helfen."

Aramis – Cousine Dachs

„Hallo, Romeo", trällerte meine Cousine Rose, betrat, ohne hereingebeten worden zu sein, mein Zimmer und warf sich quer über mein Bett.

Schnaubend lehnte ich mich gegen den Fensterrahmen zurück, wo ich auf dem Sims saß.

„Kann ich drauf verzichten", erwiderte ich schnarrend und stemmte die Beine leicht gegen den Rahmen gegenüber.

Das Fenster war gerade groß genug für dieses Manöver.

„Auf die Liebe oder was?"

„Auf eine Tragödie."

Meine Cousine lachte auf und rollte sich dabei auf meiner Matratze hin und her.
„Ich kenne da jemanden, der dich nicht besonders freundlich behandeln würde, wenn er deine Witterung an meinem Bett wahrnähme", dokumentierte ich, obwohl ich nicht ganz sicher war, wie Colin reagieren würde.
Allerdings war er recht unleidlich gewesen, als er von meinen sexuellen Erfahrungen gehört hatte.
Es gab also Spekulationsspielraum.
„Tja, ein Glück, dass du ihn eh nicht mit herbringst", merkte Rose an und streckte sich ausgiebig.
„Irgendwann werde ich das", brummte ich und ließ meine Krallen ausfahren, fügte dem Fensterrahmen neue Kerben zu den alten hinzu, die ich früher hinterlassen hatte.
„Also, du hast mich doch nicht hergebeten, damit wir über Tragödien und Witterungen reden, oder?", kam Rose nun zum Punkt, drehte sich auf die Seite.
„Würdest du ein Bild für mich malen?", stellte ich die Frage, weshalb ich sie überhaupt gerufen hatte.
„Ein Bild?"
„Du bist die beste Künstlerin, die ich kenne", erwiderte ich und sah sie unverwandt an. „Ein Geschenk."
Nun grinste Rose vielsagend.
„Ich verstehe. Klar kann ich das machen, aber bei dem Verhalten der Wilden wird es etwas dauern."
„Zum blauen Mond?"
„Das sollte ich hinkriegen."
Und so begann ich, ihr zu erklären, was ich vorhatte.

Ich rieb mich am Baum entlang, während die schwarzweiße Wandlerin mich mit fast spöttischen dunklen Augen ansah.

Dann sprang ich über ihren Körper hinweg und kroch in den Bau hinein, den sie gegraben hatte. Dachsinstinkt.

Entsprechend ihrer Größe war er auch entsprechend groß ausgefallen und bestand aus mehreren Etagen, fast wie ein geheimes Zuhause, unser Versteck. Na ja, eigentlich ihres, aber ich war der Einzige, der es auch betreten durfte.

Ziemlich dunkel zum Malen hier., kommentierte ich nicht zum ersten Mal.

Das sagst du öfter, aber meine Dachsaugen reichen schon aus., erwiderte sie und stieß einen leicht quietschenden Laut aus. *Und jetzt ab in Position mit dir. Ich habe nur wenig Zeit, bevor ich später wieder auf Patrouille muss.*

Ich fauchte leicht, streckte mich dann jedoch auf dem Moos aus, das den Boden bedeckte.

Rose verwandelte sich halb zurück und rückte ihre Utensilien zurecht, um mit meinem Wunschgemälde anzufangen. Zumindest für die Grundlinien.

„Zähne zeigen", erinnerte sie mich in scharfem und herausforderndem Ton und automatisch fletschte ich die Zähne. „Und so bleiben."

Irgendwann streckte sich Rose neben mir aus, nahm ihre volle Tierform an und drückte ihre Stirn an meine.

Das wird großartig., verkündete sie überzeugt.
Mir entkam ein amüsierter, kehliger Laut.
Gar nicht eingebildet, Dame Dachs oder wie?, gab ich neckend zurück.
Mit einer Pranke versetzte sie meinem Bauchfell einen Hieb. Nur spielerisch und ich sah es mehr, als ich es spürte, aber dennoch schnappte ich kurz nach ihr, bekam Fellspitzen zwischen die Zähne.
Ein Spiel aus früheren Tagen, als wir noch Junge waren.

„Na, was hast du den Tag über gemacht?", fragte Colin mich am Telefon, während ich mich ins weiche Gras hinter der Villa kuschelte.
„Mit einem Dachs unterwegs gewesen", gab ich ihm die einfache Antwort.
Ein leises Knurren drang an meine Ohren.
„Ein Dachs?", hakte Colin argwöhnisch nach.
Ich schmunzelte.
„Kleiner Eifersuchtsanfall?", fragte ich, konnte mir nicht verkneifen, ihn etwas zappeln zu lassen.
Ein Knurren war seine erste Reaktion.
„Einen Anfall würde ich das nicht nennen", sagte er mit einer Mischung aus Empörung und Ärger.
„Besagter Dachs ist meine Cousine", erklärte ich nun lächelnd, auch wenn er das gerade nicht sehen konnte.
„Gut."
Seine Stimmung hatte sich schnell wieder beruhigt.
„Was hast du gemacht?", erkundigte ich mich nun meinerseits.

„Mich eingesaut", eröffnete er ernst. „Bin gerade voll durchgeschwitzt."

„Ich würde dir jeden Tropfen Schweiß vom Körper lecken", raunte ich ihm dunkel zu.

„Den Schweiß nicht. Voller Schmutz und Dreck. Gartenarbeit", erwiderte er, aber sein Ton verriet, dass er sich in der Wirkung meiner Worte aufgeregt wand.

„Dann muss ich dich mal ins Schwitzen bringen", schnurrte ich ihm zu.

„Mal sehen." Ein leises Seufzen. „Können wir uns noch treffen? Hier ist nachts jetzt eh meistens keiner."

„Leider Nachtschicht." Colin knurrte unwillig. „Wir hören uns morgen und sehen uns, wenn die Zeit es zulässt."

„Bis dann."

Seine Sehnsucht war hör- und förmlich greifbar, entzündete eine heiße Flamme in meinem Blut.

Wie gerne wäre ich einfach zu ihm gerannt, aber es ging gerade nicht.

Dann war die Verbindung auch schon unterbrochen.

Leise grollend legte ich mir einen Arm über die Augen.

Ich musste bald los.

Colin – Freunde

Mürrisch starrte ich auf das dunkle Telefon. Ich sehnte mir Aramis in einer Stärke herbei, die mir einen angstvollen Schauer über den Rücken jagte.

Solche Gefühle hatte ich einfach nicht erwartet. Und nicht so schnell.
Meine Nackenhaare stellten sich auf.
Mondin, darüber wollte ich gerade nicht nachdenken.
Kurzentschlossen rief ich mein Telefonbuch im Handy auf und wählte Barans Nummer aus.
Ich verdrängte den Gedanken, ob meine Idee wirklich so gut war. Ablenkung war das, was ich brauchte.
„Du rufst mich an?", erklang die Stimme des Widders in sichtlicher Überraschung.
„Offensichtlich", brummte ich und straffte die Schultern. „Ich wollte eigentlich fragen, ob du Lust hast, zum Filmgucken vorbeizukommen."
„Oskar ist hier", eröffnete Baran langsam und zögerlich.
„Bring ihn doch mit", schlug ich, ohne lange zu überlegen, vor.
Hauptsache, ich musste nicht groß nachdenken.
„Warte kurz", forderte Baran mich auf und hatte keine Ahnung, dass ich seine weiteren Worte hören konnte.
„Colin fragt, ob wir zum Filmabend vorbeikommen wollen. Was denkst du?"
„An was für einen Film denkt er denn?"
Ich verkniff es mir, direkt zu antworten, denn die beiden sollten ja nichts von meinen verschärften Sinnen erfahren.
„Hab Verschiedenes hier. Werwölfe, Vampire, Hexenjäger, Zombies", zählte ich auf, sobald Baran die Frage an mich weitergegeben hatte.

Ich hörte ihre kurze Diskussion jenseits des Telefons mit an und verdrehte die Augen. Das Schnauben verkniff ich mir lieber.

„Wir sind in einer halben Stunde bei dir", verkündete Baran und hatte schon aufgelegt.

Eine halbe Stunde Vorlaufzeit hatte ich also.

Kurz das neue Poster prüfen, das meine Krallenspuren am Teppich verbarg.

Anschließend hinunter in Küche und Vorratskammer. Knabberzeug, Süßkram, Getränke, Becher und Schalen. Alles in meinem Zimmer drapieren und vorbereiten.

Ich war kaum fertig, da klingelte es auch schon an der Haustür.

Schnell war ich die Treppe hinab und zügelte mich im Flur. Vorsichtig sein. Nicht zu schnell und raubtierhaft bewegen.

Lächelnd öffnete ich schließlich die Tür und ließ meine Freunde herein.

Zwischen Decken und Kissen hatten wir es uns bequem gemacht und mit einem Druck auf die Fernbedienung startete ich den Film „Red Riding Hood".

„Klar, es muss immer eine Liebesgeschichte sein", kam es schon zu Beginn des Films spöttisch von Baran.

„Hach, Liebe ist doch so schön", erwiderte ich grinsend und schubste ihn direkt in Oskars Arme, während ich mich locker zurücklehnte.

„Du bist heute wieder mal wild", kommentierte Oskar und fixierte mich.
„So wild wie ein Wolf", sagte ich und entblößte die Zähne, auch wenn ich das Raubtiergebiss nicht zeigte.
Die beiden Herbivoren lachten.
Ihre Heiterkeit erstarb mit dem ersten Mord.
„Mit Wölfen handelt man nicht", dokumentierte ich und verzog die Lippen.
„Geld. Überall ist es Geld", warf Oskar zu der Verlobungssache ein.
„Wer will schon in so einer Höhle leben?", merkte Baran später zu der Wolfshöhle an.
„Wenn der einem so nahekäme, wäre es ein Leichtes, ihn auf die Hörner zu nehmen", kam es von Oskar, als der Wolf zum ersten Mal mit Valerie sprach.
„Oh, meine Pfote wird zu Lava, das ist ja blöd", trällerte Baran an der Stelle mit der Höhle.
„Immer läuft es auf den Glauben hinaus", fügte ich hinzu.
„Was wäre das Leben einfach, wenn man mit jeder Generation stärker würde", stieß ich irgendwann spitz hervor.
Egal, ob die Kommentare nun wirklich lustig oder einfach nur vor Hohn trieften, wie amüsierten uns hervorragend und kugelten uns lachend zwischen den Decken und Kissen auf dem Boden.
Gelegentlich verspürte ich den Drang, auf das Knurren des Wolfes mit Fauchen oder eigenem Knurren zu reagieren, aber ich konnte es zurückhalten.

Letztlich entschieden wir uns noch für einen weiteren Film und da es schon spät war, bot ich den beiden Herbivoren an, im Gästezimmer zu schlafen, was sie dankbar annahmen.
Da sie zur Herde gehörten, würde das auch kein Problem sein. Wir schliefen immer mal ohne große Absprache bei den anderen. Für uns keine aufwendige Sache, außer bei Herdenfremden.

Überraschenderweise war meine Familie am nächsten Morgen noch nicht zurück und so waren wir auch beim Frühstück nur zu dritt.
„Wozu dieser Aramis?", fragte Baran mich irgendwann leise.
„Menschen sind seltsam", fügte Oskar hinzu.
„Aramis ist meine Angelegenheit", stieß ich grollend hervor.
„Na ja, er sieht schon verbissen gut aus, dein Aramis", sagte Baran mit einem Mal und bekam prompt einen Ellbogen in die Seite.
Ich konnte mir ein Lachen nicht verkneifen.
„Eifersüchtig, Oskar?", fragte ich dann belustigt, unterdrückte den Drang, die Zähne zu fletschen.
„Ach, kennst du das Gefühl nicht", gab er schnippisch zurück.
Unwillkürlich entblößte ich meine Zähne, auch wenn ich die Verwandlung unterdrückte.
„Du hast ja keine Ahnung", erwiderte ich dann jedoch nur.
Ich konnte zur zähnefletschenden, zerfetzenden Bestie werden, wenn ich eifersüchtig war. Das hatte ich

genau gespürt, als diese Gefühle in mir hochgeschwappt waren.
Zum Glück ließen sie das Thema dann fallen und wir redeten über Belanglosigkeiten und dann noch kurz über die bevorstehende Anführerwahl.
„Morgen", ertönte Jennas Stimme, die zur Haustür hereinkam.
„Morgen", riefen wir dreistimmig zurück.
Meine Schwester steckte den Kopf zur Küchentür herein und grinste. Ein sehr zufriedener Ausdruck. Vermutlich war sie froh, dass ich mit Herdenangehörigen zusammen war.
„Wir brechen jetzt auf", verkündete Baran und erhob sich. „Wir sehen uns spätestens am Sonntag bei Andreas."
Ich nickte. Im Gegensatz zu meinen Freunden war ich noch nicht mit dem Frühstück fertig.
Dafür setzte sich Jenna kurz darauf zu mir an den Tisch.

Aramis – Polizei

Ein kurzes Telefonat mit Colin und dann hatte ich mich schlafen gelegt.
Aus diesem Schlaf riss Rose mich schließlich heraus: „Aufstehen. Beeil dich."
„Was denn los?", fragte ich nach dem ersten Fauchen.
„Polizei. Beeil dich", erklärte sie und ich musste sofort an das Plakat beim Fitnessstudio denken.
Mein Magen drehte sich einmal um sich selbst.

„Rian war unterwegs und hat sie am Weg gesehen", erzählte Rose weiter.
Na zum Glück war der Weg für die Autos voller Kurven und so uneben, dass man sehr langsam fahren musste. So hatte Rian quer durch den Wald schneller sein können.
Eilig sprang ich mit dem Gedanken auf und zog mich in Rekordzeit an. Selbst für mich als Wandler.
„Loreley richtet alles für ein gewöhnliches Frühstück her", eröffnete Rose mir währenddessen.

Als wir im Esszimmer ankamen, war Loreley bereits verschwunden.
„Hoffentlich wird das nicht haarig", sagte Rian, grinste jedoch wegen seiner Wortwahl.
Ich verpasste ihm einen Schlag gegen die Schulter und verteilte einige Brötchenkrümel über den Tisch, besonders die Teller.
Rose biss zweimal von einem Brötchen ab und ließ es auf meinen Teller fallen.
Fast zeitgleich klingelte es an der Tür.
„Ich gehe", rief ich, nicht ganz sicher, ob sie mich nicht eventuell doch hören konnten.
Mit einer Hand zog ich den Stuhl scharrend vom Tisch weg. Eine Inszenierung, eine Farce.
Erst dann begab ich mich zur Tür.
„Wir würden gerne mit Aramis Wilde sprechen", sagte die Polizistin, die davor stand.
Mein Herz setzte einen Schlag aus. Beim Mond, hoffentlich ging das gut.

„Das bin ich", eröffnete ich mit etwas schwacher Stimme.
„Wir haben ein paar Fragen."
Das Blut rauschte laut wie ein Wasserfall in meinen Ohren.
Ich wollte zu gerne die Tür zuknallen und meine Krallen ins Holz schlagen, aber das hätte auch nichts gebracht.
„Dann kommen sie rein", forderte ich die Beamten auf.
Es war echt ein Glück, dass wir das Erdgeschoss absichtlich menschlich gestaltet hatten, falls mal Menschen vorbei kamen.
„Was ist los?", fragte Rian, der in der Tür zum Esszimmer auftauchte.
„Nur ein paar Fragen", antwortete ich und ging auf ihn zu.
„Worum geht es?", hakte mein Bruder nach.
„Können wir uns irgendwo setzen?", schlug der Polizist vor und seine Kollegin nickte.
Rian wies hinter sich zum Esszimmer.
„Solange es sie nicht stört, dass der Tisch noch gedeckt ist", fügte er verbal hinzu. „Wir waren gerade beim Frühstück."
Wer konnte auf den Gedanken kommen, mich zu erwähnen? Und weshalb?
Vielleicht ein Hinweis der Wilden, aber woher sollten die meinen Namen haben.
Auf jeden Fall hatte ich einen dicken Kloß im Hals.
Die Beamten setzten sich auf zwei Stühle und widerwillig ließ auch ich mich nieder.

Ich legte die Hände fest zusammen, um nicht zu zittern. Die Situation war zum Brüllen.

„Sie waren vorgestern Abend in der Stadt? Im Fitnessstudio?", erkundigte sich die Polizistin.

Verblüfft starrte ich sie an, den Mund leicht geöffnet.

„Warst du das?", fragte Rian aufmerksam und angespannt.

„Ja, schon, aber warum ist das wichtig?"

Meine Verwirrung musste ich gar nicht spielen.

Beim Mond, was hatte das zu bedeuten?

„Wussten Sie, dass an der Straße aus der Stadt in diese Richtung in der Nacht von vorgestern auf gestern ein Blitzer zerstört worden ist?", fragte der Polizist ernst.

„Woher denn? Ich fahre gewöhnlich die kleinen Schleichwege", erwiderte ich.

Die Beamten musterten mich misstrauisch.

Ich hätte in der Situation am liebsten vor Erleichterung laut gelacht, denn es ging nicht um den Monstermord, sondern um den Blitzer, den ich zerlegt hatte.

„Sie sind also nicht die Landstraße entlanggefahren?"

„Nein."

„Haben sie mit meinem Bruder sonst noch etwas zu besprechen?", fragte Rian ganz der Beschützer.

Ich unterdrückte das Lächeln.

„Wir wollen sichergehen, ob er etwas gesehen hat", verkündete die Polizistin und strafte ihre eigenen Worte mit der nächsten Lüge. „Wo waren sie denn zwischen vorgestern 18 Uhr und gestern Nacht um 2?"

Nun wurde es gefährlich. Ich wollte mir den ganzen Ärger bestimmt nicht antun.

„Bis kurz vor Mitternacht war ich im Fitnessstudio", sagte ich wahrheitsgemäß und überlegte, was ich dann sagen sollte.

„Und danach?", fragte die Polizistin weiter.

Nun konnte ich nur hoffen, dass Colin mir beistehen würde, denn ich brauchte wohl ein Alibi. Es sollte auch im Sinn der Herde sein, dass man nichts von mir erfuhr.

„Ich habe den Rest der Nacht mit meinem Freund verbracht", log ich angespannt. „Ich bin morgens nach Hause gekommen."

Die Polizisten wirkten nicht zufrieden.

„Gibt es dafür Zeugen?", wollte der Mann wissen.

„Mein Freund", sagte ich grimmig.

„Vielleicht noch jemanden?"

„Mutter hatte Besuch von Loreley Zefina. Sie ist Frühaufsteherin und hat ihn womöglich nach Hause kommen sehen", kam es gespielt nachdenklich von Rose und sie fuhr sich mit einer Hand durch das kupferfarbene Haar.

Natürlich war uns Wandlern klar, dass Loreley aus dem oberen Stockwerk zuhörte und bei einer Nachfrage meine Angabe bestätigen würde.

„Wir brauchen dann noch Telefonnummern und Adressen."

Ich nahm einen Kugelschreiber aus dem Schrank hinter mir und schrieb alles auf eine Serviette.

„Aramis?", fragte Rian, nachdem die Beamten gegangen waren.

„Nicht jetzt. Ich muss Colin anrufen", fauchte ich und huschte davon.

Es dauerte nicht lange und die Andenkatze ging ans Telefon. Ein Glück.

„Hey, Aramis", grüßte er erfreut.

„Ich brauche deine Hilfe", sagte ich hastig.

„Was ist passiert?", fragte er alarmiert, die Stimme etwas höher.

„Die Polizei war hier", eröffnete ich.

„Was hast du getan?", forschte Colin argwöhnisch weiter.

Was er wohl dachte?

„Einen Blitzer zerlegt", gab ich etwas zerknirscht zu. „Nachdem wir im Fitnessstudio waren. Ich war aufgewühlt und bin mit Reißzähnen geblitzt worden."

„Verstehe", sagte er, klang dabei erleichtert. „Was kann ich tun?"

„Ich war bis früh morgens bei dir, okay?"

Seine Stimme nahm einen schnurrenden Ton an: „Das kriege ich hin. Mach dir keinen Kopf." Eine kurze Pause. „Ich würde gerne mal die Nacht mit dir verbringen."

„Werden wir", versprach ich ihm mit einem eigenen Schnurren. „Ich muss meiner Familie noch erklären, was genau passiert ist."

„Viel Glück."

„Danke, Unschuldskater."

Colin – Besuch

Da Papa zurück war, als die Polizei bei mir nach Aramis' Alibi fragte, musste ich meiner Familie definitiv eine Erklärung liefern.
Und da griff ich dann auf dieselbe Ausrede wie die Wildkatze zurück.
Ein Streuner, den ich zufällig kennengelernt hatte, mit menschlichen Sitten zu gut vertraut, um von den Wilden gekommen zu sein.
Mitten in der Wandlung geblitzt worden und deshalb den Blitzer zerstört.
Erstaunlicherweise entspannte das meine Familie in Bezug auf ihn. Entweder, weil er ein Wandler und kein Mensch war oder weil sie dachten, dass er bald wieder aus unserem Leben verschwunden sein würde.
Wenn ich an seine Worte mir gegenüber dachte, würde Letzteres eher weniger eintreten, aber das musste ich ja nicht sagen.
Lange konnten wir nicht darüber reden, denn der Abend nahte, und dieses Mal sollten alle drei auf Patrouille gehen.
Irgendwie hatte ich das Gefühl, dass etwas passiert war und die Herde nichts Genaues sagen wollte.
Jedenfalls saß ich abends alleine in meinem Zimmer und starrte an die Decke.
Baran und Oskar waren auch nicht zu erreichen gewesen, also grübelte ich einfach vor mich hin.
Zumindest bis ich ein scharfes, metallisch kratzendes Geräusch von draußen hörte.

Alarmiert lauschte ich. Irgendetwas oder eher jemand kletterte an der Regenrinne empor. Bestimmt kein normales Tier. Es musste ziemlich groß sein.

Ein Knurren vibrierte in meiner Kehle und leider konnte ich durch das geschlossene Dachfenster nichts von demjenigen wittern.

Mit pochendem Herzen lief ich zum Fenster und lauschte angespannt.

Die Person war fast oben angekommen, schien genau auf mein Fenster zuzusteuern.

Alle meine Muskeln spannten sich an, während mein Herz immer hektischer schlug.

Noch näher heran.

Dann reagierte ich nur, riss das Fenster auf und stieß zu, bevor ein Duft meinen Geruchssinn erreicht hatte.

Eine Gestalt landete locker und in der Hocke unten auf dem Boden.

Mit einem Satz durchs Fenster landete ich auf dem Dach und blickte hinab.

Ein Fauchen und die Gestalt schüttelte sich heftig. Anschließend ein kehliges Lachen, das ich nur zu gut kannte.

Aramis.

Verlegen biss ich mir auf die Unterlippe. Das hatte ich so nicht gewollt.

Mit schnellen Bewegungen kletterte er nach einem Moment wieder die Regenrinne hinauf und war kurz darauf neben mir auf dem Dach.

Die Schindeln klapperten ganz leicht.

„War das die Retourkutsche für den Schubs vom Baum?", fragte er belustigt und lehnte sich zu mir hin.

„Nur ein Versehen", murmelte ich peinlich berührt.
Aramis' herrliches Lachen ließ mich wohlig erschauern.
Ich schnappte nach Luft, als er mich unerwartet ins Ohrläppchen biss, bevor er sich durch das Dachfenster in mein Zimmer schlängelte.
Sein wunderbarer Duft war komplett um mich herum.
Schnell folgte ich Aramis durchs Fenster hinein.
Er sah sich aufmerksam um und schmunzelte beim Anblick des recht kindischen Emojiposters.
„Mir gehen irgendwann die Poster aus, um die Krallenspuren zu verdecken", rechtfertigte ich mich unaufgefordert.
Aramis lachte erneut und blickte sich weiter um.
Seine Finger berührten meine Gitarre und fünf leise Töne erklangen, als er über die Seiten fuhr.
„Spielst du professionell?", fragte die Wildkatze interessiert.
„Habe mit Klavier angefangen, weil Mama das wollte. Als ich alt genug war, habe ich zu Gitarre gewechselt", gab ich zur Antwort.
Aramis nickte und ging weiter durchs Zimmer, dorthin, wo mein Regal unter der Dachschräge stand.
„Ein Musiker mit Monstervorlieben", stellte er nach einem kurzen Blick auf meine Blu-rays und DVDs fest.
„Ich bin wild", war alles, was mir dazu einfiel.
In dem Augenblick schoss er herum und kam so schnell, wie das Raubtier, das er eben war, auf mich zu.

Mit einer Bewegung warf er mich gegen die einzige gerade Wand, drängte sich an mich.

Mein Herz raste und alles kribbelte vor Aufregung und Sehnsucht. Dabei war er direkt vor mir.

„Ich bin wilder", schnurrte Aramis und drückte seine Lippen auf meine. Gierig, wild, verschlingend.

Die sich verwandelnden Zähne schnappten nach meinen Lippen.

Unaufhaltsam kam die süße Wandlung über mich, während wir nicht aufhörten, uns zu küssen, als gäbe es keinen Morgen mehr.

Leichter Moschusduft stieg mir in die Nase, als die Erregung anstieg.

Aramis – Wildes Verlangen

Vor Verlangen grollend packte ich Colin und warf ihn ruckartig auf das Bett unter der Dachschräge, an der das lächerliche Poster hing.

Mit einem Satz folgte ich ihm, war über ihm, als er sich keuchend auf die Unterarme stützte.

Die grüngelben Augen glitzerten vor wildem Verlangen. Der Atem ging heftiger. Die Lippen geschwollen und halb zerbissen, geteilt von glänzenden Reißzähnen. Zottiges dunkles Haar. Haut halb von grauschwarzem Fell bedeckt.

Ein so verlockender Anblick, dass ich mich kaum zurückhalten konnte.

Erneut nahm ich seinen Mund in Beschlag. Küssend. Beißend. Verlangend.

Mit meinem Körper drückte ich seinen fest in die Matratze. Spürte und roch, wie sehr es ihn erregte.
Gierig schob ich die Hände unter sein Oberteil, fuhr mit den Krallen in das Fell auf seinem Oberkörper, kratzte leicht an der Haut darunter.
Keuchend warf er den Kopf zurück, sobald unsere Lippen und Zähne sich kurz voneinander lösten.
Dabei entblößte er seine Kehle für mich und ich senkte Lippen, Zunge und Zähne darauf.
„Biete mir nichts an, was du nicht wirklich zu geben bereit bist", stieß ich mit dem bisschen Selbstbeherrschung, das ich noch hatte hervor.
„Was?"
Als ich den Kopf hob, blickte er mich verwirrt an.
Beim Mond, er hatte echt keine Ahnung.
Halb fauchend, halb stöhnend vergrub ich für einen Moment mein Gesicht an seinem Hals.
„Oh, du Unschuldskater, du musst dringend lernen, deine eigenen Gesten zu verstehen", brachte ich irgendwie hervor und stemmte mich etwas hoch.
„Nicht gehen", jammerte er, aufgewühlt, erregt und verwirrt.
Der moschusartige Duft seiner Erregung war fast überpräsent, mischte sich mit meinem und ließ mich beben.
„Ich glaube nicht, dass ich dann Klauen und Zähne von dir lassen kann", knurrte ich erregt.
„Dann tu es nicht."
Ich fauchte. Ein bisschen vielleicht.

Ohne viel zu denken, riss ich mir die Kleidung vom Körper und achtete nicht darauf, dass teilweise der Stoff unter meinen Krallen zerriss.

Colin gab ein tiefes Schnurren von sich und sein Blick musterte mich funkelnd und gierig, als ich ihn wieder ansah. Immer mehr Gelb verdrängte das Grün in seinen schönen Augen.

Meine Krallen fuhren über sein Shirt und dann konnte ich nicht anders, als ihm den Stoff vom Körper zu reißen, zu zerfetzen.

Colin knurrte leise.

„Reize nie die Wildkatze", stieß ich leise grollend und etwas belehrend hervor.

Herausfordernd bleckte er die Zähne.

Kurz beugte ich mich hinab, leckte einzelne Schweißtropfen aus seinem Fell auf. Erneut nahm ich den verlockenden Duft in mich auf.

„Schweiß und Moschus, wie ich es mag", schnarrte ich, leckte mir über Zähne und Lippen.

Mit den Händen stützte ich mich neben seinem Oberkörper auf.

Das Begehren in seinem Raubtierblick war eindeutig. Eine seiner Pranken packte mich und zog mich wieder zu ihm, auf ihn, hinab.

Hitze jagte über meinen Körper, ließ ihn kribbeln und summen.

Colins Mitte rieb sich an meinem Bein, während sein Duft meine Sinne betörte.

Verlockung mit Krallen und Zähnen.

Unwillkürlich schmiegte ich meine Stirn an seine. Erst genießen, dann zuschnappen.

„Ich habe das noch nie gemacht", flüsterte er rau und schwer atmend.

„Ich bringe es dir bei. Wie alles andere auch", versicherte ich ihm dunkel. „Aber nur, was du wirklich willst."

Erneut fing ich seine Lippen ein, spürte ihn und ließ die Hände tiefer gleiten, über den kräftig, fellbedeckten Rücken, kratzte an der Hand, über den Muskeln und schob sie hinten in die Hose hinein.

Ein Stöhnen vibrierte an meinen Lippen.

Was für ein herrlicher, strammer Hintern. Stark genug, um jede Anspannung zu spüren. Irgendwann wollte ich mal hineinbeißen.

Ein durchtrainierter Körper, den ich überall erkunden wollte und in jeder Gestalt.

Ich stöhnte knurrend.

Immer wieder schnappte ich nach seinen Lippen, spürte die Zähne und raubte uns beiden immer wieder den Atem.

Stöhnend und grollend rangen wir um Luft.

In meiner Mitte loderten Flammen.

Sein Schwanz drückte durch den Stoff gegen meinen und war nicht genug. Dennoch rieben wir uns instinktiv aneinander.

„Aramis..."

Egal, was Colin sagen wollte, es ging in einem tiefen Stöhnen unter, als ich meine Hand zwischen uns drängte, in seine Hose, um seine Härte zu fühlen und im nächsten Moment den Stoff der Hose zu zerfetzen, endlich Körper und Körper pur aneinander zu spüren.

Nur Haut und Fell.

Die Zähne gebleckt schob ich mich an ihm hinab, küsste ihn auf den Bauch, biss in seine Hüfte, drückte dabei mit den Händen die Beine auseinander. Die Krallen gruben sich leicht in seine Oberschenkel.
Gierig betrachtete ich seinen harten Schwanz, die feuchte Spitze, die leicht fellbedeckten Hoden und bebte innerlich. Ein Prachtexemplar von Schwanz, verlockend, anziehend.
Meinem heißen Verlangen nachgebend leckte ich über die Spitze, kostete die hervortretenden Tropfen und wusste, davon würde ich nie genug bekommen.
Den Mund um seine Härte schließend blickte ich zu Colin auf und verlor fast die Kontrolle beim Anblick der großen gelben Katzenaugen, die mit Gier und Verlangen jede meiner Bewegungen verfolgten.
Wie meine Zunge leckte. Meine Zähne nur streiften und nagten, an dieser Stelle nicht richtig bissen.
Kleine Laute, mal stöhnend, mal fauchend oder knurrend und völlig anders, als bei bisherigen Liebhabern. Jeder davon fuhr mir heiß in den Schwanz.
Er hob mir seine Hüfte entgegen. Scharfe Krallen bohrten sich hart und aufreizend in meine Schulter. Colin krallte sich richtig an mir fest.
So fest und wild. Und er war wunderschön in seiner Ekstase.
Ihn so zu erregen, erfüllte mich mit Zärtlichkeit und Verlangen.
Ohne den Blick von ihm zu wenden, verwöhnte ich seine Härte mit allem, was ich konnte, und bemerkte

bald das Flattern seiner Lider, den intensiver werdenden Duft, die höher klingenden Laute.
Und da kam er auch schon, verströmte sich und schmeckte dermaßen köstlich, dass ich mir nichts davon entgehen lassen konnte, alles schluckte und so lange leckte, bis nichts mehr übrig war und Colin japsend zurück aufs Bett sackte.
Warme Gefühle füllten meinen Bauch.
Langsam entließ ich seinen Schwanz, konnte es mir nicht verkneifen, in seinen Oberschenkel zu beißen, ehe ich an ihm hinaufglitt, neben ihn sank.
Begierig nahm ich den Anblick der Andenkatze in mich auf.
Seine Brust hob und senkte sich heftig. Die Augen waren halb geschlossen. Große Katzenohren zuckten, schienen dennoch alles von mir wahrzunehmen.
Der Geruch von Sex und Erregung lag immer noch über uns.
Mein Schwanz pochte hart.
Brummend rieb ich ihn leicht an seiner Seite.
Blinzelnd öffneten sich Colins Augen komplett und ein Feuerwerk jagte durch meine Nerven.
„Was ist mit dir?", fragte er zögerlich, nervös, unsicher.
Mit einem Fauchen schloss ich eine Hand um meine Härte, rang um Beherrschung. Nicht wirklich einfach, mit dieser Traumkatze direkt vor meiner Schnauze.
Seine Zähne schnappten nach meiner Unterlippe, aber statt richtig zu beißen, zog er sich sofort wieder zurück.

„Darf ich das tun?", fragte er ganz leise, schlug die Augen nieder und machte eine eindeutige Handbewegung zu meiner Körpermitte, auch wenn er nicht dorthin sah.

Laut stöhnte ich auf und schaffte es nur, ihm zuzunicken. Mir war glühend heiß.

Eine Hand schob meine zur Seite, schloss sich um meinen Schwanz, rieb auf und ab, als wäre es nicht das erste Mal. Genau richtig. Nicht zu fest und nicht zu sanft. Perfekt rau.

Und Krallen, die immer wieder meine Hosen streiften.

Keuchend und knurrend warf ich den Kopf zurück und hin und her, aber lange dauerte es nicht, bis die Flammen über mir zusammenschlugen und ich darin abdriftete.

Einen Arm über den Augen ließ ich die Nachwirkungen verklingen und genoss, wie Colin sich schnurrend an meine Seite schmiegte.

Widerwillig streckte ich mich nach einer Weile und merkte bedauernd, dass das angenehme Schnurren neben mir verklang.

„Was ist?", fragte Colin leise.

„Ich muss langsam los", brummte ich in ähnlichem Ton. „Rose hat einen Teil meiner Schicht übernommen, aber sie kann nicht die ganze Nacht."

„Sehe ich dich bald wieder."

Ich drehte uns und drückte ihn fest in die Matratze.

„Sobald es zeitlich möglich ist", versprach ich.

„Hoffentlich ganz bald."

„Hoffentlich", erwiderte Colin mit einem Seufzen.
Bevor ich ging, küsste ich ihn noch einmal ganz tief, ließ die Welle der Gefühle über uns beide schwappen.
Erst dann brach ich mit deutlichem Widerwillen auf.

Colin – Die Katze aus dem Sack

Meine Laune war nicht besonders gut. Einige Tage hatte ich Aramis nicht sehen können, weil immer etwas war.
Mehrmals am Tag zu telefonieren, war einfach nicht dasselbe, wie ihn zu sehen und zu wittern und zu spüren.
Die Tatsache, dass wir nun am Sonntagvormittag das Grundstück von Onkel Andreas betraten, um seine Nachfolge zu klären, machte es nicht besser.
Normalerweise fanden die Herdentreffen auf einer Lichtung tief im Wald statt, aber da die Gefahr durch die Wilden längst nicht gebannt war, war der kürzere Weg ausschlaggebend gewesen.
Als wir dort ankamen, waren die meisten tatsächlich schon im Garten versammelt.
Corvin saß auf dem Boden und zupfte gedankenverloren an einigen Grashalmen. Er war definitiv nicht erst kurz vorher angekommen, denn seine Hose wies bereits etliche Grasflecken auf.
Eigentlich hätte ich mich gerne zu ihm gesetzt, ließ es jedoch lieber bleiben und stellte mich zu Baran und Oskar unter einen gebogenen Baum.

Die beiden hatten sich aneinander gelehnt, während ich die dunkle Rinde betrachtete und mir vorstellte, wie ich meine Krallen daran auf- und abfahren ließ.
Ruckartig wandte ich den Blick ab und sah in die Runde.
Immer mehr Personen kamen an. Einige tuschelten miteinander, andere scherzten. Gelegentlich hörte ich Anspielungen auf ihre jeweilige Tiergestalt, so wie das eben bei uns war.
„Ich nehm dich dann auf die Hörner", hörte ich Florian groß tönen.
„Viel zu langsam und schwerfällig", erwiderte sein Kumpel Boris.
Einfaches freundschaftliches Geplänkel, so lange es bei Worten blieb. Nicht, dass irgendjemand von ihnen auch nur auf den Gedanken käme, das in die Tat umzusetzen.
Mein Blick huschte weiter. Überall bildeten sich kleine Grüppchen und mich schauderte. Fast als würde die Herde in kleinere Teile zerfallen. Möglicherweise übertrieb ich auch nur mit meinen düsteren Gedanken.
Trotzdem hätte ich mich gerne fauchend im Gras gewälzt.
Zum Glück meldete sich Onkel Andreas mit einem lauten Räuspern zu Wort und hob beide Arme, sodass es endlich ruhig wurde.
„Freunde", begann er mit seiner tiefen, weichen Stimme zu sprechen. „Wir wissen alle, dass ich nicht mehr der Jüngste bin und dass jenseits unseres Gebiets große Gefahren lauern." Mir lief ein eisiger Schauer

über den Rücken, wenn ich an den sogenannten Monstermord dachte. „Aus diesem Grund habe ich euch hergebeten. Denn sollte mir etwas geschehen, möchte ich, dass klar ist, wer die Verantwortung der Führung der Herde übernimmt."

„Und wie wird das ablaufen?", dröhnte Marcos Stimme durch die Luft.

„So wie es immer war. Durch eine Abstimmung", erklärte Onkel Andreas ernst.

„Ist das in dieser Situation ratsam? Sollte in einer Lage, in der wir kämpfen müssen, nicht die Person mit der größten Kraft und Kampferfahrung anführen?"

„Du ziehst unsere Tradition in Zweifel?", fragte Jenna und trat auf den Älteren zu.

„Ich stelle die Frage, ob Tradition oder Sicherheit vorgehen", erwiderte Marco grimmig.

„Ein echter Anführer setzt die Fähigkeiten aller so ein, wie sie gebraucht werden. Das setzt Klugheit und strategisches Denken voraus, keine Kraft", entgegnete meine Schwester und trat auf den Mann zu.

„Das sehe ich anders."

Auch er bewegte sich vorwärts.

„Jedes Argument soll gehört werden, aber die Abstimmung entscheidet", warf Onkel Andreas dazwischen.

Marco schnaubte und ich sah seine Kleidung spannen, das erste Verformen der Gesichtszüge.

Und dann zerfetzt die Verwandlung seine Kleidung, ließ braunes Fell einer stillen Explosion gleich hervortreten. Ein Geweih drang aus dem Kopf.

Gewicht potenzierte sich. Ein gewaltiges Tier. Ein Elch.

Ein tiefes Dröhnen entkam seinem Maul.

Meine Muskeln spannten sich.

Mit einer eigenen Verwandlung und reißendem Stoff stand Jenna als übergroße Gämse vor dem anderen Tier und war trotzdem nur ungefähr halb so groß.

Nicht, dass ich verwandelt größer gewesen wäre. Nur hätte ich im Notfall die besseren Waffen.

Mit den Hörnern brauchte man erst einmal die richtige Position.

„Lasst den Blödsinn", rief Onkel Andreas, aber zu spät.

Marco ging mit riesigem Geweih auf Jenna los. Eine Art meckernder Laut entkam meiner Schwester.

Ihr Kopf senkte sich, bereit, die Hörner von unten gegen den Elchkörper zu rammen.

Doch Marco wich schnell zur Seite aus und rammte sie von dort, schleuderte sie durch die Luft.

Mir blieb regelrecht das Herz stehen, als Jenna hart auf dem Boden aufschlug.

Der Elch stampfte auf sie zu.

Ringsum knackten Knochen, geschahen Verwandlungen, erhoben sich Tierlaute unterschiedlichster Art.

Doch all das nahm ich nur am Rand wahr. Mein Blick war auf das riesige Tier fixiert, das es auf Jenna abgesehen hatte und nicht mal mehr auf die Rufe des Herdenführers reagierte.

Mein Körper bebte und vibrierte. Nicht meine Schwester. Niemand rührte meine Familie an.

Ein Grollen entfuhr mir und ich sprang vorwärts, ohne lange zu überlegen.
Wilder Schmerz jagte mit der Verwandlung durch mich hindurch und direkt zwischen Elch und Gämse landete ich, knurrte und schrie das größere Tier an.
Obwohl Marco so groß war, zuckte er im ersten Moment instinktiv vor dem Raubtier zurück, in das ich mich gewandelt hatte.
Überraschte Laute wurden hörbar, erfüllten die Luft, dröhnten in meinen Ohren.
Ich bewegte mich vorwärts. Knurren, Schreien, Fauchen und mit den Zähnen nach den Beinen des Elchs schnappen, dass dieser weiter zurückwich.
Er blökte quasi, schlug mit den Vorderhufen in die Luft.
Grollend sprang ich zur Seite, fuhr die Krallen aus, um an einem Baum hinaufzuspringen.
Zwei, drei Sprünge hinauf, abstoßen, halb zurückverwandeln und mit ausgefahrenen Krallen in der Drehung zuschlagen.
Ein dröhnender Schrei ertönte.
Blutgeruch erfüllte die Luft.
Ich landete auf allen vieren und sah Marcos Vorderbeine einknicken, während ich mich komplett zurückwandelte.
Blut rann über meine Haut.
Etwas Stoff meiner zerrissenen Kleidung hing noch an meinem Arm.
„Colin?", fragte Jenna, hatte sich wohl auch zurückgewandelt.
Mein Herz dröhnte und kalter Schweiß brach mir aus.

Ich holte tief Luft und bemühte mich um Ruhe.
„Da ist die Katze wohl aus dem Sack", kommentierte ich schließlich, nachdem ich mich aufgerichtet hatte.
„Das ist keine Zeit für Witze. Du hast mich angegriffen", schrie Marco, der sich auch zurückverwandelt hatte.
Dabei hielt er sich die blutigen Arme.
„Du bist auf meine Schwester losgegangen. Verwechsele hier nicht Ursache und Wirkung", fuhr ich ihn augenblicklich an.
„Ich mag ihn. Diese Katze hat echt Mumm", kam es unvermittelt von Corvin, der noch immer dort im Gras hockte, wo er sich bereits bei unserer Ankunft befunden hatte.
So ziemlich alle anderen hatten bei den Ereignissen ihre Position verändert. Manche waren immer noch verwandelt. Andere standen oder hockten nach der Wandlung nackt im Garten.
Ohne lange zu überlegen, ging ich zu dem Rabenwandler hinüber und ließ mich neben ihn ins Gras fallen.
„Danke, geflügelter Freund", sagte ich und stieß ihn in die Seite.
Mit einer Hand zupfte ich einen Grashalm ab und nahm ihn zwischen die Lippen.
„Seit wann essen Karnivoren Gras?", fragte Marco angriffslustig.
„Schon immer, um Haarballen loszuwerden", erwiderte ich die Zähne bleckend.
Corvin, Baran und Oskar lachten bei meiner Bemerkung. Andere nur sehr verhalten.

„Genug jetzt", befahl Onkel Andreas scharf. „Wir sind nicht für Geplänkel und Kämpfe hier und unsere Zeit ist begrenzt. Die Frage, die sich hier wirklich stellt, ist, wer wird zu Wahl gestellt und nach Möglichkeit Jüngere, um eine möglichst lange und sichere Führung zu gewährleisten."
„Halt", schrie Marco dazwischen. „Sollte ein Karnivore hier überhaupt mit abstimmen?"
Unwillkürlich bleckte ich grollend die Zähne.
„Ich wurde genau wie du in diese Herde geboren", knurrte ich. „Und ich habe nie jemandem etwas getan. Und ganz ernsthaft nehme ich mir jetzt sogar das Recht heraus, den ersten Kandidaten zu benennen. Den einzigen hier, der in Anbetracht dessen, was eben geschehen ist, ganz ruhig geblieben ist. Corvin Ibler."
Stimmen erhoben sich. Auch die Letzten wandelten sich, um sich an der entstehenden Diskussion zu beteiligen.
Namen wurden genannt.

Es vergingen knapp zwei Stunden, in denen die Herde über alles Mögliche diskutierte und dabei verschiedene Mitglieder vorschlug.
„Langsam reicht es", rief ich irgendwann genervt und als keiner wirklich reagierte, knurrte ich laut.
Fast sofort wurde es still.
„Die ganze Diskussion ist doch lebensschattenmäßig", stieß ich grollend hervor. „Wir haben hier drei Wandler, die zur Wahl stehen, und ich glaube nicht, dass sich sonst noch irgendwer melden wird."

„Können wir dann jetzt abstimmen?", fragte Baran und nickte mir zu.

„Da bin ich definitiv für", sagte Florian und Boris neben ihm rieb sich die Schläfen.

Beide wirkten mittlerweile sehr gestresst. Kein Wunder nach der ganzen Diskutiererei.

Von dem Ärger mit den Wilden noch gar nicht zu reden.

„Lasst uns abstimmen", sagte Onkel Andreas endlich.

„Wer ist für Rael Kadiri?"

Hände hoben sich. Die genaue Zahl konnte ich nicht nennen, aber es waren nicht wenige.

Meine dagegen blieb unten, obwohl sie meine Mutter war.

Es wurde gezählt.

„Und für Marco Tessmar?"

Weniger Hände? Oder war das nur Wunschdenken meinerseits?

„Corvin Ibler?"

Ich hob meine Hand und noch einige andere ebenfalls. Darunter auch Baran und Oskar.

Wieder wurde gezählt.

Onkel Andreas nickte.

Ich wippte nervös vor und zurück, unterdrückte den Drang, die Krallen aus- und einzufahren.

Bloß keinen weiteren Aufruhr riskieren.

„Corvin, Glückwunsch. Du wirst irgendwann die Führung dieser Herde übernehmen", sagte er schließlich.

Marco schnaubte abfällig, sagte jedoch nichts mehr. Besser für ihn.

Obwohl die Abstimmung beendet war, sprachen die Herdenangehörigen noch miteinander.
Ich klopfte Corvin gratulierend auf die Schulter, bevor ich mich erhob und zwischen die Bäume huschte, um zwischen Stoffresten, Erde und Gras nach meinem Handy zu suchen. Es dauerte auch nicht lange, bis ich es entdeckt hatte. Zum Glück nicht kaputt, nur ganz leicht verdreckt.
„Alles klar?", fragte Baran hinter mir.
„Ich muss mal eben telefonieren. Komme dann zurück", erklärte ich ihm und lief weiter in den Wald hinein.
Der Wunsch, Aramis zu treffen, war so stark. Ich musste zumindest seine Stimme hören.

Ein Stück entfernt kletterte ich einen Baum hinauf. Nur um sicherzugehen.
„Die Katze ist aus dem Sack", sagte ich nach der Begrüßung und lehnte mich gegen den Baumstamm.
„Dir geht es aber gut? Du bist nicht ausgestoßen oder?"
Das klang so zärtlich, liebevoll und besorgt, dass mir ganz warm wurde.
Ich gab ein schnurrendes Seufzen von mir.
„Alles gut", hauchte ich wie ein verliebtes kleines Mädchen.
„Gut, Unschuldskater."
„Ich würde dich so gerne sehen", flüsterte ich, konnte die Sehnsucht überall in mir spüren.

„Moment." Ein paar Sekunden war es fast still, nur eine Tür konnte ich leicht im Hintergrund hören. „In einer Stunde an unseren Felsen."
„Werde da sein", versprach ich.
Dann kehrte ich zur Herde zurück. Einige warfen mir misstrauische Blicke zu, aber ich war erleichtert, dass mich keiner darauf ansprach. Gerade wollte ich anderes.

Aramis – Dunkle Gedanken

Aufgekratzt sprangen wir umeinander herum, vor und zurück. Wieder vor und die Köpfe aneinanderdrücken. Schließlich legten wir uns nebeneinander auf einen der Felsen und kuschelten uns zusammen.
Manchmal brauchte es nicht mehr als ihn und seine Nähe. Dieses angenehm warme Gefühl. Der herrliche Duft. Das lange grauschwarze Fell. Eine Schnauze, die sich in mein Fell schob, sich regelrecht einkuschelte.
Brummend drehte ich den Kopf.
Er murrte fauchend.
Ich legte den Kopf auf seinen Nacken, knabberte ein wenig am langen Fell.
Colin zuckte nicht zurück, obwohl ich an seinem Nacken war. Offenbar vertraute er mir.
Ein tolles Gefühl.
Sein heller Kopf schob sich fast unter mich, legte sich auf meine Vorderpfoten.

Ich drückte die Nase fest in seinen Nacken. Dieser unglaubliche Duft war betörend.
In diesem Moment hätte ich alles für ihn getan, wäre mit ihm davongelaufen, ganz weit weg, wo es nur uns gab, wo wir nur zusammenstehen mussten.
Plötzlich schien der Wind sich über mir zusammenzuballen und wie ein fester Griff auf meinen Kopf zu drücken.
Ich musste diesem Gefühl entkommen und ich musste zum Rudel zurück. Das wusste ich. Das war meine Verantwortung und meine Familie.
Der Druck des Windes verebbte.
Und ich konnte ihn nicht ohne Weiteres von seiner Familie trennen. Das konnte ich ihm nicht antun.
Es musste einen anderen Weg geben.
Dunkel brummte ich vor mich hin.
Er drehte sich, stupste meine Schnauze von unten mit seiner an.
Ihm musste mein Stimmungsumschwung aufgefallen sein.
Im nächsten Moment begrub ich ihn richtiggehend unter meinen Pfoten und begann, ihn zu putzen, sein Fell entlang zu lecken.
Colin brummte erst und schnurrte letztlich unter meinem Tun. Ein Laut, der die dunklen Gedanken aus meinem Kopf vertrieb.

Nur widerwillig hatte ich mich von der Andenkatze getrennt, aber irgendwann mussten wir nach Hause.
Fast zeitgleich mit mir schlich eine andere Katze aus dem Wald. Eine viel größere.

Und direkt auf die Villa zu ließ sie sich vor der Hauswand ins Gras fallen.

Interessiert schlich ich näher und beobachtete, wie sich der riesige Tiger die leicht blutenden Wunden sauber leckte.

Rians Geruch hing an ihm, steckte ihm noch im Fell.

Ich rümpfte angespannt die Nase.

Er würde es vermutlich nie lernen. Größe war eben kein Garant für Macht.

Der Löwe schlug den Tiger immer, egal wie oft er es versuchte.

Mein Bruder war fast zehn Jahre älter als ich und damit noch zwei Jahre älter als Xander. Erfahrung schlug in diesem Fall die natürlichen Anlagen der größeren Katze.

Kopfschüttelnd wandte ich mich ab und trottete zur Eingangstür. Selbst schuld.

Für einen Augenblick dachte ich daran, wie der Tiger etwa zwei Jahre zuvor zerschunden, einsam und alleine bei uns aufgetaucht war. Verfolgt von denen, die sein Geburtsrudel ausgelöscht hatten. Auf der Suche nach einem Zufluchtsort.

Mich schüttelnd schob ich die dunklen Gefühle beiseite.

Nimea sollte sich darum kümmern, wenn sie sich schon auf den jungen Heißsporn einließ.

Lange Farne strichen über meinen Körper, während ich auf vier Pfoten durch den Wald schlich.

Leichter Nebel wanderte durch die mir unbekannten Bäume. Die Luft fühlte sich schwer auf meinem verwandelten Körper an.
Ich schüttelte eine Ranke ab, die sich ähnlich einer Schlange um eines meiner Hinterbeine schlang.
Der Boden war weich unter meinen weiteren Schritten, wie nach frischem Regen.
Fremde Gerüche füllten meine Nase, erzeugten Bilder in meinem Kopf, die mir nichts sagten, mich verwirrten.
Auf großen, viel zu hellen Pfoten schlich ich durch den unbekannten Wald, fühlte mich merkwürdig fehl am Platz und viel stärker als sonst.
Der Duft von Blut und Katze füllte plötzlich meine Nase.
Ich folgte ihm, war neugierig, was mich erwarten würde.
Ein Plätschern wie von einem Fluss ließ mich aufschrecken. Es lag in derselben Richtung.
Der Weg, dem ich durch diesen Wald folgte, stieg langsam an. Irgendwo rechts von mir verlief ein Wasserlauf, klang, als würde er von oben herabfließen.
Der Geruch fremder Katzen wurde stärker und ich lief schneller, schlängelte mich zwischen tief hängenden dunklen Ästen und schwingenden Ranken hindurch.
Verblüfft stoppte ich, blickte auf das gewaltige Wasser vor mir. Ein riesiger See. Die merkwürdigen Bäume spiegelten sich in der klaren Oberfläche.
Die Pflanzen um den See raschelten und bewegten sich.

Zögerlich ging ich vorwärts, näherte mich dem Wasser.
Mein eigenes Spiegelbild ließ mich sofort wieder zurückzucken.
Zähne zu lang. Das Fell zu hell und außerdem gefleckt.
Vor allem aber grünes und gelbes Metall auf meinem Fell. Wie eine Rüstung.
Und dann sah ich sie. Katzen, eine Schlange, etwas wie Wolf und einiges Unbekanntes.
Alle irgendwie seltsam oder lag es an diesem Metall am Körper, das mich an eine Rüstung erinnerte?
Ich war mir nicht sicher.
Nach Luft schnappend schreckte ich aus dem Schlaf hoch. So einen Traum hatte ich noch nie gehabt. Noch nie war ich im Körper einer anderen Katze gewesen. Nicht mal im Schlaf.
Tief durchatmend ließ ich den Traum Revue passieren. Der Wald konnte ein Dschungel oder Ähnliches gewesen sein. Vielleicht.
Bilder von gerüsteten Tieren blitzten in meinem Kopf auf.
Da fiel mir etwas ein.
Hastig erhob ich mich und lief zum Bücherregal, zog eines der schwarzen Bücher heraus.
Eilig blätterte ich darin herum, bis ich den Eintrag mit der entsprechenden Geschichte fand. Die Erzählung von den früheren Rudeln, als es noch zu viel mehr Kämpfen gekommen war und einige Wandler eine Rüstung getragen hatten. Besondere Rüstungen in der Wandlung eingeschlossen.

Inzwischen wusste jedoch keiner mehr, wie das ging. Vielleicht war es bei der Evolution der Wandler verloren gegangen.
Außer den Auseinandersetzungen mit den Wilden war es in unserer Welt sehr viel friedlicher geworden.
Das hatte ich vor einem halben Jahr aufgeschrieben.
Vermutlich war die aktuelle Lage der Grund für meinen Traum. Der Wunsch nach mehr Kraft, um das zu beenden.
Ich schüttelte brummend den Kopf. Was ein Mist.
Meine Gedanken rasten und vermischten eine Weile alles Mögliche.
Beim Mond, was für ein Chaos.

Colin – Wild

Drei Tage nach der Entscheidung über die Herdenführung begann die Schule wieder. Ende der Sommerferien.
Da Andreas mich trotz der Wandlung nicht für Patrouillen einsetzen wollte, hatte ich mich in die nicht weit entfernten Berge begeben.
Laut unserem Anführer sollte das Rudel besser nicht von mir erfahren. Wie nah sie dran waren, es wirklich zu wissen, konnte er ja nicht ahnen.
In den Bergen blieb ich meistens im Pelz der Andenkatze.
Das einzige, was ich mitgenommen hatte, war ein Gummizuggurt, in den ich auch als Katze

hineinschlüpfen konnte, an dem sich eine kleine Tasche für mein Handy befand.
Ich wollte sowohl für meine Familie als auch für Aramis erreichbar sein.
Telefonieren war der einzige Grund, um mich zurückzuverwandeln.
Papa rief einmal an. Meine Familie musste sich wohl erst noch an meine Art der Wandlung gewöhnen. Vielleicht tat ihnen der Abstand ähnlich gut wie mir.
Die Wildkatze meldete sich zweimal am Tag.
Erst in der Nacht vor Schulbeginn kehrte ich zurück, duschte so leise wie möglich und schlief kaum in dieser Nacht.
Ich war nervös, denn ich hatte eine Warnung aus einem Telefonat mit Aramis im Kopf.
„Du bist ein Raubtier. Du musst dich unter Kontrolle halten. Möglicherweise verletzt du sonst noch jemanden."
Als ich merkte, dass alle im Haus wach waren, setzte ich mich ans Klavier im Wohnzimmer und begann zu spielen. Improvisiert, denn ich war nicht sicher, wie gut ich noch nach Noten hätte spielen können. Es war lange her.
Einmal geriet ich aus dem Takt, als ich hörte, wie Mama sich Papa gegenüber freudig äußerte, dass ich wieder spielte.
Erst da wurde mir bewusst, dass ich nur für sie angefangen hatte zu spielen, um zu zeigen, dass sie und diese Familie mir nicht egal waren.

Es schien den Zweck zu erfüllen, denn als sie ins Wohnzimmer kam, war sie kurz bei mir und gab mir einen Kuss auf die Wange.
Eine Weile erfüllte nur der Klang des Klaviers den Raum, bevor ich schließlich aufbrechen musste, um rechtzeitig zur Schule zu kommen.

„Wie machst du das?", fragte Baran mich, als ich mich ihm gegenüber auf dem Sitz nieder ließ.
Er und Oskar hatten zwei Plätze von einem Vierer im Bus belegt. Die gegenüber waren noch frei gewesen, als ich eingestiegen war.
Lediglich in der letzten Reihe saß noch ein älterer Mann.
„Was meinst du?", gab ich eine Frage zurück und lehnte mich nach hinten.
Die Beine hielt ich widerwillig angezogen.
„Du hast einerseits lässig ausgesehen und andererseits, als wärst du voll sprungbereit", fasste mein Kumpel in Worte, was er meinte.
„Ich bin immer sprungbereit", war alles, was ich dazu sagen konnte.
Ich war eben ein Raubtier. In diesem Moment verstand ich auch Aramis' Warnung besser.
Andere Wandler wussten, woher es kommen musste, aber wie würde ich wohl auf Menschen wirken?
Dieses Gespräch konnten wir nur führen, weil noch kaum etwas los war. Eine halbe Stunde später würde sich der Bus füllen und alles musste menschlich erscheinen.

In dieser Zeit mühte ich mich um Entspannung. Das ständig präsente Raubtier etwas lockerer sein zu lassen.

Ich war nicht sicher, ob es mir wirklich gelang.

Mit fast starrem Blick sah ich auf die drei Plakate, die am Schwarzen Brett direkt neben den Kursplänen hingen.

„Schon drei", murmelte Oskar grimmig.

Ich nickte und wagte es nicht, etwas zu sagen, weil ich befürchtete, zu sehr zu knurren.

Als ich mit Aramis im Fitnessstudio gewesen war, hatte dort erst ein Bild von einem Monsteropfer gehangen. Nun waren es drei.

Mir sprang der Aufdruck einer Bürgerinitiative ins Auge. Nicht vergessen, stand ebenfalls darauf.

Die Polizei hätte bestimmt keine Fotos der Opfer aufgehängt.

Ihr Aushang war eine Warnung, sich von abgelegenen Orten und den Wäldern fernzuhalten.

„Es kommt immer näher", wisperte Baran und wies auf einige Daten auf den Plakaten.

Ich schauderte. Das war alles andere als gut. Jeder Mord rückte näher an die Stadt heran, aber vor allem schien der letzte fast an der Grenze unseres Gebiets zu liegen.

Wieder nickte ich nur.

Das musste enden.

„Ich verstehe nicht, wie man unter diesen Umständen da draußen leben kann", ertönte es hinter uns.

Marie, eine frühere Klassenkameradin, bevor es in der Oberstufe nur noch Kurse und keine Klassen mehr gab.

„Das haben wir vorher schon und wir müssen ja nicht alleine rausgehen", erwiderte Baran ernst.

Mit zusammengepressten Lippen starrte ich weiter auf die drei Plakate.

Der erste Mord lag fast einen Monat zurück. Die anderen beiden hatten in den letzten anderthalb Wochen stattgefunden. Die Zeiträume wurden kürzer.

Menschen waren in Gefahr.

Ein Grollen unterdrückend wandte ich mich den ausgehängten Kursplänen zu, machte ein Foto und schickte es an Aramis.

Vielleicht konnten wir uns sehen, wenn seine Arbeitszeiten nicht mit meinen Zeiten kollidierten.

Der Wunsch, ihn zu sehen, war nach den Geschehnissen nur umso stärker.

Ich schüttelte mir erneut etwas Wasser aus den Haaren. Es war nervig, aber immer noch besser als den heißen Luftstrom der Schwimmbadföne zu ertragen. Zumal Wandler eher selten krank wurden.

Baran und Oskar warfen mir identische, belustigte Blicke zu.

Erst der zweite Schultag und direkt schwimmen.

War eigentlich nicht so schlecht, denn im Wasser fielen meine Fähigkeiten nicht so sehr auf, wie im sonstigen Sportunterricht.

Der Klang von Musik lenkte meine Aufmerksamkeit ab, wurde erst Momente später laut genug, damit es alle hören konnten.

Es kam oben vom Platz. Dort mussten wir auch entlang, um zum Abholplatz des Busses zu kommen.

Auf jeden Fall waren es kräftige Klänge, die immer eindringlicher wurden, als wir den Hang vom Schwimmbad hinaufgingen.

Eine Wahl hatten wir ja nicht.

„Wahnsinn", hörte ich eine fremde Stimme, noch ehe ich etwas sehen konnte.

„Wie machen die das?", fragte eine weitere Stimme.

Also irgendetwas erregte da definitiv Aufmerksamkeit.

Dann hatten wir die Kuppe erreicht und konnten die Gruppe von Jugendlichen erkennen, die dort zu wilden Rockklängen tanzten. Einfach so.

Ich runzelte die Stirn. Etwas war da doch anders, schien nicht menschlich.

Langsam bewegte ich mich vorwärts, wollte es genau wissen. Fast unmenschliche Bewegungen. Na ja, mit extrem viel Übung konnten sie es wohl lernen, aber diese Gruppe war ungefähr in meinem Alter.

Ging das?

Doch meine Überlegungen lösten sich locker in Wohlgefallen auf, als ich schließlich durch die Gerüche von Menschen und zwei Herbivoren ihre wahrnehmen konnte. Karnivoren.

Gespannt beobachtete ich sie und nicht nur ich. Möglicherweise konnte ich mithalten.

Es war ein wenig Erleichterung, dass meine herbivorischen Freunde nicht wittern konnten, was diese Gruppe von Jugendlichen war.
„Das kann ich auch", rief jemand und sprang vorwärts.
Ich verkniff mir einen Kommentar, auch wenn es verlockend war. Die Wahrscheinlichkeit, dass die Worte wahr waren, war eher gering.
„Glaube ich ja nicht", behauptete jemand aus der Gruppe der Versammelten.
Ich beobachtete, wie ein Teenager vortrat, auf die Wandlergruppe zu.
Das Blut rauschte in meinen Adern. Fasziniert sah ich zu.
Die dröhnenden Klänge der Musik schienen fast eine Antwort in meinem Blut zu finden. Ähnlich dem, was in meinen Adern zu singen schien, wenn ich Aramis traf. Nicht ganz so intensiv und obwohl ähnlich, doch auch nicht identisch.
Die Körper bewegten sich.
Vorwärts, zurück, drehen. Schneller werdend. Springen.
Meine Finger krümmten sich, bogen sich.
Ich zwang mich, sie zu entspannen und konnte doch nicht verhindern, dass es wieder geschah.
Das war mehr als nur irgendein Tanz. Eine Art, die Instinkte auszuleben, ohne sich zu verraten. So lange der Körper menschlich blieb.
Es dauerte nur wenige Sekunden, da landete der Teenager auf dem Hintern. Natürlich. Menschen konnten nicht mithalten.

Die Karnivoren lachten, während die Menschen eher erschrocken und entsetzt wirkten.

Ich selbst konnte mir ein Lachen auch nicht verkneifen.

Der Teenager hatte sich schon wieder aufgerappelt und kam auf mich zu, traute sich offenbar nicht, auf die Gruppe loszugehen.

„Das findest du lustig?", fragte er angriffslustig.

„Schon. Irgendwie", erwiderte ich.

„Mach es doch besser", fuhr er mich an und schubste mich in Richtung der Wandlergruppe.

Sie wichen drehend und lachend auseinander.

Ein Mädchen warf ihr rotes Haar zurück. Fast ein Flammenkranz. Sie bleckte leicht die Zähne.

Instinktiv reagierte ich, indem auch ich die Zähne entblößte. Zumindest ein wenig.

Ihre hellen Augen blitzten auf. Alles zusammen eine Herausforderung und ich machte einen entschlossenen Schritt auf sie zu.

Die Musik schien sich gleichzeitig in meinem Blut zu spiegeln, darin ein Echo zu finden.

Sie sprang auf mich zu.

Ich machte einen leichten Satz zurück.

Da waren noch die anderen.

Drehen. Vorwärts. Zurück. Strahlende Zähne. Blitzende Augen.

Mein Instinkt reagierte sofort darauf.

Es war merkwürdig und stark. Eine Mischung aus Herausforderungen, halben Angriffen und Tanz. Mir war nicht klar, was davon am stärksten war oder wie weit ich gehen würde.

Und doch fühlte ich mich gut. Genoss es, drehte mich, sprang und spürte die Wärme der wirbelnden Körper um mich herum, war umgeben von ihren Gerüchen und ließ mich fast völlig fallen.
Wie die anderen fing ich an zu lachen.
Hände griffen nach mir und rissen mich herum.
Ich grollte. Nur leise. Nicht laut genug für die Zuschauer.
Ein tiefes Lachen dröhnte in meinen Ohren.
Entschlossen drehte ich mich, blickte den Teenager über die Schulter an.
Er sprang dicht an mich heran.
„Willst du mich anmachen?", fragte er dunkel.
Schlagartig verschwand ein Teil meiner Euphorie und dennoch drehte ich mich noch einmal.
„Verzeihung, aber dieser Kater ist bereits vergeben", teilte ich ihm mit und zog mich von der Gruppe zurück.
Sie lachten und grinsten.
Der Rotschopf nickte mir zu. Ich erwiderte die Geste.
Die Menschen starrten mich an, als ich zurück zu Baran und Oskar ging.
„Was war das denn?", fragte der Widder.
„Keine Absicht. Habe nur instinktiv reagiert. Das sind gute Tänzer", sagte ich ein wenig hastig.
Diese Teenager mussten zu Aramis' Rudel gehören. Bestimmt hätten die Karnivoren keine anderen in ihrem Revier geduldet. Mal einen Streuner vielleicht, aber keine Gruppe.

Und ich konnte meinen Freunden nicht sagen, was diese Jugendlichen waren. Nicht, wenn sie zu Aramis gehörten.
Solange sie keine Gefahr darstellten, konnte ich ihre Identität vor der Herde bewahren.
Die Ereignisse hatten mir sehr deutlich gezeigt, wie schnell ich an den Rand meiner Instinkte kam und Aramis' Warnung war umso deutlicher.

Später, gerade nach meiner letzten Stunde, hörte ich viele Gespräche, die sich um eine Person drehten, die offenbar keiner kannte, aber am Schulgelände zu warten schien.
Hauptsächlich weibliche Jugendliche, fiel mir auf.
„Ich habe ihn vom Fenster mit einer Harley ankommen sehen", sagte eine Schülerin.
„Der Typ ist einfach Zucker", erwiderte die Freundin, mit der sie sprach.
Ich verkniff mir ein Lachen.
„Heiß auf jeden Fall."
Andere Gespräche hatten ähnlichen Inhalt.
Das flüsterte ich Baran und Oskar zu, die dabei lachten.
„Na das müssen wir uns ansehen", entschied unser Gazellenwandler und lief voraus.
Solange ich hinter meinen Freunden ging, konnte ich zumindest nicht zu schnell werden.
Solange ich nicht wusste, um wen es tatsächlich ging.
Meine Muskeln spannten und mein Blut schien zu singen, sobald ich Aramis an den Zaun gelehnt stehen sah.

„Wie hattest du gesagt: Er sieht verbissen gut aus?", sagte ich zu Baran und musste mich zwingen, nicht schneller zu laufen.
Mein Kumpel lachte und stieß mich mit dem Ellbogen in die Seite.
„Du kommst wohl heute nicht mit zum Bus", stellte Oskar fest.
„Ich denke nicht. Bis später."
Ich wollte einfach nicht mehr warten, keine weiteren Gespräche führen.
Während ich mich in möglichst normaler Geschwindigkeit auf Aramis zubewegte, bemerkte ich die schwarze Harley vor dem Tor und dachte an die Unterhaltung, die ich gehört hatte. Also vermutlich sein Motorrad.
Das passte auch irgendwie besser zu ihm, als der Wagen, mit dem er mich abgeholt hatte.

Aramis – Ausflug

Ein wenig genervt stand ich auf diesem Schulhof und wartete. Nie hätte ich gedacht, dass Schule auf mich noch einmal so einen großen Einfluss haben würde. Nicht mehr als ein winziger Teil im Leben jüngerer Verwandtschaft oder Rudelangehörigen.
Stattdessen hatte ich mich darauf konzentriert, meine Zeit der von Colin in der Schule anzupassen.
Damit, dass die Schülerschaft so intensiv reagieren würde, hatte ich definitiv nicht gerechnet.

Doch all diese Gedanken verblassten, sobald ich Colin auf mich zukommen sah. Eilig, aber in menschlicher Schnelligkeit. Nicht so wie sonst.
Gerade noch langsam genug, um nicht übermäßig aufzufallen oder ungewöhnlich zu wirken.
So ein Naturtalent. Das ahnte er vermutlich nicht einmal.
Einige Mädchen sprachen davon, ob eine von ihnen sich trauen würde, mich anzusprechen.
Ich wollte am liebsten die Zähne fletschen, um ihnen unmissverständlich klarzumachen, dass sie das lassen sollten.
Da traf mich Colins Duft wie ein abrupt umstürzender Baum. Scharf, würzig und wilde Kräuter.
Mein Impuls, den Menschen zu drohen, verschwand von einem Moment zum anderen, während ich von diesem Duft eingehüllt wurde, der mein Herz stärker pochen ließ, meinen Körper zum Kribbeln brachte.
Colin lächelte mich so strahlend an, dass nichts damit zu vergleichen war und die Gefühle mich in eine andere Welt reißen wollten. In unsere, wo es Wälder, Klauen, Zähne und Fell gab.
Mit Mühe erinnerte ich mich daran, dass wir genau dort nicht waren.
„Hey", grüßte er, blieb ungefähr einen Meter vor mir stehen.
Nervös bog ich meine Finger, zwang die Krallen dazu, nicht auszufahren.
„Hey", erwiderte ich.
Ich wollte ihn halten, küssen, beißen, kratzen.

Unwillkürlich machte ich einen Schritt vor und erinnerte mich daran, dass ich nur eines davon gerade tun konnte.
Mit beiden Händen umfasste ich Colins Gesicht und legte meine Lippen fest auf seine, küsste ihn so fest und entschlossen, wie es noch möglich war.
Seine Arme schlangen sich fest um meinen Körper.
Als ich schließlich meine Stirn an seine lehnte, konnte ich einen Ausdruck in seinen grünen Augen erkennen, der meiner Gefühlslage entsprach. Gut, aber nicht genug.
„Später", versprach ich ihm flüsternd und hob dann die Stimme an. „Lust auf einen kleinen Ausflug?"
„Mit dir immer."
Er fragte nicht einmal, wo ich mit ihm hinwollte. Solch ein Vertrauen.
Mit einer Hand wirbelte ich ihn herum, sodass er auflachte und sich etwas entspannte.
Einen Arm um seine Schultern gelegt, zog ich ihn mit mir zu meiner Maschine.
Dort reichte ich ihm einen Helm, den er skeptisch musterte.
Nun gut, wir waren hart im Nehmen und hielten schnell, aber unangreifbar waren wir trotzdem nicht.
Allerdings gab es noch einen viel verständlicheren Grund, um die Helme aufzusetzen. So sehr ich meine Maschine mochte und das Gefühl, mit ihr durch die Gegend zu fahren, so laut war sie auch. Ein Helm dämpfte die lauten Geräusche.

Es hatte schließlich Gründe, weshalb alle Wagen unserer Firma, ebenso wie die der Familien des Rudels, sehr leise Motoren hatten.

„Du wirst noch froh drüber sein", sprach ich flüsternd, damit die Menschen es nicht hören würden.

„Na gut", erwiderte er, als ich schon auf das Motorrad stieg, dabei den Helm aufsetzte.

Einen Augenblick später schwang Colin hinter mir ein Bein über meine Maschine und legte die Arme um mich.

Kurz schloss ich die Augen und genoss dieses Gefühl. Sein kräftiger Körper hinter mir, an meinem.

Und dieser wunderbare Duft war selbst mit dem Helm sehr deutlich.

Ich schluckte und konzentrierte mich auf alles andere, was nötig war. Das Motorrad, die Verkehrslage.

In einer vertrauten Bewegung kickte ich den Motor wieder zum Leben und gab einmal im Stehen Gas.

Ein Mann in Arbeitskleidung – vielleicht der Hausmeister der Schule – stieß einen Fluch aus.

Da fuhr ich auch schon los. Zugegeben etwas zu schnell, aber gut. Nichts Gravierendes.

Wir fuhren weit, weg von unseren angestammten Revieren. Dorthin, wo ich wusste, dass kein anderes Rudel einen Anspruch geltend machte.

Lachend lenkte ich die Maschine schließlich auf einen Pfad. Holpernd fuhr ich über einige Wurzeln.

Colin klammerte sich automatisch etwas fester an mich, während der Motor dröhnte.

Ich preschte den schmalen Weg hinauf, ohne das Protestieren einiger aufgeschreckter Vögel zu beachten.

Auf einer kleinen Lichtung, einer Insel inmitten des Waldes, stoppte ich. Weiter würden wir so ohnehin nicht kommen.

„Du bist verrückt", merkte Colin an, als wir abstiegen.

Mir entkam ein kurzes Lachen.

„Hier können wir unsere Kleidung eher lassen, als wenn wir auf irgendeinem Parkplatz wären. Hier kommt eigentlich keiner vorbei", erklärte ich schmunzelnd. „Und in dieser Gegend können wir ohne Gefahr laufen."

„Oder andere Dinge?"

Unwillkürlich musste ich lächeln.

„Wenn du willst."

Dann zog ich mir das Oberteil über den Kopf und streifte auch meine restliche Kleidung ab.

Colin ließ mich nicht eine Sekunde aus den Augen und obwohl ich Nacktsein gewöhnt war, prickelte meine Haut aufregend.

Sein Blick war voller Bewunderung und einem gewissen Staunen, obwohl er mich so nicht zum ersten Mal sah. Ein wenig Gier lag auch darin.

Schmunzelnd zwinkerte ich ihm zu und rief die Macht in mir wach, die es meinen Knochen, Muskeln und allem erlaubte, sich zu verformen. Wundervoller Schmerz für kurze Zeit.

Auf vier Pfoten wandte ich mich zu Colin herum, dessen T-Shirt bereits auf dem Boden gelandet war.

Ich ließ mich auf die Hinterläufe sinken und beobachtete ihn.
Während der restliche Stoff zu Boden geworfen wurde, konnte ich ihn nicht aus den Augen lassen. In mir stieg die Erinnerung auf, wie er sich vor Verlangen und Gier unter mir gewunden hatte und in dem Moment verstand ich seinen Blick zuvor ganz genau.
Schon begab Colin sich auf alle viere. Sein Körper bog sich, Fell spross aus jedem Teil seines Körpers, die Wirbelsäule verlängerte sich zu einem Schweif. Hände ballten sich und drückten sich dann als Pfoten in den weichen Boden. Scharfe Zähne blitzten auf, die spitzen, befellten Ohren zuckten.
Er schüttelte sich und trat auf mich zu.
Noch immer saß ich regungslos im weichen Gras.
Ein Kopf drückte sich an meinen und alles war gut. Mehr als gut. Besonders. Bedeutend.
Und trotzdem konnte ich nicht widerstehen, ihn zu schubsen, die Zähne zu fletschen und zu den nahestehenden Buchen zu springen. Einen Blick zurückwerfen.
Colin verstand mich, ohne dass wir die gedankliche Kommunikation brauchten, die uns im Rudel verband. Er folgte mir, jagte mit mir durch den funkelnden Wald. Ein Licht, das sich zwischen den Blättern brach, es fast splittern ließ und verzauberte die Buchen und Eichen.
Begeistert sprang ich zwischen den Lichtreflexen hindurch, genoss das Spiel mit dem Licht.

Colin sprang mich von hinten an und warf mich blitzartig zu Boden. Wir kullerten über Erde und Moos.
Zähne schnappten mein Ohr, zogen daran.
Fröhlich warf ich die Andenkatze von mir und rappelte mich auf.
Seine Augen funkelten. Die Zähne gebleckt. Seitlich sprang er von mir weg. Eine Aufforderung seinerseits.
Er lief begeistert zwischen Buche und Eiche.
Ich liebe ihn., schoss es mir durch den Kopf und hätte ich es in dieser Gestalt gekonnt, hätte ich laut gelacht.
Ich hatte definitiv zu viel Zeit mit Menschen verbracht, denn das war so untypisch. Nicht, dass wir diese Gefühle nicht kannten, aber es war nicht unsere Art, das in Worte zu kleiden. Ein Frevel. Nichts, was passend erschien.
Unsere Empfindungen drückten wir durch Taten aus. Nicht durch Sprache. Zumindest keine in Lauten.
Auf schnellen Pfoten folgte ich Colin. Ich musste es ihm zeigen, bei ihm sein.

Ziemlich erschöpft streckte ich mich einige Zeit später in meiner Zwischengestalt zwischen den aus der Erde ragenden Wurzeln einer alten Esche aus, räkelte mich im spärlichen Licht.
Colin, ebenfalls halb zurückverwandelt, lachte über mein Verhalten.
„Du genießt das geradezu", stellte er belustigt fest.
Zufrieden blinzelte ich zu ihm hinüber.
„Ich bin eine Katze. Ich genieße, was immer geht", erwiderte ich, lehnte den Kopf etwas zurück.

Mein Körper passte sich perfekt den Gegebenheiten an.
Colin setzte sich neben mich auf die Erde und musterte mich nachdenklich.
„Was genießt du am allermeisten?", fragte er zögerlich.
Statt einer Antwort griff ich nach ihm, riss ihn zu mir und schmiegte mich an ihn. Mehr Antwort brauchte es doch nicht.
Er schnappte heftig nach Luft, vergrub dann sein Gesicht in meinem Fell.
„Mich?", flüsterte er schließlich.
Ich brummte nur zustimmend, drückte mich an ihn.
Doch dann schreckten wir beide mit zuckenden Ohren auf.

Colin – Grizzly auf Suche

Mit einem Ruck löste ich mich von Aramis und wandelte mich komplett. Die Wildkatze war sofort auf allen vieren neben mir.
Wir hatten es beide gewittert.
Ich machte einen Schritt vor und erstarrte, als mir klar wurde, dass ich kein Recht hatte zu insistieren.
Es gab in diesem Gebiet weder Herde noch Rudel und meines war es auch nicht.
Solange dieser fremde Wandler, den wir bemerkt hatten, nicht angriff, konnte und sollte ich gar nichts tun.

Aramis kümmerte das offensichtlich weniger, denn er setzte sich in Bewegung.
Oder war er einfach nur neugierig?
Egal. Ohne zu zögern, folgte ich ihm. Niemals würde ich ihn in so einer Situation alleine lassen.
Für einen Moment war mir, als würden Finger fest über meine Wirbelsäule fahren.
Irritiert drehte ich mich um mich selbst. Nichts zu sehen.
Aramis war weitergetrottet.
Ich verdrängte das komische Gefühl und folgte ihm weiter. Es gab gerade Wichtigeres. Dieser Wildkatze beistehen.

Der Fremde gab sich kaum Mühe, sich zu verbergen.
Er schien es lediglich eilig zu haben.
Falsch. Sie schien es eilig zu haben. Den Unterschied schnupperte ich erst beim Näherkommen.
Auf jeden Fall bewegte sie sich ohne viel Rücksicht.
Möglicherweise war Eile der Grund.
So trafen wir wenig überraschend aufeinander.
Ich hatte mit vielem gerechnet, einem Angriff, Drohgebärden, vielleicht sogar einem Rückzug, aber nicht damit, dass sie sich sofort halb zurückwandelte.
Das Fell eines Grizzlybären überzog einen menschenähnlichen Körper. Dunkle Augen blickten uns argwöhnisch an.
Aramis trat näher.
Entschlossen blieb ich an seiner Seite.
Einen kleinen Moment glaubte ich, etwas würde sich um meine Beine legen. Um jedes einzelne.

Das Gefühl verschwand und ich hatte keine Zeit, um darüber nachzudenken.

„Ich bin nicht in euer Revier eingedrungen", sagte die Frau mit grollender Stimme. „Ich suche jemanden."

Neben mir knackten Knochen und Fell raschelte. Aramis wandelte sich. Mindestens zur Hälfte, aber ich wagte mit einem Grizzly vor uns nicht, zu ihm zu sehen.

Aufmerksam blieb ich in meinem Pelz, um auf alles vorbereitet zu sein.

„Ich bin Marlin", stellte sich die Grizzly vor. „Ich komme vom Nordseerudel."

Das war ganz schön weit.

„Du bist weit von zu Hause weg", stellte auch Aramis fest.

Sein schnarrender Ton verriet mir, dass auch er sich nur halb zurückverwandelt hatte.

Ich gab ein unterstreichendes Fauchen von mir.

„Aramis. Das ist mein Gefährte."

Ihn das sagen zu hören, fühlte sich unheimlich gut an.

Ich verdrängte das Gefühl, denn es gab gerade Wichtigeres.

Erst da fiel mir noch etwas ein.

Hatte er meinen Namen absichtlich nicht genannt?

„Erzgebirgerudel", fügte Aramis seiner Vorstellung hinzu.

Möglicherweise um davon abzulenken, dass er meinen Namen zurückhielt.

Dass das so nicht ganz stimmte, kümmerte ihn gerade wohl auch nicht. Das war sein Rudel, nicht meines,

aber da er nur auf mich achtzugeben schien, ließ ich ihm das dieses eine Mal durchgehen.
„Sehr gut." Wieder überraschte Marlin mich, denn das war eine ungewöhnliche Erwiderung. „Knapp vor eurem Revier wurden drei bestialische Morde begangen. Ich habe eine Ahnung, wer dafür verantwortlich sein könnte."
„Das wissen wir selbst. Das wilde Rudel in der Nähe", schnappte Aramis.
Seine Stimmung ließ mich leise knurren.
Marlin schüttelte den Kopf.
„Vielleicht nicht ganz so", sagte sie und sträubte das Fell. „Es könnte Alex sein."
„Wer ist Alex?", fragte die Wildkatze neben mir.
Das wollte ich auch zu gerne wissen.
„Ein Abtrünniger", hauchte Marlin, wirkte verletzt, wütend und traurig auf einmal.
Mein Fell sträubte sich unwillkürlich.
Abtrünnige waren gefährlich. Sie töteten unkontrolliert, waren besessen von Blut und Fleisch der Menschen, brachten uns alle und unsere Geheimnisse in Gefahr.
„Was ist passiert?", wollte Aramis grimmig wissen.
„Es war vor etwa drei Jahren, als Alex außer Kontrolle geriet. Er tötete mehrere Menschen im Gebiet unseres Rudels. Unsere Rudelführerin berief ein Gericht ein, aber er floh. Die Mächtigsten des Rudels setzten ihm nach, um ihn aufzuhalten, aber wir verloren die Spur. Er war ziemlich geschickt darin", berichtete Marlin erstaunlich offen. „Eine Weile gab es keinen Anhaltspunkt für uns. Dann hörten wir von

ganz ähnlichen Morden in der Nähe des Erzgebirges. Die meisten meinten, dass das ortsansässige Rudel sich darum kümmern würde, aber ich wollte sichergehen und bin losgelaufen. Als Grizzlybär, um keine menschliche Spur zu hinterlassen. Ich will Alex kriegen."

„Du willst ihn töten", sagte Aramis scharf. „Ohne Gericht. Einfach so. Warum auch immer dir das so wichtig ist. Deshalb redest du. Du hoffst, dass wir dir dann helfen, ihn aufzuspüren."

Klug. Er würde eines Tages ein hervorragender Rudelführer werden.

Stolz und Wehmut erfüllten mein Herz. Einerseits war das gut, andererseits würde ich dadurch definitiv eine Entscheidung treffen müssen.

„Wenn er nicht aufgehalten wird, dann mischen sich vielleicht die Alphas ein", warf die Grizzly ein.

Selbst mit meinem langen Fell schauderte ich. Die Alphas hatten ihre Bezeichnung von alten, menschlichen Irrtümern abgeleitet. Sie sahen sich als eine Überwachung an. Eine Gerichtsinstanz, falls zu viel aus dem Ruder lief.

Und es waren verbissen starke Wandler, mit denen man sich nicht anlegen wollte. Zumal es Rudel gab, die ihrem Ruf sofort folgen würden. Mehrere.

Selbst die wildesten Rudel hielten dich ihretwegen zurück. Weshalb die Wilden seit einigen Monaten so ausgeflippt waren, war auch deshalb seltsam gewesen. Doch vielleicht hatte dieser Alex sie tatsächlich irgendwie angestachelt.

„Das ist unsere Sache", grollte Aramis aufgewühlt.

„Ich kenne Alex. Ich kann ihn wittern", entkam es Marlin. „Ihr nicht."
Mir entfuhr ein leiser Klagelaut. Möglicherweise hatte sie recht.
„Auf Pfoten brauchst du zwei Tage bis zu unserem Revier. Ich denke in der Zeit darüber nach", sagte Aramis darauf. „Bis dann."
„Viel Glück."
Die Grizzly schien ihre Worte nicht ernst zu meinen. Offenbar hoffte sie, dass wir es nicht ohne ihre Hilfe schaffen würden.
Sie wandelte sich und verschwand im Wald.
Wir warteten noch einige Minuten, ehe auch Aramis sich wieder wandelte und wir in stillem Einvernehmen zurück zu seiner Harley rannten.
Mit dem Motorrad schafften wir in wenigen Stunden die Strecke, die man auf Pfoten in zwei Tagen zurücklegte.
Selbst wir würden erst in der Nacht zurückkehren. Normalerweise hätte mich das nicht gestört, aber die neuen Informationen schienen uns zur Eile anzutreiben.

Aramis – Rudel bei Nacht

Nur ungern hatte ich Colin in Laufweite zu seinem Revier abgesetzt, aber er hatte recht. Es war keine Zeit, ihn zu Hause vorbeizubringen.
Wir mussten uns beide beeilen und zwar sehr.

Daher war es ratsam, dass ich auf schnellstem Weg zum Rudel gelangte und er zu seiner Herde.

Das miese Gefühl in meinem Bauch ließ dabei jedoch nicht nach.

In halsbrecherischem Tempo raste ich zum Revier und stoppte an der Grenze. Irgendjemand würde mich bestimmt hören.

Motor aus und rufen: „Achtung. Ruft das Rudel zusammen. Es gibt Neuigkeiten. Wir müssen uns treffen. Sofort."

Mehrmals rief ich die Worte, bis ich ein Knurren als Antwort erhielt.

Dann fuhr ich, so nah ich mit der Maschine konnte, an unseren Versammlungsplatz heran, ehe ich mich auszog und wieder verwandelte.

Es musste fast Mitternacht sein, als ich mich an den Felsen halb zurückwandelte.

Trotz der späten Stunde waren nicht alle Rudelangehörigen versammelt.

Zu anderen Zeiten verstand ich das bei spontanen Treffen, aber die wenigsten konnten um diese Uhrzeit bei der Arbeit oder in der Stadt sein.

Ich verstand, dass jemand auf die Jungen aufpassen musste, aber Nimea und Xander hatten damit nichts zu tun. Vielleicht hatten sie sich zurückgezogen.

Meine Lippen kräuselten sich verächtlich.

Kilian entdeckte ich auch nicht.

Ob er sie beobachtete?

Die Älteste kam spät, aber immerhin.

Bei ein paar wenigen wusste ich, dass sie Schicht in der Firma hatten.
Allerdings gab es noch zwei oder drei weitere, die fehlten. Ohne die Gedanken genau zu studieren, wusste ich es nicht zu hundert Prozent.
Das Rudel war in den letzten Jahren gewachsen und es waren immer mal Einzelgänger dazugestoßen und teilweise geblieben.
Manchmal war sogar jemand gegangen.
„Weshalb hast du uns zusammengerufen, Sohn?", fragte Vater mich ernst, damit ich erzählte.
Und das tat ich auch. Ein knapper Bericht. So schnell und sachlich wie möglich, ohne unnötige Details zu nennen.
Meine Erklärungen wurden nur von einigen ärgerlichen oder überraschten Tierlauten begleitet.
Schließlich erfüllte Knurren in verschiedenen Frequenzen die Luft, als ich geendet hatte.
„Ich finde, dass wir ihre Hilfe annehmen sollten", kam es von Raban.
„Ich bin nicht allwissend, aber ich fürchte, dass diese Grizzly es darauf abgesehen hat, ohne Recht und Gesetz zurückzuschlagen", warf ich grollend ein.
„Vielleicht sollten wir sie gerade deshalb im Auge behalten", merkte Loreley an und trat näher auf den Granit zu, wo wir uns befanden. „Diese Morde reichen schon. Ich will mir nicht vorstellen, was eine einzelne Wandlerin auf Rachefeldzug alles anstellen könnte, wenn wir sie nicht unter Kontrolle halten."
So ungern ich es zugab, aber damit hatte die Älteste vermutlich recht.

„Die Sache ist ganz einfach", warf Vater ein und knurrte. „Wir werden in den nächsten zwei Tagen mit allen Mitteln nach dem Mörder suchen. Sollten wir nichts finden, werden wir diese Grizzly im Auge behalten."
Ich nickte grimmig.
„Du solltest deinen Einzelgänger ebenfalls um Hilfe bitten, Aramis", kam es wieder von Loreley.
Mein Inneres verkrampfte sich schmerzhaft und ich knurrte.
Ich wollte mir Colin nicht im Kampf mit den Wilden vorstellen.
Bevor ich etwas Ablehnendes sagen konnte, fiel mir wieder ein, wie wir Marlin getroffen hatten. Zuerst hatte er gezögert und war mir dann doch gefolgt, als wolle er mich nicht alleine lassen.
Wenn ich ihn nicht mitnähme, würde er womöglich auf eigene Faust losziehen, um mir beizustehen.
Ich ignorierte das Jucken meines Kopfes, das ganz plötzlich kam.
Colin würde bestimmt mit mir kommen.
„Wenn er dabei ist, werde ich mit ihm laufen", stieß ich entschieden hervor.
Meine Stimme war ein tiefes Grollen und keiner wagte es, zu widersprechen. Nicht einmal Vater.
Besser so.
Im nächsten Moment verwandelte ich mich.
Die anderen auch und Vaters Gedanken teilten uns die Pläne für die nächsten Tage mit.

Ich finde sie., bestätigte Loreley, die sich auf die Suche machen würde, um die fehlenden Rudelangehörigen zusammenzutrommeln.
Sie würde später bei der Koordination helfen. In ihrem Alter sollte sie mit jungen, durchgedrehten Wandlern nicht mehr kämpfen.
Ich beeile mich., teilte ich schlicht mit und machte mich auf den Weg zu Colin.
Wenn diese Tatortreiniger bloß nicht so gründlich sauber gemacht hätten., vernahm ich Daniels dumpfe Gedankenstimme, während ich zwischen Eichen und Büschen ins Unterholz lief.
Ich erinnerte mich daran, wie sich das Rudel aufgeregt hatte, dass es nicht mehr möglich war, der Fährte des Mörders zu folgen, weil zu sehr sauber gemacht worden war.
Hoffentlich war Colin schon wieder zu Hause.
Vereinzelte Gedanken blitzten in meinem Kopf auf. Dieses Mal ließ ich den Kontakt zum Rudel im Hintergrund laufen, um mitzubekommen, was passieren würde.
Sonst konnte ich es mit etwas Entfernung quasi abschalten.

Colin – Die Katze der Herde

Meine Pfoten berührten den heimischen Boden, aber ich fühlte mich nicht besser.

Am liebsten hätte ich mich ins nächstgelegene Moos geworfen und hin und her gewälzt, doch dafür hatte ich keine Zeit.
Plötzlich brach ein übergroßes Wildschwein aus dem Wald und wollte wohl auf mich losgehen.
Kein Wunder, denn die Herde hatte mich nur einmal verwandelt gesehen und irgendwie konnte ich mit ihnen keine gedankliche Verbindung aufbauen.
Ein Buschbaby landete aus einem der Bäume auf dem Boden. Eileen. Sie hielt für gewöhnlich bei Nacht lediglich Wache. Ihre Sinne waren perfekt dafür ausgerichtet.
Ich wich den Hauern des Keilers aus und wandelte mich dabei.
„Ich bins nur", rief ich und sprang erneut zur Seite.
Erst nach diesem zweiten Angriff erkannte mich die Person.
Ein Ruck ging durch dessen Körper, ehe er sich verbog und Augenblicke später ein Mann auf dem Waldboden hockte.
Ebbos. Einer der zwei Keiler des Rudels.
Neben ihm wandelte sich auch Eileen und blickte mich an.
„Was stürmst du hier so rein?", fragte sie misstrauisch.
Ich bezwang den Wunsch, mich zu strecken, um schneller mit dem veränderten Körper zurechtzukommen und blieb selbst hocken.
„Ich habe Neuigkeiten, was die Morde angeht", verkündete ich und mahlte leicht mit den Zähnen. „Ich muss mit Onkel Andreas reden. Dringend."

„In die Richtung", sagte Ebbos und wies zwischen einige Bäume. „Wir informieren die anderen."
„Behalte Krallen und Zähne bei dir", stieß Eileen hervor, bevor sie sich wieder wandelte.
„Gewöhnliche Tiere sind leichter zu jagen", erwiderte ich grollend und wandelte mich erneut, um in die Richtung zu laufen, die Ebbos mir gewiesen hatte.
Hinter mir konnte ich noch die empörten Laute vernehmen, die mein letzter Satz hervorgerufen hatte.
Es wäre so viel leichter gewesen, wenn ich gedanklichen Kontakt hätte aufnehmen können.
Meine Familie hatte immer davon erzählt. Mir gesagt, dass ich das auch können würde, aber da wusste auch noch keiner, dass ich mich in einen Karnivoren verwandeln würde.
Genau erinnerte ich mich an Jennas begeisterten Bericht über das unglaubliche Gefühl, so sehr dazuzugehören, so tief mit anderen verbunden zu sein.
Mein Magen krampfte.
Ich verdrängte diese Gedanken und lief schnell weiter.

Gelegentlich sah ich Herdenangehörige, die in eine Richtung nickten, und folgte den Bewegungen.
Bis ich schließlich auf einer Lichtung stoppte, auf der Andreas und Corvin standen und mir entgegenblickten.
Natürlich wussten sie Bescheid und hatten sich verwandelt, um mit mir reden zu können.
Wahrscheinlich würden sie anschließend die Herde informieren.

Ich machte einen Satz vor und wandelte mich ebenfalls.

„Ist etwas passiert?", fragte Onkel Andreas ernst.

„Kann man auch so sagen", brummte ich und erzählte. Hastig und nur das Wichtigste. Aramis nur ganz am Rande erwähnt.

„Das ist nicht gut", dokumentierte Corvin meinen Bericht.

„Sehe ich auch so." Onkel Andreas nickte. „Colin, für dich und die anderen heißt das, dass ihr die nächsten Tage nicht zur Schule geht. Eure Familien sind befreundet. Es wird also plausibel sein, dass ihr euch mit demselben Infekt angesteckt habt. Wir brauchen alle Kräfte und für die Ungewandelten könnte es alleine zu gefährlich werden."

„Ich mache mich fertig", sagte ich schlicht.

„Du nicht." Ein glasklarer Befehl. „Keiner in der Herde ist es gewöhnt, mit dir zu laufen, und sie können deine Gedanken nicht hören. Du würdest die Herde nur ablenken."

Ich brummte unwillig.

Natürlich hatte Onkel Andreas recht, aber deshalb musste es mir nicht gefallen.

Zum ersten Mal verstand ich wirklich, weshalb sich Aramis manchmal darüber aufregte, dass er in letzter Zeit nicht mitmachen durfte, wenn das Rudel wegen der Wilden unterwegs war.

„Irgendwann werden sie dich gewandelt kennen und du kannst mitkommen", sagte Corvin etwas sanfter und ich lächelte ein klein wenig.

„Behauptest du", drang es dunkel aus dem Schatten der Bäume. „Wie sollen wir mit jemandem laufen, der uns bedroht?"
Marco. Offenbar war er hergekommen, um wieder auf mir als Katze herumzuhacken oder so ähnlich.
„Ich habe niemandem gedroht", grollte ich und fuhr etwas die Krallen aus.
„Und du fährst gerade auch nicht die Krallen aus."
Spott, fast schon Hass, sprach aus seiner Stimme.
Kalt lief es mir bei seinem Tonfall über den Rücken.
„Das tue ich auch, wenn ich Bäume zerkratze", knurrte ich.
„Ich bin der Meinung, dass wir uns ernsthaft Gedanken machen sollten, ob er zur Herde gehören sollte, Andreas", wandte Marco sich nun an unseren Herdenführer.
Ein scharfer Schmerz durchzog meine Brust. Egal, ob ich ihn nun mochte oder nicht, das tat wirklich weh. Besonders, wenn ich mir vorstellte, dass andere vielleicht ähnlich dachten.
„Er ist genauso in diese Herde geboren worden wie du", warf Corvin grimmig ein.
„Er kann nicht in Gedanken mit uns kommunizieren", rief Marco einen weiteren Grund auf den Plan.
Das war leider auch nicht von der Hand zu weisen.
Ich unterdrückte ein Knurren.
„Das konnte ich früher auch nicht", wandte Corvin ein und stieß einen kurzen, krächzenden Laut aus.
Da war der Rabe aufgewühlt.
„Und wenn er plötzlich Lust darauf entwickelt, uns zu jagen?", fragte Marco und mir wurde schlecht.

Niemals.

„Das würde er nie tun", behauptete Corvin entschieden, bevor ich dazu in der Lage war.

„Das reicht", unterbrach Onkel Andreas das düstere Gespräch und wandte sich an mich. „Geh jetzt nach Hause. Wir informieren die Herde." Leiser fügte er noch hinzu: „Das andere klären wir auch noch."

Ich war nicht sicher, ob das so leicht erledigt sein würde.

Knurrend wandelte ich mich und lief an den dreien vorbei in den Wald.

Es fiel mir schwer, Fauchen und Knurren unter Kontrolle zu bringen.

Aramis – Gemeinsam

Lächelnd blickte ich zu Colins Fenster hinauf. Es war nicht geschlossen und ich stellte mir vor, dass er es offengelassen hatte, um mich nicht noch einmal hinunterzustoßen.

Der Gedanke gefiel mir, aber ich hatte nicht viel Zeit, ihn zu genießen.

Die Gefahr rückte immer näher.

Sollten die Alphas glauben, dass wir es nicht schaffen würden, konnte das zu noch viel größeren Problemen führen als bisher. Für uns.

Heftig schüttelte ich den Kopf und lief zum Haus. Es dauerte nicht lange, zum Dach hinaufzuklettern und mich durchs Dachfenster in das Zimmer fallenzulassen.

Im nächsten Moment war Colin schon bei mir.
Blitzschnell und wäre das nicht er gewesen, hätte ich wohl mit einem Angriff gerechnet.
Sein Duft umfing mich, seine Lippen lagen fest und schnell auf meinen, die Hände gruben sich in mein Haar.
Unwillkürlich schlang ich die Arme um ihn, presste unsere Körper zusammen.
Seine Zunge glitt ungehindert in meinen Mund, fuhr die Zähne entlang.
Ich erwiderte es, ging so sehr darauf ein, wie ich konnte, ließ mich fallen.
Lippen und Zähne, ein fantastischer Körper an meinem und das schwindelig machende Gefühl, das mich gleichzeitig unglaublich an ihn zu binden schien.
„Ich habe gehofft, dass du kommst."
Halb Knurren, halb Stöhnen, als er diese Worte an meinen Lippen murmelte und leicht hineinbiss.
Mein Atem ging schwer.
„Kommst du mit mir?", fragte ich rau, leise.
„Das weißt du doch."
„Colin." Ich rang um Luft und schob ihn von mir, um meine Gefühle zumindest ein wenig unter Kontrolle zu bringen. „Es geht hier nicht um einen Ausflug. Das Rudel hat mich gebeten, dich mitzunehmen, um möglichst viele Kräfte zu haben. Alles, was möglich ist."
Colin lehnte sich lächelnd gegen die Wand unter dem Fenster.

„Bin dabei. Ich darf der Herde gerade ohnehin nicht helfen", sagte er. „Ich hasse diese Situation. Ein Teil der Herde akzeptiert mich nicht."
Für einen Moment berührte ich seinen Arm. Dann fiel mir der Ernst der Lage wieder ein.
„Das ist kein Spiel", ermahnte ich ihn scharf.
Seine Züge wurden ernster, entschlossener.
„Natürlich nicht. Aber ich bin froh, dass du hier bist. Ich hätte dich da draußen ungern gesucht", sagte er mit fester Stimme.
Also hatte ich recht gehabt. Er wäre auch ohne mich losgezogen.
„Du bist unglaublich."
Colin lächelte erneut und streifte schnell seine Kleidung ab.
Sobald er aufs Dach geklettert war, folgte ich ihm.
Zögerlich verharrte er an der Kante.
Ich entblößte kurz die Zähne und sprang hinunter.
Es dauerte zwei oder drei Sekunden, ehe auch Colin sprang und neben mir landete.
Diese Augenblicke führten mir vor Augen, wie wenig Erfahrung er eigentlich hatte. Er war in vielem so talentiert, dass man das manchmal fast vergessen konnte. Sein Zögern zeigte es jedoch noch einmal deutlich.
Wir tauschten einen intensiven Blick, bevor wir uns wandelten und gemeinsam in die Schatten des Waldes hineinliefen. Nebeneinander.
Die dunklen Baumkronen raschelten über uns im Spätsommerwind.

Das Gurren einer Taube, aber zu laut. Unbekannt, aber vermutlich Wandler.

Meine Muskeln spannten und ich rannte los.

Colin war nicht weit hinter mir. Ein gutes Gefühl. Er würde mir definitiv den Rücken decken, wenn es hart auf hart kommen sollte.

Dann sah ich es. Ein gewaltiger Fuchs und zwei große Marderartige. Marder und Frettchen.

Vor ihnen stand ein übergroßer Wolf und zwischen den Bäumen lag ein Fleckenlinsang.

Kilian und Rema.

Ärgerlich fauchte ich und sprang vorwärts.

Rufen wäre sinnvoll., wies ich den Wolf zurecht und sprang neben ihn.

Er erwiderte nichts. Die Wilden vor uns zu vertreiben, war gerade wichtiger.

Wir knurrten die anderen beiden an.

Auf meiner linken Seite tauchte Colin auf, die Zähne gebleckt. Sein Knurren war tief, aber nicht so wütend wie meines. Fast schon beherrscht.

Entweder ich war lediglich beeindruckt oder seine Ruhe ließ ihn wirklich bedrohlicher wirken als uns.

Die Wilden knurrten zurück, stoben dann jedoch davon.

Bring sie zu Loreley. Wir laufen hier weiter., sagte ich zu Kilian, sobald ich sicher war, dass die Wilden fort waren.

Kurz darauf informierte ich das Rudel über die Ereignisse.

Dann setzten Colin und ich gemeinsam unseren Weg fort. Er passte sich mir mühelos an und schien die ganze Zeit völlig ruhig zu sein.

Beim Mond, was wohl in seinem Kopf vor sich ging?

Colin – Aramis' Zuhause

Fassungslos starrte ich die gigantische Villa an, die sich auf der Lichtung mitten im Wald erhob.

„Wie viel Kohle habt ihr bitte?", war das Erste, was ich dazu sagen konnte.

Aramis lachte.

„Eine große eigene Firma. Rudelangehörige, die immer mal hier übernachten. Einzelgänger…" Wieder ein Lachen. „… Streuner." Er zwinkerte mir von der Seite zu. „Manchmal kommen einige hierher und sie können hier schlafen. Solange sie sich an die Regeln halten. In unserem Revier nicht alleine im Pelz herumlaufen. Nicht in unserem Revier jagen. Du weißt schon."

„Verstehe."

„Gefällt es dir?"

Ich verzog den Mund, aber ich wollte ehrlich zu ihm sein.

„Überhaupt nicht", gab ich zu.

Das war von allem viel zu viel.

Lachend zog er mich an seinen kräftigen Körper.

„Was stört dich?", wisperte er mir zu und rieb seine Nase an meinem Ohr.

Für einen Moment verschwamm meine Wahrnehmung und ich brauchte etwas, um ihm antworten zu können:
„Zu groß. Zu protzig. Zu teuer. Zu viel."
Aramis lachte erneut und zog mich zur Tür.
„Ich hoffe, mein Zimmer gefällt dir besser."
„Immerhin wird es dort überwiegend nach dir riechen."
Ein neuerliches Lachen schüttelte den Körper der Wildkatze. Er fand meine Reaktionen gerade wohl sehr amüsant.
Aber es war gut so, denn wenn er so war, fühlte ich mich viel ruhiger.

Die Gänge waren breit und lang. Die Treppen steil und es passte mir nicht. Alles erschien mir mehr wie ein Hotel als ein Zuhause.
Es fiel mir schwer, es als Heim zu sehen.
Zumindest bis ich Aramis' Zimmer sah.
Oder sollte ich eher Katzenhöhle sagen?
Ungefähr die Hälfte des gewaltigen Raumes war mit einem wahren Katzenspielplatz verbaut. Nur wesentlich größer. Passend für die Größe seiner Pelzgestalt.
Ein gewaltiger, etwas abgenutzter Kratzbaum, Stege und Röhren, sogar Hängematten. Höhlen und Plattformen.
Und ein Blick zur Decke zeigte mir, dass es dort überall solche Brücken und Höhlen gab. Nicht nur auf der einen Seite des Zimmers.
Die zweite Hälfte des Zimmers war etwas menschlicher gestaltet.

Das Bett allerdings schien exakt platziert, sodass man von einigen der Plattformen gerade so dorthin würde springen können.

Ein Schrank an der Wand hinter dem Kopfende.

An der gegenüberliegenden Wand standen ein Schreibtisch und ein riesiges Regal, obenauf eine Stereoanlage.

Dazwischen befand sich eine Sitzgruppe mit Tisch und statt Stühlen große Sitzkissen. Sah weich aus.

Mein Blick jedoch zuckte zur katzigen Seite zurück.

„Wow", war alles, was mir dazu einfiel.

„Sieh es dir ruhig näher an."

„Dein Ernst?"

Das konnte ich kaum glauben. Dies war sein Refugium. Sein Zuhause.

„Du weißt, wer du für mich bist."

In mir blitzte die Erinnerung an unsere Begegnung mit der Grizzly auf. Wie er mich vorgestellt hatte.

Darüber wollte ich jedoch nicht nachdenken.

Stattdessen wandelte ich mich und lief auf seinen Spielplatz zu.

Ich kletterte und sprang hinauf, schlängelte mich durch Tunnel und erkundete einzelne Höhlen.

Es war toll und spaßig und vor allem roch es überall nach Aramis. Bald war ich wie benebelt von seinem Duft. Das war wie ein starker, scharfer Gewürzwein.

Mit diesem Gefühl sank ich bald in eine der Höhlen, streckte mich darin und ließ mich von all dem einhüllen.

Nicht viel später schob sich ein weiterer Körper zu mir, eng an mich gedrückt, teilweise sogar über mich, aber das war mir egal.
Ich war mehr als zufrieden, so eng mit Aramis verbunden zu sein. Berauscht von der Nähe und dem Duft. Nichts war besser als das.

Als ich irgendwann erwachte, war ich alleine, aber der fantastische Duft lag noch immer über mir, füllte meine Nase.
Ich drehte mich, streckte die Glieder und gähnte ausgiebig.
Das war das erste Mal gewesen, dass ich in meiner Pelzgestalt geschlafen hatte, und es war herrlich gewesen. Vor allem an seiner Seite.
Ein leicht kratzendes Geräusch von einem Stift auf Papier ließ meine Ohren zucken.
Langsam schob ich mich aus der künstlichen Höhle heraus und blickte mich aufmerksam um.
Aramis saß am Schreibtisch, einen leichten Morgenmantel übergeworfen und war damit beschäftigt etwas in ein Buch zu schreiben oder so ähnlich. Die Bewegungen wirkten nicht wie Buchstaben, aber sicher war ich nicht.
Zwei Plattformsprünge und einen Satz später befand ich mich auf dem Fußboden.
Dort wandelte ich mich und ging zu Aramis hinüber.
Es gab keinen Grund, mich bemerkbar zu machen, denn er würde mich ohnehin wittern.
Hinter ihm blieb ich stehen und blickte ihm über die Schulter.

Tatsächlich waren es keine Buchstaben, sondern eine Bleistiftskizze. Eine große Katze, etwas wie ein Leopard oder Ähnliches, aber der gefleckte Körper war teilweise mit Platten und Schienen bedeckt.
„Ein Fur-Warrior?", fragte ich erstaunt.
„Ein Pelzkrieger", korrigierte Aramis sofort und ich schmunzelte.
„Ja, manchmal halten auch bei uns Wandlern die Anglizismen Einzug", erwiderte ich belustigt und legte ihm die Hände auf die Schultern, lehnte mich vor, um die Zeichnung genauer zu sehen. „Das sieht toll aus. Fast als hättest du mal einem Fur-Warrior gegenübergestanden."
Aramis gab bei der Bezeichnung ein Fauchen von sich. Offenbar gefielen im Anglizismen nicht besonders.
„Ich habe von ihnen geträumt und wollte diese Zeichnung unbedingt hinzufügen", erklärte er mir jedoch nur.
„Ist das ein Traumtagebuch?", fragte ich neugierig, aber er schüttelte den Kopf. „Mondin, was dann?"
Aramis legte den Finger an die Lippen und schloss die Augen. Lauschend.
Nun spitzte ich selbst die Ohren, aber außer uns schien keiner in der Villa zu sein.
„Es wird eine Chronik", eröffnete er mir schließlich.
Skeptisch musterte ich das dünne Buch vor ihm.
„Eine Chronik? So dünn?"
Mit einer Hand wies er auf das Regal neben dem Schreibtisch und ich drehte den Kopf. Ein ganzes Bord stand voll mit Büchern mit schwarzem Einband.

„Ich schreibe alles auf."
„Alles?"
„Na ja, wir Wandler haben keine schriftlichen Aufzeichnungen, keine Geschichtsschreibung."
Zumindest das hatten Herbivoren und Karnivoren gemeinsam. „Also habe ich mir angewöhnt, alles Wandlergeschichtliche und alle Legenden aufzuschreiben. Manchmal mache ich Skizzen und Zeichnungen dazu. Wenn ich den richtigen Impuls habe."
„Aber das weiß keiner?"
Darauf ließ sein Lauschen kurz zuvor schließen.
„Ich glaube nicht, dass sie es gutheißen würden."
„Da wirst du wohl recht haben."
Die Herde hätte da bestimmt auch nicht gut drauf reagiert.
„Was denkst du?", nur eine ganz leise Frage, aber etwas Unsicherheit schwang darin mit.
„Ich verstehe beide Standpunkte."
„Ja?"
„Der Tradition nach wird alles mündlich weitergegeben, aber gleichzeitig bin ich sicher, dass du nur sichergehen willst, dass alle Bescheid wissen, selbst wenn die Älteren nicht mehr da sein sollten", führte ich aus.
Aramis drehte sich mit dem Stuhl herum und zog mich an der Hüfte zu sich, um sein Gesicht an meinem Bauch zu vergraben.
Ich schob meine Finger in sein Haar und hielt ihn fest.
Kräftige Finger strichen über meine Seiten.

Stumm verharrte ich, genoss das Gefühl, seiner Finger und seines Atems an meiner Haut.

„Du bist einfach zu gut", brummte er und sein Atem bescherte mir eine heftige Gänsehaut.

„Du machst dir immer Gedanken um andere, besonders um dein Rudel", gab ich leise zurück, strich ihm durch das sandfarbene Haar.

Aramis hob den Kopf und blickte mich mit einem Ausdruck an, als wäre er tief verletzt.

„Ich will mit dir zusammen sein. Am liebsten alles für dich sein. Aber…"

„… du bist an dein Rudel gebunden. Nicht nur durch Geburt. Alle von ihnen sind ein Teil von dir."

Ich wusste so genau, wie es ihm ging, und ich musste unwillkürlich an meine Familie denken.

Wenn ich bei Aramis bliebe, würde ich nie wieder Jennas Ausbrüche hören, weil ich sie ärgerte. Nicht mehr sehen, wie glücklich Mama war, wenn ich ausnahmsweise mal wieder für sie auf dem Klavier spielte. Und es wäre nicht mehr möglich, mit Papa von großen Reisen zu träumen oder mit ihm im Garten zu arbeiten.

Alles in mir revoltierte. Es war, als würde es mich zerreißen.

Aramis' Blick war deutlich. Meine eigene Verzweiflung schien von seiner gespiegelt, war das, was er gerade ganz ähnlich empfand wie ich.

Und diese sich so gleichenden Gefühle verstärkten das Band zwischen uns nur. Doch das machte es nur noch komplizierter.

Mit einem leisen Jaulen schloss ich meine Augen, aber konnte diese Verbindung nicht aus meinen Gedanken lösen. Zu tief. Schon viel zu tief.

Aramis winselte, als wäre er eher ein Hund als eine Katze.

Aramis – Die Nordrudel

„Ich wünschte, wir wären bei denm Rudeln im hohen Norden", stieß ich aufgewühlt hervor, dachte an die Geschichten über sie.

„Rudel im hohen Norden?", fragte Colin, schien viel zu begierig auf die Antwort.

Er wollte sich bestimmt nur vor dieser brodelnden Verzweiflung ablenken und ich war nur zu bereit, mich darauf einzulassen.

Mit einem Arm drückte ich ihn fest an mich, während ich mich mit dem anderen an ihm vorbeistreckte, um eines meiner Chronikbücher aus dem Regal zu ziehen.

Das Buch vor mir schob ich nach oben, um das andere vor mich zu legen.

Ein Ruck und Colin saß auf meinem Schoss. Sofort schmiegte er sich an mich und ich lächelte wehmütig.

„Kapitel vier", raunte ich ihm leise grollend zu.

Seine Finger zitterten, als er das Buch aufschlug, nach dem entsprechenden Kapitel blätterte.

„Nordrudel", flüsterte er das Wort, das ich vor über einem Jahr neben die Vier geschrieben hatte. „Soll ich das jetzt lesen?"

„Nur den Rest, falls ich es nicht schaffe, dir alles zu erzählen."

Die Vorstellung, dass es so viel einfacher sein könnte, wenn wir dort geboren worden wären, konnte mir leicht den Atem rauben oder mehr. Den Willen und die Kraft zu erzählen.

„Ich kann geduldig sein", versicherte Colin mir ganz ernst.

Ich strich ihm mit dem Daumen über die Seite, wollte nicht aufhören, denn es fühlte sich gut an.

Dabei musste ich an die vergangene Nacht denken. Dort war er fast ruhig gewesen. Unerschütterlich. Entschlossen an meiner Seite.

„Das weiß ich." Brummend drückte ich den Kopf kurz an seine Schulter. „Kennst du die Geschichten der Mondjäger?"

Colin erschauerte spürbar und bewies, dass er genau wusste, wovon ich eigentlich sprach. Von den Menschen, die bis vor einigen Jahrzehnten noch auf die Jagd nach Wandlern gegangen waren. Sie hatten von Werwesen gesprochen und keine Ahnung von der Wahrheit gehabt.

Dennoch waren viele Wandler ihren Angriffen erlegen.

„Sie waren auch hier, aber wesentlich stärker im Norden aktiv. Viele Rudel wurde dezimiert. Um sich zu schützen, haben sich Rudel zusammengeschlossen, die sich sonst mieden", berichtete ich weiter.

„Zwangsverbindungen", murmelte Colin grollend.

„Es geht noch weiter." Er nickte nur leicht. „Zuerst war es so. Gezwungen, zusammen zu sein, um sich

wehren zu können. Alle waren auf der Hut. Vertrauen war selten." Ich brummte leise. „Und die Mondjäger wurden weniger. Die Rudel kleiner."
Colin lehnte den Kopf fragend zur Seite, gab mir wieder einmal den Blick auf die anziehende Wölbung seines Halses frei.
Ich gab es auf, dieser Verlockung zu wiederstehen, und leckte über seine weiche Haut, den Hals entlang. Himmlisch.
„Aramis."
Ein leises Keuchen.
„Ja, Colin?", fragte ich dicht an seiner köstlichen Haut.
„Die Nordrudel", brachte er schwer atmend heraus.
Nur widerwillig riss ich mich von seinem Hals los.
„Warum habe ich bloß davon angefangen?", fragte ich halbherzig verärgert.
„Weil du dir etwas wünschst", gab Colin mir die Antwort, die ich tief in mir auch kannte.
„Gut erkannt."
„Nur, weil es mir auch so geht."
Brummend lehnte ich meine Stirn an seine und rief mir erneut die alte Geschichte ins Gedächtnis.
„Eine kleine Gruppe von Mondjägern fand mehr heraus, als Menschen sollten. Sie stellten eine Falle direkt an der Grenze zweier Reviere. Herbivoren und Karnivoren. So ähnlich wie hier bei uns, nur haben sie sich nicht durch einen Begriff abgegrenzt. Alle nannten es alle Rudel."
Colin brummte. Sonst rührte er sich nicht.

Ich atmete seinen Duft tief ein, um mich etwas zu beruhigen, denn mit jedem Wort pochte mein Herz heftiger.

Dennoch redete ich weiter: „Die Falle schnappte tatsächlich zu. Ich erspare dir die blutigen Details. Zwei Wandler, je einer aus einem der Rudel starben. Die Rudel waren so klein, dass eine extrem enge Verbindung zwischen allen Rudelangehörigen bestand. Es gibt verschiedene Theorien, was in diesem Moment geschah. Manche sagen, es geschah durch die Vermischung ihres magischen Blutes. Andere behaupten, es war die gemeinsame Wut und Trauer. Und manche sagen, es war die volle Gestalt der Göttin am Himmel in Form des Mondes. Vielleicht war es auch eine Kombination von allem."

Colin sah auf. Die grünen Augen groß und voller Gefühle. Angespannt, neugierig, aufgewühlt, vielleicht sogar etwas ängstlich.

„Was ist passiert?", fragte er zögerlich.

„Mit einem Mal konnten sie gegenseitig ihre Gedanken hören und ihre Gefühle spüren. Sie verstanden plötzlich, wie die anderen waren und was sie ausmachte, wussten, wie weit sie einander trauen konnten. Und da kämpften sie Seite an Seite. Seitdem gibt es im Norden Rudel, in denen alle Wandler zusammenkommen."

„Wow", hauchte Colin dazu.

„Was genau daran stimmt und was nicht, kann dir heute keiner mehr sagen, aber dass es Rudel gibt, die gemischt leben, ist vielleicht ein Grund zur Hoffnung."

„Hoffen wir es." Colin knurrte leise. „Ich sollte zumindest kurz nach Hause, bevor die anderen sich Sorgen machen."
„Mach nicht zu lange. Bei dem ganzen Ärger würde ich mir wünschen, dass du nachher beim Kampftraining dabei bist. Das würde mich bei weiteren Patrouillen beruhigen."
„Ich komme schnell zurück."
Für einige Sekunden drückte ich Colin fest an mich, wollte ihn eigentlich nicht gehen lassen, aber dann lockerte ich meinen Griff doch.
Seine Stirn schmiegte sich für einige Moment an meine, gab mir das Gefühl, dass wir unabdingbar zusammengehörten.
Dann jedoch stand er auf und ging.
Für eine Weile saß ich reglos da und vermisste ihn mit einer Stärke, die im krassen Gegensatz zu der kurzen Trennungszeit stand.

Colin – Familie

„Wo warst du?", fragte Jenna, lehnte im Hausflur an der Wand.
„Du bist nicht diejenige, die mich das fragen darf", erwiderte ich und ging an ihr vorbei.
„Colin", rief sie empört meinen Namen.
„Ich war bei einem der stärksten Wandler, die ich kenne", stieß ich grollend hervor. „Und ich bin hier derjenige mit den scharfen Klauen und Zähnen."

„Sei netter zu deiner Schwester", ertönte Mamas Stimme.
Sie erschien in der Küchentür und sah mich missmutig an.
„Ich bin nett, wenn ich nett sein will", knurrte ich, hatte nicht die Nerven, mich zurückzuhalten.
Das war vollkommen verrückt. Ich war fast verzweifelt, nur weil ich dachte, sie zu verlieren, und nun benahm ich mich total daneben.
Ärgerlich, ohne genau zu wissen auf wen, begab ich mich ins Wohnzimmer und sank auf die Couch, rollte mich dort zusammen.
„Colin."
Papas Stimme klang sanft und etwas traurig. Seine Hand fuhr mir über den Rücken.
Ich brummte leise, ließ ihn machen.
„Du siehst aus wie eine Katze", sagte Jenna nachdenklich.
Ihr Schatten fiel über mich.
„Ich bin eine Katze", erwiderte ich fauchend.
Der Blick auf mich hinab bekam etwas Trauriges.
„In letzter Zeit fühlt es sich an, als würdest du dich zurückziehen. Und wenn du gehst, ist es, als kämst du nicht wieder", flüsterte Papa unerwartet.
Mein Inneres zog sich zusammen.
„Aber ich bin hier", flüsterte ich und kämpfte darum, ähnliche Gedanken loszuwerden.
All dieses Durcheinander hatte sich schon bei Aramis in meinem Kopf abgespielt und ich wurde es nicht los. War es als Karnivore überhaupt möglich zu bleiben?

Diese Frage wirbelte meine Eingeweide genauso durcheinander, wie es der Gedanke tat, einfach der Wildkatze zu folgen, die meine Seele berührt hatte.

„Wie lange noch?", fragte Jenna bitter und ich drehte mich fauchend auf der Couch herum.

Beide wichen zuckend zurück und blickten mich anschließend entschuldigend an.

„Ich würde euch nie etwas tun", stieß ich ärgerlich hervor und richtete mich widerstrebend auf.

„Entschuldige", murmelte Papa, senkte leicht den Kopf.

Er schien das wirklich ernst zu meinen.

Jenna rang nervös die Hände.

Ein plötzlicher scharfer Geruch schreckte mich auf. Etwas verbrannte. Nur ganz leicht.

Es dauerte nur einen Augenblick, bis ich wusste, wo es war.

Mit einem Satz, den beide nicht erwartet hatten, war ich auf den Füßen und raste in die Küche, um die Pfanne von der heißen Platte zu ziehen.

„Colin?", fragte Mama verblüfft.

„Du sollst doch nicht kochen", brummte ich.

„Es ist doch gar nichts passiert", behauptete sie noch immer irritiert.

Meine Sinne verrieten mir, dass Papa und Jenna den Raum betraten.

Ich blickte nachdenklich in die Pfanne und brauchte ein paar Sekunden, um zu begreifen.

„Es fing gerade an, anzubrennen", murmelte ich und nutzte den Pfannenwender, um es zu zeigen.

Es war nicht viel, aber etwas länger und es wäre ungenießbar geworden.

„Dann haben wir immerhin nachher noch Bratkartoffeln", stellte Papa betont optimistisch fest.

„Mama, kümmere dich doch um den Salat." Ein Salat, den ich bestimmt nicht anrühren würde. „Ich übernehme hier."

Ich machte mich direkt danach wieder am Herd zu schaffen.

Langsam kaute ich auf den Bratkartoffeln herum. Die gingen noch.

Beim Salat schüttelte ich jedoch hastig den Kopf.

„Du solltest etwas mehr Vitamine zu dir nehmen", sagte Mama nicht zum ersten Mal.

Nun hatte ich jedoch eine passende Erwiderung darauf.

„Wo soll ich die Haarbälle dann hinspucken?", fragte ich ernst und wurde von drei Stellen angestarrt.

„Du bist doch nicht gewandelt", warf Jenna ein.

„Ich bin auch kein Herbivore. Mein Magen ist jetzt vielleicht nicht so empfindlich wie gewandelt, aber ich kann auch nicht alles essen", erklärte ich und nahm noch eine Gabel voller Kartoffeln.

Meine trockene Feststellung hatte wieder für Schweigen gesorgt. Unangenehm.

Früher war es anders gewesen. Wenn wir mal dazu gekommen waren, zusammen zu essen, hatten wir uns über alles Mögliche unterhalten können. Gerade war es fieser, sehr viel verkrampfter.

„Wie machen sich Oskar und Baran?", fragte ich nach einer Weile, wollte die Stille nicht mehr ertragen müssen.

„Ganz gut", murmelte Mama unsicher und lächelte unerwartet. „Du hast mal viel für Oskar empfunden."

„Er war nicht der Richtige." Aramis schon, nur leider war es mit ihm auch viel komplizierter. „Außerdem ist er doch längst mit Baran zusammen. Und das ist gut so."

Selbst wenn das Leben anders wohl einfacher gewesen wäre.

„Das würde es jedenfalls einfacher machen", sagte Jenna, als hätte sie meine Gedanken gelesen.

„Das Leben ist kein Wunschkonzert", benutzte ich ausnahmsweise einen Spruch der Menschen, um zu zeigen, dass man nicht immer wählen konnte. „So ist es nun mal. Ich weiß nicht einmal, inwieweit ich mit einem Herbivoren zusammen sein könnte. Ihr wisst es doch selbst. Es gibt so viel mehr Menschen als Wandler und dennoch kommt es so gut wie nie vor, dass einer von uns mit einem Menschen eine ernsthafte Beziehung eingeht und die wenigen, die es gibt, sind so unglaublich kompliziert. Vielleicht schaffen es ein Herbivore und ein Karnivore auch, nur sehr bedingt Gefährten zu sein."

Diese Überlegung war mir zwischenzeitlich schon gekommen, aber zum ersten Mal sprach ich sie laut aus.

Mit diesen Worten löste ich ein bedrückendes Schweigen aus und hatte keinen Appetit mehr. Meine

Gabel landete auf meinem nur zu zwei Dritteln geleerten Teller.

„Vielleicht", murmelte Papa und legte mir eine Hand aufs Handgelenk.

So vertraut und irgendwie mit einem Mal doch fremd. Dennoch ließ ich es zu.

Mama war weniger sanft und verständnisvoll. Ihre Frage war härter und realistischer: „Mondin, was hast du jetzt vor?"

„Ich weiß es nicht", gab ich zu und senkte den Blick, als mir noch etwas einfiel. „Aber ich sehe mir das Ganze lieber an, anstatt von vornherein alles in Schatten zu sehen."

„Sei vorsichtig", ermahnte Jenna mich.

Ich nickte leicht.

Wenn es zwischen Rudel und Herde nur nicht so kompliziert wäre, dann hätte es die Dinge vor allem für mich einfacher gemacht.

Aramis – Wie wir kämpfen

„Ihr müsst mit allem rechnen. Auch dem Unerwarteten", erklärte Rian gerade und ging vor uns hin und her.

Orangegelbes, kurzes Fell bedeckte seinen halbmenschlichen Körper. Die Augen waren ungewöhnlich schwarz. Sein Schweif zuckte aufgeregt durch die Luft. Seine Haare waren zu einer dunklen Mähne geworden.

Auch wir anderen saßen halb verwandelt im weichen Gras und hörten ihm zu, obwohl ich selbst das alles schon öfter gehört hatte.

Hinter uns im Wald zwischen zwei großen Buchen hockte eine übergroße Andenkatze und lauschte den Ausführungen ebenfalls.

Natürlich hatten wir alle Colins Ankunft vor knapp fünf Minuten mitbekommen, aber niemand sagte etwas dazu. Bisher.

„Wir haben heute ein gutes Beispiel dafür", eröffnete mein Bruder nun und wies genau dorthin, wo sich die Andenkatze befand.

Ich schluckte und drehte mich um.

Colin hatte sich etwas aufgerichtet und seine Ohren nach vorne gerichtet. Sein Schweif zuckte nervös hin und her.

Tief durchatmend hob ich eine Hand.

„Komm schon her", forderte ich ihn auf.

Nur zögerlich setzte er sich in Bewegung, betrachtete die anderen Karnivoren misstrauisch, während er sich mir näherte.

Noch immer vollständig verwandelt, schmiegte er sich schließlich an mich, legte seinen Kopf in meinem Schoss ab.

Lächelnd beugte ich mich hinab, drückte einen Kuss zwischen den aufgestellten Ohren auf seinen Kopf und vergrub kurz mein Gesicht in seinem grauschwarzen Fell.

Sein fantastischer Duft hüllte mich ein.

Colin entspannte sich ein wenig.

„Das ist eine Andenkatze. Oft auch Bergkatze genannt. Wenn ihr genau hinseht, werdet ihr erkennen, dass er ein längeres Fell hat als andere Katzenarten. Ihr solltet euch klar sein, dass ein solches Fell ihm einen etwas besseren Schutz bietet und ihr bei ihm fester und tiefer zubeißen müsstet."
Ich drehte mich und meinen Kopf etwas, um ihn gegen Colins Stirn lehnen zu können.
„Aber nicht leichtsinnig werden", ermahnte ich ihn. „Ich will dich nicht zusammenflicken müssen."
„Für alle hier gilt das. Keine leichtsinnigen Aktionen. Ihr habt gesehen, dass selbst eine Wildkatze einen Jaguar besiegen kann, wenn die Umstände entsprechend sind", warf Rian ein und blickte mich durchdringend an.
Ein kurzes Schaudern überlief mich. Ich selbst war der Meinung, dass ich wegen des Angriffs auf meinen Bruder zu so einem Kraftakt fähig gewesen war.
Die meisten anderen behaupteten, dass ich in dieser Nacht die Hilfe der Göttin hatte. Den Mond im Blut, nannte man das wohl. Aus alten Geschichten stammend.
Wenn ein Wandler im Mondschein ungeahnte Kräfte entwickelte, die über jedes gewöhnliche Maß hinausgingen.
Ich verkrampfte mich und Colin hob den Kopf, blickte mich sorgenvoll an. Es war fast unheimlich, wie gut er mich einschätzen konnte.
„Später", flüsterte ich ihm zu.
„Aber wir beginnen gleich mit etwas Einfacherem", fuhr Rian fort. „Ihr werdet mit einem Gegner in eurer

eigenen Größe kämpfen. Noch ein paar Dinge dazu. Kehle und Schnauze sind am empfindlichsten. Beißt leicht daneben oder nicht allzu fest zu. Das hier ist nur Training. Wer die eigenen Krallen aus- und einfahren kann, soll sie im Training eingezogen lassen. Findet euch zu zweit zusammen. Ungefähr dieselbe tierische Größe. Später werden wir uns damit auseinandersetzen, einen größeren Gegner zu bekämpfen oder eine Gruppe von Gegnern."

Natürlich kannte ich das alles schon, aber ich wollte dafür sorgen, dass auch Colin es konnte.

„Komm, Unschuldskater", flüsterte ich ihm zu.

„Sucht euch genug Platz", rief mein Bruder, während ich bereits auf die Beine kam.

Die Andenkatze trottete neben mir her, etwas weg von den anderen, aber die ganze Gruppe zerstreute sich über die Lichtung.

Schließlich wichen Colin und ich auseinander und er bleckte die Zähne, fauchte herausfordernd.

Ich grinste. Da war jemand aber motiviert.

Ruckartig wandelte ich mich und ließ meine eigenen Zähne aufblitzen.

Die Andenkatze hatte definitiv nicht vor zu warten, denn er machte einen Satz vor und schnappte nach meinen Beinen.

Das konnte er haben.

Ich wich mit einem Satz zur Seite aus und sprang in seine Richtung.

Er zog sich gerade weit genug zurück, dass ich ihn nicht erwischte.

Unsere Schweife zuckten hin und her, während wir uns aufmerksam fixierten, jede Regung beobachteten.
Dann griff er wirklich an.
Unsere Körper prallten zusammen.
Ich schlug mit den Tatzen gegen seine Schultern.
Eine von seinen traf meine Seite.
Fauchend verfingen wir uns pfotenschlagend ineinander und rollten über den Boden.
Zähne schnappten nach meiner Seite, ohne zu treffen.
Mein Maul war voller Fell, als ich ihn unter der Kehle erwischte.
Er warf sich herum.
Zu viel Fell, um zu atmen.
Hektisch riss ich mich los und für einen Augenblick standen wir uns fauchend und mit zuckenden Schweifspitzen gegenüber.
Und erneut gingen wir aufeinander los. Tatzen gegen Beine und schnappende Zähne.
Eine Lücke tat sich auf.
Die Möglichkeit erkennend sprang ich und warf ihn auf die Seite, meine Pfoten obenauf.
Ich leckte einmal schnell über seine Kehle und wich zurück, setzte mich abwartend auf die Hinterläufe.
Grollend rappelte Colin sich auf und fauchte mich dann an. Offenbar wollte er noch eine Runde.
Da wurde mein Unschuldskater aber ehrgeizig.
Ich stand auf und bleckte die Zähne.
Wieder ging der Tanz los.
Schleichen, ducken, beobachten, die Schweife mal ruhig, mal an der Spitze zuckend.

Nahezu gleichzeitig sprangen wir und unsere Körper prallten zusammen.
Seine Tatzen trafen nur ganz leicht meinen Bauch.
Dafür erwischte ich seine Schulter und schleuderte ihn zu Boden.
Bevor ich mich über ihn werfen konnte, hatte er sich wieder auf die Pfoten gekämpft und sprang erneut, wandelte sich dabei zur Hälfte.
Zwei Gestalten zum Kämpfen. Das hatte Rian vor kurzem noch gesagt.
Der Bogen des Sprungs war etwas zu hoch für ihn. Günstig für mich.
Augenblicklich drehte ich mich auf den Rücken, zog die Beine an.
In dem Moment, als er fast auf mir landete, nahm ich selbst Zwischengestalt an und schleuderte ihn mit Beinen und Armen über mich hinweg zwischen die Bäume. Ein echter Gegner wäre an der alten Eiche gelandet und hätte sich dabei ernsthaft verletzt.
Ich drehte mich herum.
„Du bist zu hoch gesprungen. Ich hatte genug Zeit, um zu reagieren", erklärte ich ihm.
„Aber er ist gut." Rian lachte und wandte sich direkt an Colin. „Normalerweise benutzt mein Bruder seine Zwischengestalt nur, wenn sein Gegner wesentlich größer ist."
Wieder auf vier Pfoten kam die Andenkatze auf mich zu.
Sobald er bei mir war, legte ich meine Krallenhände um sein Gesicht und lehnte die Stirn an seine. Wie

gerne wollte ich ihn küssen und beißen, wenn er gerade nur nicht so tief im Pelz gesteckt hätte.

Als hätte er meine Gedanken gelesen oder dasselbe Bedürfnis gehabt, wandelte er sich halb und presste seine Lippen gierig und roh auf meine.

Fest umschlang ich ihn mit den Armen, grub die Krallen in sein Fell und sank mit ihm zurück ins Gras.

Zungen, die gegenseitig über scharfe Zähne fuhren. Mal er, mal ich. Zähne an den Lippen, minimales Zuschnappen.

Ich ließ mich fallen, fühlte mich stärker berauscht als unter Baldrian. Von seinem Geschmack, dem scharfen, gewürz- und kräuterhaltigen Duft. Schwindel erfasste mich.

Erst ein lautes Knurren schreckte uns auf.

Colin und ich fuhren fauchend herum.

Rian hockte knapp zwei Meter von uns entfernt und hatte die Zähne entblößt.

„Wenn ihr nicht mehr miteinander kämpfen wollt, versucht es mit mir", stieß er hervor und wandelte sich in den riesigen Löwen.

Die Andenkatze und ich tauschten einen Blick und verwandelten uns vollständig.

Es war beinahe, als könnten wir uns spüren, unsere Absichten in Gleichklang bringen.

Zeitgleich setzten wir uns in Bewegung, näherten uns von zwei Seiten.

Mein Bruder sah mich eindeutig als die größere Bedrohung an.

Ich war erstaunt, wie leicht es war, ihn und seine Gedanken auszublenden. Dafür fühlte ich mit überwältigender Klarheit, was genau Colin tat.
Schnell bewegte ich mich auf Rian zu und wurde von einem einzigen Prankenhieb quer durch die Luft geschleudert.
Vor Schmerz winselnd landete ich am Boden.
Im selben Moment sprang die Andenkatze und wandelte sich. Er landete auf Rians Rücken. Seine Klauenhände gruben sich in die Mähne, suchten den Nacken.
Es war fast, als wäre ich selbst an seiner Stelle.
Mein Bruder bäumte sich auf und warf Colin über den Kopf nach vorne von sich.
Ich winselte erneut, als er jaulend nur ein kleines Stück von mir entfernt aufschlug.
Auf einen Schlag war die Verbindung, die ich bis dahin gespürt hatte, wieder fort.
Gar nicht schlecht., ertönte stattdessen wieder Rians Stimme in meinem Kopf. *Erstaunlich wie gut du mich aus deinem Kopf herausgehalten hast, kleiner Bruder.*
Darauf erwiderte ich nichts, rappelte mich nur etwas hoch.
„Schon ziemlich gut, aber ihr müsst euch exakt auf alle Gegebenheiten einstellen. Meine Mähne ist ziemlich dicht. Dafür muss man fester und tiefer zupacken. Stellt euch immer darauf ein, wer und was euer Gegner ist. Sonst seid ihr schnell am Ende", sprach Rian nun wieder laut und es war wohl an alle gerichtet. „Weiter trainieren."

Ich stahl mir einen kurzen Kuss von Colins sinnlichen Lippen, ehe ich zurücksprang und mich für die nächste Runde wandelte.
Er fauchte herausfordernd.

Colin – Gemeinsames Gespür

Fest lief ich an Aramis' Seite durch den Wald. Obwohl ich bisher nur bei einem Kampftraining dabei gewesen war, fühlte ich mich wesentlich sicherer, als bei unserer letzten Patrouille.
Neben mir spürte ich die Wildkatze deutlicher als zuvor. Jede Bewegung.
Instinktiv passte ich mich ihm an und blieb an seiner Seite.
Lediglich wenn wir Bäume, Steine und Büsche umrunden mussten, änderte sich unser Rhythmus.
Wir waren nah an der Grenze, als wir Knurren, Fauchen und Bellen hören konnten. Aufgeregt, wütend und gefährlich.
Ich rannte schneller, fühlte, dass auch Aramis an meiner Seite rannte.
Vor uns erhoben sich Dornen.
Der Punkt, an dem ich springen musste, war so klar, dass ich es kaum fassen konnte, und doch sprang ich einfach.
Zeitgleich mit der Wildkatze kam ich wieder auf dem Boden auf.

Diese unerwartete Verbindung hatte etwas Unheimliches, aber ich kam nicht dazu, viel zu denken, denn der Geruch von Blut erfüllte die Luft.
Grizzly. Marlin.
Ich rannte schneller und sah einen großen Fuchskörper über einem riesigen Bären aufragen, die Zähne gebleckt.
Das würde ich keinesfalls zulassen.
Mit einem Satz prallte ich gegen das rote Tier und stürzte mit ihm zu Boden. Ein großer Hund fiel ebenfalls.
Beide jaulten überrascht.
Aramis und ich standen Pfote an Pfote nebeneinander vor der Verletzten.
Das wusste ich, ohne hinzusehen, spürte es tief in mir.
Und da legte sich ein seltsamer Druck auf mich. Über Kopf und Rücken, um die Beine und gleichzeitig strömte eine ungewohnte Kraft durch meine Adern.
Hinter dem Fuchs tauchte ein Puma auf, die Zähne lange und entblößt.
Ich wusste nicht, was gerade mit mir geschah, aber dass ich etwas tun musste.
Hund und Fuchs kamen wieder auf die Füße.
Ein Klirren ertönte, wie etwas, das auf Metall traf.
Keine Zeit zum Nachsehen.
Der Puma sprang.
Auch ich schoss hoch, prallte mit ihm zusammen.
Ich erwartete Schmerz und hörte ein Klirren, wurde durchgeschüttelt, aber die Krallen berührten nicht meine Haut.
Keuchend schüttelte sich der Berglöwe.

Knurrend zeigte ich meine Zähne, ging auf ihn zu.
Der Fuchs flog durch die Luft.
Der Hund tauchte neben dem Puma auf, wie Aramis neben mir.
Irgendwie wusste ich, dass er den Fuchs weggeschleudert und den Hund eingeschüchtert hatte.
Wir knurrten gleichzeitig.
Die Wilden wichen langsam zurück und verschwanden schließlich zwischen den Bäumen.
Schwer atmend drehte ich mich zu Aramis herum und erstarrte vor Überraschung.

Aramis – Verletzt

In Colins Augen sah ich dieselbe Fassungslosigkeit, die auch ich spürte. Es sollte unmöglich sein und doch war es geschehen.
Metall über seinem Fell. Nicht komplett, aber über dem Kopf. Als Kragen an seinem Hals, über Nacken und Rücken. Dazu noch um seine Fesseln. Schimmernd und hell. Wie eine Legierung und mit dunkleren, unbekannten Zeichen versehen.
Und ich spürte die Rüstung selbst. Den Helm auf dem Kopf, den Schutz für den empfindlichen Nacken, an der Wirbelsäule entlang und natürlich an den Beinen.
Ungewohnt. Ein wenig schwer. Aber sicher.
Fur-Warrior?, vernahm ich Colins Stimme in meinem Kopf.
Das Wort ließ mich fauchen.
Pelzkrieger., korrigierte ich ihn automatisch.

Ich kann dich hören., stellte er staunend fest.
Ich dich auch., erwiderte ich belustigt.
Doch mein Amüsement verschwand auf ein Wort von ihm: *Marlin!*
Wir fuhren beide herum und verwandelten uns halb zurück, um nach ihr zu sehen.
Ich griff nach Colin, als ich wegen des plötzlichen Verschwindens der Rüstung schwankte, und er musste im selben Augenblick die Hand nach mir ausgestreckt haben.
Es blieb keine Zeit, um über das Geschehene nachzudenken, denn Marlins Zustand war wirklich nicht gut.
Und dann tauchten auch schon andere Rudelangehörige auf. Einige wandelten sich halb. Andere blieben im Pelz.
„Wir müssen sie in die Villa bringen", entschied ich.
„Gebt Bescheid, dass jemand mit dem Wagen an die Straße kommt. Das ist zu Fuß kürzer. Sie kann zu viel Bewegung nicht vertragen."
„Rema ist noch bewusstlos", warf Rose ein.
„Wer ist Rema?", fragte Colin neben mir.
„Unsere Heilkundige", antwortete ich, sah mir eilig die Wunden an.
Marlin durfte nicht zu viel Blut verlieren.
„Dann hole ich meine Tante", eröffnete die Andenkatze und mein Kopf ruckte zu ihm herum.
„Bist du sicher?", erkundigte ich mich besorgt.
Das würde bedeuten, dass er allen zeigen musste, wer er war.
Sein Gesichtsausdruck verhärtete sich entschlossen.

„Ja. Sie braucht Hilfe."

„Gut. Bring sie zur Villa. Wir tun inzwischen, was wir können."

Colin nickte und wandelte sich.

Keine Rüstung. Der Gedanke schien auch ihn kurz innehalten zu lassen.

Doch dann verschwand er schon zwischen den Buchen.

„Packt mit an", forderte ich die anderen auf und griff selbst nach der verletzten, halbzerfetzten Grizzly.

Zusammen mit den anderen hob ich sie hoch und trug sie durch den Wald.

Noch nie war mir der Weg zwischen Buchen, Fichten und Eschen so lange vorgekommen.

Das Geräusch eines Autos und dessen Geruch drangen an meine Sinne, noch ehe ich etwas sehen konnte.

Dann verließen wir vorsichtig mit unserer Last den Schatten des Waldes.

Rose sprang an uns vorbei und riss die hintere Tür des Wagens auf.

„Ich sitze hinten. Ein bisschen kenne ich mich auch mit Verletzungen aus", erklärte sie.

Ich nickte lediglich.

„Beeilt euch", rief Vater von der Fahrerseite aus.

Vor der Villa blieb ich nervös stehen, blickte zum Wald und spürte mein Herz rasen.

Colin musste sich wirklich beeilen.

„Ich war vor einer Stunde noch dort", hörte ich eine leise Stimme nicht weit entfernt. „Da war alles in Ordnung."

Erst beim zweiten Satz erkannte ich Xanders Stimme.
Es war so ungewohnt, dass er so leise sprach.
Das musste ihn wirklich getroffen haben.
„Du konntest es doch nicht ahnen", erwiderte Nimea mit einer Sanftheit, die ich ihr nicht zugetraut hätte.
Aus den Augenwinkeln schielte ich zu den beiden hinüber.
Die beiden streichelten sich und ich unterdrückte ein Kopfschütteln. Es kam mir immer noch unpassend vor.
„Komm", sagte die Hündin und zog den Tiger zum Wald.
Ich war kurz davor, sie zurückzurufen, denn wir hatten gerade Wichtigeres zu tun.
Doch das ließ ich letztlich bleiben. Vermutlich würden sie mit ihrem Rummachen ohnehin keine Hilfe sein.
Ich wandte mich wieder der Richtung zu, aus der Colin kommen würde.
Wo blieb er nur?
„Wird schon", sagte Rian und trat neben mich.
Wie gerne wäre ich selbst losgelaufen, um noch mehr zu tun.
„Bitte. Lauf Colin entgegen. Es kann sein, dass er Hilfe braucht, um bis hierherzukommen."
Zwei oder drei Sekunden musterte mein Bruder mich. Dann nickte er.

Colin – Zusammenstehen

Ich sprang über die Hecke und klopfte nur einen Moment später mit voller Wucht gegen die Tür. Immer und immer wieder.
Es war keine Zeit zu verlieren.
Das Brennen meiner Lunge ignorierte ich, so gut ich konnte.
„Was ist denn los?", hörte ich Tante Feline fragen, noch ehe sie die Tür aufriss. „Colin?"
„Die Grizzlywandlerin ist da, aber verletzt. Sie braucht deine Hilfe", rasselte ich die Infos hastig herunter.
„Wo ist sie?", fragte meine Großtante.
„In der Rudelvilla, aber die Heilkundige des Rudels ist gerade selbst nicht in der Verfassung, um ihr zu helfen."
„Komm rein."
„Aber…", versuchte ich zu protestieren.
„Komm rein", wiederholte Tante Feline energisch.
Ich fauchte, betrat jedoch das Haus.
Ihr Blick hatte mit einem Mal etwas Unruhiges.
Mit wenigen Schritten waren wir im Wohnzimmer, wo sich Onkel Andreas und Corvin aufhielten.
Es war leicht vorstellbar, dass der Omnivore gerade dabei war, mehr über die Führung der Herde zu lernen.
„Er bittet für das Rudel um Hilfe", verkündete Tante Feline.
Dieses Mal knurrte ich noch verstimmter.

„Ich bitte für die Grizzly von der Nordsee um Hilfe", korrigierte ich verärgert. „Sie ist verletzt und braucht Hilfe."

„Diese Karnivoren gehen uns nichts an", stellte Onkel Andreas fest.

„Aber…"

„Ohne neue Erkenntnisse und zusätzliche Hilfe bekommen wir Probleme mit den Alphas", unterbrach Corvin mich ernst. „Wir müssen das Morden schnellstmöglich stoppen. Und wenn wir dafür diese Grizzlywandlerin als Unterstützung brauchen. Ihr kennt die Alphas. Sie sind unerbittlich und weil wir es nicht beenden, könnten sie auch uns zur Rechenschaft ziehen. Deshalb möchte ich vorschlagen, dass wir in dieser Sache zusammenstehen, egal ob Herbivore, Karnivore oder Omnivore."

Diese Worte schienen Onkel Andreas wirklich nachdenklich zu stimmen.

„Also gut", sagte er schließlich. „Aber ich begleite euch."

„Ich auch", kam es von Corvin.

„Nein, Junge. Sollte mir etwas passieren, dann wird die Herde dich brauchen", widersprach der Herdenführer grimmig und der Rabenwandler senkte den Kopf.

„Ihr müsstet beide einen der Gurte tragen. Ich weiß nicht, was bei diesem Rudel zu Verfügung steht", merkte Tante Feline an.

Das klang, als wären die Karnivoren unzivilisiert und das ärgerte mich. Dennoch schwieg ich, denn ich wusste, welches Glück ich hatte, dass sie bereit waren, mit mir zu kommen.

Mit einem Zebra, auf dessen Rücken ein Koala hockte, überquerte ich kurz darauf die Grenze von Herde und Rudel.
Meine Sinne richteten sich auf alles, was in der Nähe war.
Einige Rudelangehörige kamen näher.
Ich fauchte.
War ganz schön blöd, dass ich keine ihrer Gedanken hören konnte und umgekehrt.
Bald konnte ich sie sogar schon sehen.
Da brach ein gewaltiger Wandler durchs Unterholz.
Sobald ich den Löwen erkannte, entspannte ich mich etwas. Rian.
Er trat dicht auf mich zu und senkte den Kopf. Wir waren fast Stirn an Stirn. Nur minimal voneinander entfernt und sahen uns in die Augen.
Ich wich nicht zurück. Das war Aramis' Bruder.
Erst als er den Kopf weiter nach vorne bewegte, riss ich meinen nach hinten.
Seine Lefzen zogen sich zurück. Die Zähne etwas auseinander. Er lachte auf ziemlich wilde Art.
Dann liefen wir weiter.
Mit ihm an unserer Seite war es jedenfalls ungefährlicher, durch das Revier des Rudels zu laufen.

Aramis wartete vor der Villa und obwohl wir nicht lange getrennt gewesen waren, fühlte ich mich aufgefangen. Nur von seinem Anblick.

Ruckartig wandelte ich mich halb zurück und fiel ihm um den Hals.
„Sehr stürmisch, Unschuldskater", stellte er amüsiert fest, wurde aber schnell wieder ernst. „Kommt schnell herein."
Ich bemerkte den Widerwillen von Zebra und Koala, doch sie wandelten sich und kamen mit in die Villa.
„Falls ihr etwas braucht. Wir haben hier ziemliche viele medizinische Gerätschaften. Wandler können ja nicht einfach ins Krankenhaus, wenn etwas passiert", erklärte Aramis auf dem Weg einen Flur entlang.
Dabei hielt er die ganze Zeit meine Hand. Wie ein Anker in einer Welt, in der ich nicht wusste, wo ich eigentlich bleiben sollte.

Da wir nichts tun konnten, nachdem Feline die Wunden der Grizzly genäht hatte, zogen Aramis und ich uns in seine Katzenhöhle zurück.
Unmittelbar nachdem sich die Tür hinter uns geschlossen hatte, trat er dicht auf mich zu.
Seine Nähe, die Ausstrahlung und sein Duft überwältigten mich regelrecht, machten mich auf angenehme Art nervös.
Ich fühlte mich so sehr zu ihm hingezogen, dass ich manchmal schon schreien wollte.
Dann lehnte er sich zu mir und küsste mich. So wild und hart, dass ich schwankte.
Seine Arme hielten mich jedoch sicher.
Wir keuchten beide, als unsere Münder sich lösten.
Stirn an Stirn.

Plötzlich zuckte er jedoch zurück und lief im Raum hin und her. Seine Nägel fuhren dabei immer wieder raus und rein.

„Wir müssen reden", stieß er hervor.

„Du willst mich jetzt aber nicht wegschicken?", fragte ich zögerlich, aber durchaus bereit, so eine Entscheidung nicht einfach hinzunehmen.

„Beim Mond, nein", schrie Aramis auf, als hätte ich ihm angedroht, ihn in Stücke zu reißen. „Das könnte ich doch gar nicht, Colin." Er fauchte. „Ich will über diese Rüstungen reden."

„Fur-Warrior", wiederholte ich.

„Pelzkrieger", korrigierte er mich mit einem Grollen. „Die Frage ist doch, wie und warum und weshalb danach nicht mehr."

Er wirkte tatsächlich aufgewühlt.

„Versuchen wir es", sagte ich ernst. „Wandeln wir uns und probieren wir aus, ob wir es wieder können."

„Dein Ernst?"

„Ja. Vielleicht passiert das nur beim Kämpfen oder unter Bedrohung", überlegte ich.

„Schön. Machen wir das", stimmte er zu und lächelte ein wenig.

Kurz erwiderte ich sein Lächeln, ehe ich mich wandelte und abwartend auf den Boden setzte.

Einen Moment darauf war eine große Wildkatze vor mir.

Aramis drückte seine Stirn zärtlich an meine und ich schnurrte leise.

Er zog sich zurück und ich folgte ihm automatisch.

Unerwartet schoss er herum und fauchte mich an.

Erschrocken zuckte ich zurück und prallte rücklings gegen etwas.
Ich wurde heftig zur Seite gestoßen und hörte etwas dumpf aufprallen.
Irritiert blinzelte ich und brauchte einen Moment, um zu begreifen.
Vor dem Regal lagen ein paar der dunklen Chronikbücher.
Neben mir war Aramis. Er musste mich aus dem Weg geschubst haben.
Und in seinem Fell glitzerte es, als hätte er sich in Metallstaub gewälzt.
In meinem Kopf arbeitete es.
Das Gefühl, eine Rüstung zu tragen, war merkwürdig und ich hatte es früher schon gespürt, aber schwächer.
Ich erinnerte mich an die verletzte Grizzly. Mir fiel wieder ein, wann ich diese Dinge gespürt hatte.
Ob ich richtig lag?
Entschlossen stand ich wieder auf und hob den Kopf möglichst hoch. Möglicherweise konnte ich es.
Mein Blick richtete sich auf Aramis und es war gar nicht mehr so schwer. Ich würde fast alles für diese Wildkatze tun, ihm beistehen und ihn beschützen.
Etwas strich drückend über meinen Rücken.
Hoch erhobenen Hauptes trat ich auf Aramis zu, der sich auf die Hinterläufe gesetzt hatte und mich neugierig beobachtete.
Fest stellte ich eine Pfote vor seine.
Mit ihm würde ich kämpfen, an seiner Seite stehen, für ihn einstehen und noch viel mehr.

Und da schien eine fremde Macht etwas um mich zu schließen. Fest, etwas drückend und gleichzeitig mächtig.

Verblüfft starrte Aramis mich an und wandelte sich zur Hälfte. Seine Klauenhände umfassten meine Schnauze von unten und er lehnte sich dicht zu mir.

„Du bist echt ein Naturtalent, Colin. Wie hast du das gemacht?"

Augenblicklich wandelte auch ich mich und geriet ins Wanken.

Doch Sorgen musste ich mir keine machen, denn die Wildkatze hielt mich sicher und fest.

„Das ist es. Wenn wir fest und sicher zusammenstehen, dann tragen wir eine Rüstung", erklärte ich.

„Das tun andere doch auch."

„Für das eigene Rudel. Für die eigenen Leute. Nicht für die anderen. Es fing an, als wir zusammenstanden und brach komplett hervor, als wir Marlin beschützen wollten. Nun ist es leichter", führte ich aus.

Lachend riss Aramis mich fest in seine Arme und zusammen fielen wir auf den Boden. Er drückte mich hinab, aber selbst seine wild funkelnden Augen machten mir keine Angst.

Dann lehnte er sich hinab, die Stirn an meine. Seine Nase rieb liebevoll an meinem Ohr entlang und ich schmolz innerlich.

„Kommst du mit mir zum Fest des blauen Mondes?", bat er mich wispernd.

„Ja."

Ich konnte in diesem Moment nicht anders, auch wenn mir in der aktuellen Lage ein Fest merkwürdig erschien.
„Es wird allen guttun, zeigen, dass wir immer noch leben und nicht nur diesen Mörder jagen."
Und das verstand ich sogar.

Aramis – Neues von den Monstermorden

Ich ließ mich lächelnd auf den Rücken sinken.
„Als ich früher Streiche gespielt habe, hätte vermutlich keiner gedacht, dass ich mal eine Wandlerrüstung tragen würde", sagte ich nachdenklich.
„Was für Streiche?"
Mir entkam ein Lachen. Was für eine Frage.
„Ja. Gewöhnliche und wandlerische", bestätigte ich ihm dann.
„Und der Unterschied ist?"
„Die Fähigkeiten. Eine Münze in den Wasserspender stecken, um das Wasser rumspritzen zu lassen, können auch Menschen." Ich grinste. „Einen der großen Schulpokale auf dem Dach der Sporthalle platzieren nicht."
Colin lachte.
„Das hätte ich zu gerne gesehen."
„Soll ich es dir zeigen, wenn wir das nächste Mal unsere Gedanken teilen?", bot ich ihm an.

„Dafür ist die Rüstung eines Fur-Warriors..." Ich fauchte und er lachte. „... eines Pelzkriegers und dessen Macht ist bestimmt nicht dafür gedacht."
„Ja", sagte ich nur.
Ich sollte besser nicht erwähnen, dass ich eher an Rudel und nicht an Rüstung gedacht hatte. Ihn zu drängen, wäre einfach nur falsch.
Eine Weile lagen wir schweigend nebeneinander, verschränkten dabei die Hände zwischen uns. In dieser Ruhe ging es mir besser als meistens.
Bis es lautstark an der Tür klopfte.
„Aramis, komm schnell. Es gibt gleich einen Bericht im Fernsehen. Mit neuen Informationen über die Monstermorde. Es scheint tatsächlich Neuigkeiten zu geben", drang Rose' Stimme hindurch.
Colin und ich erhoben uns gleichzeitig und liefen hinüber.
Sobald ich die Tür öffnete, starrten er und meine Cousine sich an. Sicherlich waren sie sich schon mal begegnet, aber gerade war keine Zeit, um nachzufragen.
„Kommt schon", forderte ich die beiden auf und ging den Flur entlang.
Ihre Schritte waren dicht hinter mir.

„Rose", rief Daniel von der Couch aus und wies auf den Platz neben sich, sobald wir ins Wohnzimmer traten.
Im Fernsehen lief noch Werbung. Irgendetwas mit Hundefutter und einige schnaubten und knurrten.

Meine Cousine ließ sich neben den Wolfswandler auf die Couch sinken und lehnte den Kopf an seine Schulter.
Das war etwas Neues.
Ich war wirklich sehr beschäftigt gewesen, denn früher wäre Rose mit solchen Neuigkeiten sofort zu mir gekommen.
Kilian und Luke saßen auf dem zweiten Sofa und rückten zusammen, sodass ich mich neben sie setzen konnte.
Colin zögerte nicht und ließ sich auf der Lehne neben mir nieder.
Der Raum füllte sich immer mehr.
Alle, die nicht auf Patrouille waren, schienen hergekommen zu sein.
Selbst die beiden Herbivoren waren anwesend, standen jedoch in der Nähe der Tür.
Das interessierte wohl wirklich alle.
Als das Logo der Nachrichten schließlich über den Bildschirm flimmerte, wurde es ziemlich ruhig. Einige Wandler schienen sogar die Luft anzuhalten.
'Brandaktuelle Neuigkeiten. Möglicherweise keine wilde Bestie', wurde eingeblendet und ich spannte die Muskeln an.
Das sah nicht gut aus. Für uns nicht und für die Menschen auch nicht.
Eine warme Hand legte sich auf meine verkrampften Finger.
Colin.
„Guten Tag. Ich bin Tanja Kubinski und heiße sie heute bei der Sondersendung zu den sogenannten

Monstermorden willkommen", begann die Nachrichtensprecherin, sobald die Musik zu Beginn der Sendung verklungen war.

Im Hintergrund flackerten die Bilder von Tatorten auf, die ich bereits gesehen hatte. Natürlich ohne Fotos der Leichen.

Auf einem war im Hintergrund noch der Leichenwagen zu sehen.

Ein leichter Schauer überlief meinen Rücken.

Dann erstarrte ich komplett, denn ein ganz neues Bild tauchte auf. Eine Straße, noch ein Rest Blut auf dem Asphalt, aber vor allem waren da Fassaden und Schatten weiterer Häuser. Das war nicht im Wald oder am Waldrand, sondern in einer Ansiedlung oder sogar der Stadt.

Übel. Ganz übel.

„Dies ist der neueste Tatort einer der Monstermorde und dieses Mal gab es einen Zeugen."

Vereinzeltes Knurren drang durch den Raum.

Das wurde immer schlimmer.

Selbst Colins Hand verkrampfte und seine Krallen fuhren an meiner Haut aus.

Mühsam hielt ich mich selbst unter Kontrolle.

„Wie der Zeuge berichtet, scheint es sich nicht wie bisher vermutet um ein wildes, durchgedrehtes Tier zu handeln. Er hat die Umrisse eines großen Tieres gesehen und die eines Menschen. So wie es aussieht, könnte jemand ein Tier darauf abgerichtet haben, Menschen zu zerfleischen", erzählte die Nachrichtensprecherin ernst und präsentierte dann zwei unklare Zeichnungen.

Der Zeuge hatte definitiv nur Schatten gesehen.
„Wenigstens hat niemand eine Wandlung beobachtet", murmelte Kilian.
Da ging die Sendung weiter.
Ich wusste ohnehin, dass die meisten dem Wolf zustimmen würden.
Es wurde ein Gespräch mit einem Psychologen gezeigt.
Der laberte irgendetwas von mieser Kindheit und Mobbing. Ein Außenseiter, der einen Hass auf Menschen entwickelt hatte.
Ziemlich daneben. Wer es auch war, war einfach nur blutrünstig.
Und dann war noch eine Umfrage in der Fußgängerzone gemacht worden, wie sich das Verhalten der Menschen seit den Morden verändert hatte.
„Ich lasse meine Kinder nur noch in der Nähe des Hauses spielen."
„Wir gehen nur noch zu mehreren nach draußen, besonders im Dunkeln."
„Ich halte meine Hunderunden inzwischen möglichst kurz, aber ich hoffe, das Vieh wird erwischt, bevor mein Tarro wegen der geringeren Bewegung durchdreht."
„Ich treffe mich zu den Gassirunden mit anderen Hundebesitzern im Park, aber wir leinen unsere Hunde nicht mehr zum Spielen ab."
Das und noch ein paar Aussagen kamen dazu. Einer sagte, dass er sogar eine Schreckschusspistole bei sich tragen würde, um ein wildes Tier abschrecken zu

können. Natürlich hatte er dafür sogar den kleinen Waffenschein gemacht.
Mit einer Warnung der Polizei an die Bevölkerung endete der Bericht schließlich.
Von einsamen Orten fernhalten, möglichst in Gruppen unterwegs sein und solche Sachen.
Als es vorbei war, wurde der Fernseher abgeschaltet.
„Wir müssen etwas unternehmen", stieß Vater hervor und als ich mich umwandte, hatte sein Blick sich auf die beiden Herbivoren gerichtet. „Wir sollten enger zusammenarbeiten."
„Ich denke darüber nach", sagte der Mann frostig und beide gingen.
Colin erhob sich und schritt zur Tür.
Eilig folgte ich ihm.
„Ich rede noch mal mit ihnen", versprach er ernst.
„Wir brauchen die Möglichkeit, diesen Alex zu jagen", stieß Vater hervor.
Die Andenkatze nickte und drehte sich zu mir, um mir einen kurzen Kuss auf die Lippen zu hauchen.
Dann machte er sich ebenfalls auf den Weg.

Colin – Nicht aufreiben

Anstatt nach Hause zu gehen, wandelte ich mich halb vor der Tür des Hauses und versperrte den beiden Herbivoren den Zugang.
„Mondin, was soll das, Colin?", fragte Onkel Andreas grimmig. „Geh nach Hause."

„Nein." Ich grollte. „Wir müssen reden. Über Lukas'
Angebot."
„Das ist nicht deine Sache."
„Du hast mir als Kind immer gesagt, dass das
Wohlergehen der Herde uns alle etwas angeht",
erinnerte ich ihn. „Und gerade machst du einen
Fehler."
„Ich beschütze die Herde."
„Du reibst sie auf", warf ich ihm vor, fuhr die Krallen
aus. „Nicht jeder hat so viel Glück wie meine Familie.
Ich meine: Mama und Papa arbeiten für dich in der
Forst- und Holzwirtschaft. Jenna fängt ihr Studium
erst nächstes Jahr an und konnte ihre Pläne für die
Zeit dazwischen auf Eis legen. Aber andere können
das alles nicht. Wie lange glaubst du, wird es Corvin
noch aushalten, tagsüber in der Stadt zu arbeiten und
nachts auf Patrouille zu gehen? Mit nur ein oder zwei
Stunden Schlaf? Marcos Familie muss sich wieder
vernünftig um ihren Hof kümmern, bevor sie die
Ernte verlieren oder zumindest einen Teil davon.
Willst du das?" Fauchend schlug ich meine Klauen ins
Holz. „Florian und Boris haben erst vor drei Jahren
zusammen das Gasthaus aufgemacht. Sie hatten es
gerade in die schwarzen Zahlen geschafft. Und andere
haben bald keinen Urlaub mehr und müssen wieder
zurück an die Arbeit. Und wir können der Schule auch
nicht ewig fernbleiben. Du hast nicht die Mittel, um
alle zu beschäftigen, die ihre Arbeit verlieren, wenn
die Herde auf diese Art weitermacht."
„Die Gesamtzahl der Wandler erhöht sich aber nicht,
wenn wir uns zusammentun", warf Tante Feline ein.

„Darum geht es doch gar nicht." Ich erinnerte mich an die letzten Worte, die ich von Lukas gehört hatte. „Sie wollen, dass wir mit den Kleineren von ihnen beide Grenzen bewachen, während die Größeren von ihnen gezielt Jagd auf den Mörder machen."
Damit sprang ich in Richtung Wald und wollte nach Hause laufen.
„Colin?"
„Ja, Onkel Andreas?"
„Worum geht es dir wirklich?", fragte er ernst und unerwartet. „Willst du dem Rudel oder der Herde helfen?"
Ich bleckte die Zähne.
„Beiden. Ich will, dass alle Wandler hier wieder in Sicherheit sind", eröffnete ich, wandelte mich und lief davon.
Er sollte sich um meine Worte Gedanken machen. Mehr konnte ich ja nicht tun.
Aber ich hatte nicht gelogen. Sie sollten alle in Sicherheit sein.
Im selben Moment, in dem ich das dachte, legte sich die Rüstung über mich. Mit einem Mal ging es ganz leicht.

Ich lief ein ganzes Stück und anstatt nach Hause zu gehen, landete ich schließlich an den Felsen, an denen ich Aramis zum ersten Mal getroffen hatte.
Mit einem Satz sprang ich auf den Felsen und hockte mich dorthin.
Aramis?, rief ich in Gedanken.
Ob es ihm schwerer fiel?

Durchaus möglich. Er hatte nicht so einen engen Kontakt zur Herde wie ich, dafür hatte ich mehr Verbindung zu seinem Rudel. Nicht nur durch ihn.
Wie ich während des Fernsehberichts bestätigt bekommen hatte, waren die Karnivoren, mit denen ich in der Stadt halb gespielt, halb getanzt hatte, tatsächlich Angehörige des Rudels.
Aramis' Cousine Rose und einige andere, die sich den Bericht angesehen hatten.
Ich mochte sie und hatte gleichzeitig meine Familie und Freunde bei der Herde. Deshalb wollte ich auf sie alle achtgeben.
Mein Zugang zur Macht der Fur-Warrior.
Hätte ich nicht im Pelz gesteckt, hätte ich gelacht, denn ich wusste, dass Aramis bei der Bezeichnung gefaucht hätte.
Dann wirbelte der Wind fest um mich herum und trug Worte mit sich: „Wenn wir das nicht tun, werden bald die Alphas hier auftauchen."
Onkel Andreas.
Der Wind verteilte sich wieder.
Stolz und zufrieden hob ich den Kopf. Offenbar hatten meine Worte ihn wirklich erreicht.

Aramis – Erklärungen

„Du bist uns noch eine Erklärung schuldig, Aramis", rief Daniel durch den Raum und spielte dabei mit den Krallen an Rose' Haaren herum.

„Bin ich das?", fragte ich grollend. „Ich habe niemanden in Gefahr gebracht. Im Gegenteil. Ohne Colin hätte ich Marlin nicht getroffen. Wir wüssten nichts von diesem Alex. Und ich wäre alleine nicht in der Lage gewesen, drei Wilde zu vertreiben."
Die Rüstungen verschwieg ich lieber noch. Zumindest solange ich nichts Näheres darüber wusste.
„Das ändert nichts an den Tatsachen. Es ist etwas ganz anderes, wenn es sich nicht um einen Einzelgänger handelt", warf Luke ein.
„Er hat uns nur geholfen. Er würde uns nie etwas tun", schnappte ich ärgerlich. „Und was ihr auch sagt, ich habe ihn gewählt. Da ist mir seine Herkunft herzlich egal."
„Und wie sieht er das?", fragte Mutter besorgt.
„Das ist komplizierter", erwiderte ich und seufzte.
„Beim Mond, was ist daran so kompliziert?", wollte Kilian wissen.
Mir war genau klar, dass er sich sofort von Nimea wieder einlullen lassen würde, wenn es jemals soweit kommen würde. Unwahrscheinlich.
Die Hündin war nicht nur sexuell auf junge Typen scharf, sondern auch ziemlich machtversessen. Da passte ihr der größere Tiger einfach besser.
„Weil er Verantwortungsgefühl hat. Weil er dort Freunde hat. Weil er seine Familie liebt", zählte ich scharf auf und fletschte die Zähne.
Auch wenn Kilian mir manchmal wegen Nimea und Xander leidtat, aber in Sachen Colin konnte ich darauf keine Rücksicht nehmen.
Er starrte mich nicht als Einziger geschockt an.

Ich seufzte erneut.
„Manchmal finden sich die Dinge schneller an die richtige Stelle, als man glaubt", merkte Vater an und zog sämtliche Aufmerksamkeit auf sich. „Aber kannst du uns erklären, weshalb du uns angelogen hast?"
„Eben, weil er noch Zeit braucht und weil ich keinen zusätzlichen Ärger heraufbeschwören wollte."
„Verstehe ich", kam es von Rose.
Die anderen schwiegen.
„Wenn Jagd auf den Mörder gemacht wird, dann sollten wir alle fit sein", sagte Vater nun. „Also sollten wir uns alle schlafen legen. Und morgen solltet ihr die Jungen in die Villa bringen. Hier können wir sie besser schützen."
Ich nickte gedankenverloren.
Wie es Colin wohl gerade ging?
Durch die Ereignisse konnte er richtig Schwierigkeiten mit der Herde bekommen.

„Darf ich?", fragte Rose, wartete jedoch nicht ab, dass ich sie hereinbat.
Wenige Schritte und sie warf sich auch schon neben mich auf das Bett.
„Beim Mond, was willst du?", grummelte ich.
Auf meinen mürrischen Zustand nahm sie keine Rücksicht und kuschelte sich an mich.
Unwillkürlich legte ich den Arm um sie und seufzte.
„Wie hält man es aus, solch ein Geheimnis vor dem Rudel zu haben?", erkundigte sich meine Cousine leise. „Ich meine, wenn wir uns das nächste Mal im Pelz treffen würden, glaube ich nicht, dass ich

verbergen könnte, was sich zwischen Daniel und mir entwickelt hat."

„Es ist nicht einfach, aber wenn einem jemand und dessen Wohlergehen wichtiger ist als das eigene, dann ist es möglich."

„Glaubst du, das würde ich nicht fühlen?"

Ein wenig empört stemmte Rose sich hoch und blickte auf mich hinab.

„Ich weiß, dass du nicht in einer Situation bist, in der es nötig ist", erklärte ich.

„Das will ich dir auch geraten haben", murmelte sie und legte ihren Kopf wieder an meine Schulter.

So blieben wir beide einfach nur liegen. Ich war nur froh, dass ich gerade nicht alleine war.

Colin – Herdentreffen mit Folgen

Einen Tag nachdem wir Marlin gefunden hatten, rief Onkel Andreas die Herde zusammen.

Nervös blieb ich dort neben Corvin stehen. Er war immer der Vernünftigste in Sachen Rudel gewesen.

Nun lächelte er mir aufmunternd zu und lehnte sich zu mir hinüber.

„Das ist dein Werk. Du hast den wunden Punkt getroffen", flüsterte er mir zu.

„Das hat er dir gesagt?", fragte ich nach.

„Nicht nötig. Ich war da und habe alles gehört."

„Oh."

Mehr fiel mir in dieser Situation nicht ein.

„Das werden langsam sehr viele Treffen", kam es von Florian, der sich auf einen der Klappstühle gesetzt hatte.

Sein Kumpel Boris stand locker hinter ihm.

Jenna hatte sich an Papas Schulter gekuschelt. Mama stand fast lauernd neben ihnen.

Ich schauderte. Solch eine Haltung war für Herbivoren eher ungewöhnlich und es war nicht gut, zeigte die unglaubliche Anspannung, die herrschte.

„Das liegt doch nur an diesem Karnivoren", stieß Marco hervor und sah mich offen feindselig an.

Angestrengt hielt ich meine Krallen eingezogen.

„Das reicht. Du kannst ihm nicht für alles die Schuld geben", fuhr Baran ihn an.

„Das stimmt. Er versucht, genauso für diese Herde da zu sein, wie alle anderen hier, aber Wandler wie du gehen immer dazwischen", warf Corvin dunkel ein und verschränkte die Arme.

Sein Blick war fest auf den anderen gerichtet.

Mein Magen drehte sich um sich selbst. So sollte das nicht sein.

„Aber seit er sich gewandelt hat, wird es schlimmer", murmelte Boris darauf.

„Wer einen Zusammenhang finden will, findet ihn auch", rief Oskar aus.

„Das ist wahr", flüsterte Tante Feline.

„Nicht in diesem Ausmaß", merkte Florian zögerlich ein.

„Die ersten Morde fanden schon vor seiner Wandlung statt", erwiderte Corvin.

„Das behauptet er", sagte Marco.

Ich zuckte bei dem Vorwurf zusammen. Das tat weh.

Und dabei blieb es nicht. Die Worte flogen hin und her. Die Stimmung schaukelte hoch.

Es war, als könne ich das alles bis in die Knochen spüren und es verursachte mir Übelkeit.

Vor mir sah ich förmlich, wie alte Bande sich spannten. Verbindungen sich strapazierten, die über viele Generationen aufgebaut worden waren.

Sie schienen kurz vor dem Reißen zu stehen.

Mondin, was war mit mir los?

Lag es an der Rüstung und den Kräften der Fur-Warrior oder spielte meine Fantasie mir einen Streich?

Ich wollte das nicht sehen, nicht mehr spüren, nicht erleben und nicht dafür verantwortlich sein. Selbst, wenn die Verantwortung nur in meiner Anwesenheit lag.

„Genug", schrie ich auf und sprang vorwärts.

Verblüfft hielten alle inne.

Es war wirklich genug. Für mich vorbei, auch wenn ich am liebsten in Tränen ausbrechen wollte.

„Colin?", fragte Corvin leise.

In seine Richtung schüttelte ich den Kopf.

„Es ist genug", wiederholte ich mühsam beherrscht.

„Das hier ist zu viel. Ich gehe." Erschrockenes Luftschnappen war zu hören. „Ich tue mir das nicht weiter an."

Und der Herde auch nicht.

Mehrere Leute riefen meinen Namen, als ich in den Wald lief, aber ich ignorierte sie. Es war vorbei.

„Colin, warte", erklang Corvins Stimme nicht ganz so weit hinter mir.
Dass Baran und Oskar bei ihm waren, wusste ich, ohne mich umzudrehen. Meine Nase verriet es mir.
„Was wollt ihr?", fragte ich grollend, überspielte den Schmerz, so gut ich konnte.
„Warum tust du das?", wollte Baran wissen.
„Für euch. Die Herde zerbricht an diesem Streit, wenn ich bleibe."
„Aber…", setzte Oskar zum Widerspruch an.
„Ich diskutiere das nicht. Lasst mich gehen. Ich packe zusammen und gehe", erklärte ich und stapfte weiter.
„Baran, lass ihn", hörte ich noch, wie Corvin meinen Kumpel zurückhielt.

„Hey, Unschuldskater", meldete sich Aramis nach einigem Läuten.
„Aramis", wimmerte ich und konnte meine Gefühle nicht mehr zurückhalten.
„Beim Mond, was ist passiert?", fragte die Wildkatze alarmiert.
„Kannst du mich abholen? Mit dem Auto? Ich packe gerade."
Mit dem Handy am Ohr und Tränen in den Augen warf ich bereits meine wichtigsten Besitztümer in eine Kiste.
„Was ist passiert?", wiederholte er eindringlich.
„Ich habe die Herde verlassen", hauchte ich weinerlich.
„Warum?"
„Später. Bitte hol mich ab", flehte ich.

„Ich habe gerade Dienst", sagte Aramis ernst. „Schnell schaffe ich es nicht."
„Aber ich muss hier weg."
„Ich schicke dir jemanden vom Rudel vorbei."
„Danke."
Das war nicht die perfekte Lösung, aber im Augenblick konnte ich mir nicht vorstellen, noch länger zu bleiben.

Ich war dabei, die dritte Kiste vors Haus zu stellen, als Mama, Papa und Jenna ankamen.
„Das kann nicht dein Ernst sein", rief Mama, kaum dass sie aus dem Auto gestiegen war.
„Doch und als Wandler bin ich mit meiner ersten Verwandlung erwachsen, selbst wenn das in menschlichen Gesellschaften anders aussähe", erwiderte ich ernst.
Zumindest bei Wandlern, die sich erst spät verwandelten. Wie das bei Karnivoren gewöhnlich aussah, wusste ich allerdings noch nicht.
„Aber du gehörst doch hierher", stieß Jenna hervor.
„Da das jedoch nicht alle so sehen, werde ich von hier verschwinden."
Grimmig stapfte ich ins Haus zurück, um auch noch meinen Koffer und die Gitarre zu holen. Zumindest die nötigsten Dinge hatte ich damit zusammengepackt.
„Das hier ist dein Zuhause. Du kannst dich doch nicht von ein paar Ignoranten vertreiben lassen", redete Papa auf mich ein, als ich den Flur zur Tür entlangging.

„Niemand vertreibt mich. Das habe ich selbst entschieden."
Wie weh das tat, wagte ich nicht mal auszusprechen.
„Du siehst nicht so aus", behauptete Jenna und hatte vermutlich recht.
Meine Augen mussten rot vom Weinen sein und ich fühlte mich wie durch den Fleischwolf gedreht, aber umzukehren, kam gar nicht infrage.
„Es gibt jemanden, der sich um mich kümmern wird", erwiderte ich nur hart und schob mich etwas umständlich durch die Tür, um den Gitarrenkoffer nicht gegen den Türrahmen zu knallen.
Vor der Tür ließ ich mich auf meinem Koffer nieder und schloss die Augen.
„Colin?", sprach Papa mich erneut an.
„Ich will nicht mehr darüber reden", knurrte ich unwillig.
Da hörte ich das leise Motorengeräusch eines Autos.
Eilig erhob ich mich und blickte die Straße entlang.
„Colin", riefen drei Stimmen nahezu gleichzeitig.
Ich schüttelte den Kopf, ohne mich umzudrehen.
Schon kam der mir bereits bekannte Wagen vor dem Haus zum Stehen, nur dass dieses Mal nicht Aramis am Steuer saß.
Rian stieg aus, sobald der Motor verstummte.
Wenigstens ein bekanntes Gesicht.
Er kam auf mich zu, musterte mich dabei.
Ich wusste nicht genau, was ich erwartet hätte, aber nicht das, was geschah.
Bei mir angekommen, zog er mich mit einem Arm an sich und verblüfft hielt ich inne.

„Wird schon, kleiner Bruder", flüsterte er mir zu und ich ließ mich kurz an seine Schulter sinken.
In diesem Moment verstand ich so gut, was Aramis mir erzählt hatte. Dass Rian immer für ihn da gewesen war. Manchmal sogar mehr als seine Eltern.
Und vielleicht bedeutete mir das gerade auch so viel, weil sie sich so nahestanden.
Dann ließ der Löwe mich auch schon wieder los und griff nach einer der Kisten.
„Ich helfe dir tragen", erklärte er auch verbal und ging zum Auto.
Ich folgte ihm mit Koffer und Gitarre, stellte beides am Wagen ab und holte noch eine Kiste.
Die letzte nahm Rian und räumte alles ein.
Mit heftig pochendem Herzen blickte ich zurück zum Haus. Meine Familie stand ziemlich geschockt in der Tür.
Zu gerne hätte ich sie noch mal umarmt, aber ich fürchtete, dass meine Selbstbeherrschung endgültig bröckeln würde, sollte ich dem Wunsch nachgeben.
„Bis dann", war alles, was ich sagen konnte, ehe ich in den Wagen stieg und mich auf den Beifahrersitz setzte.
„Im Gegensatz zu anderen bist du jetzt nicht alleine", sagte Rian sanft, als auch er eingestiegen war und losfuhr.
Augenblicklich musste ich an die Streuner denken, die ihre Heimat ohne Unterstützung verließen.
„Ich weiß. Danke", flüsterte ich und konnte nicht anders, als es zu erklären. „Sie haben sich wegen mir

die ganze Zeit gestritten und es sah aus, als würde alles auseinanderbrechen, wenn ich geblieben wäre."
Rian warf mir einen Seitenblick zu und lächelte, wenn auch ein wenig mitfühlend.
„Aramis hat gut gewählt", sagte er unerwartet.
„Denkst du?"
Ich hatte gerade echt Probleme an den Hacken kleben.
„Du stellst das Wohl anderer über deines. Du kämpfst gut. Du tust Aramis gut", eröffnete Rian ernst. „Du wirst für das Rudel da sein. Du wirst Aramis helfen, es zu verteidigen. Und du wirst für ihn da sein. Alles, was der Gefährte eines Rudelführers tun und haben sollte."
„Danke."
Mehr fiel mir dazu nicht ein und so schwiegen wir den Rest der Fahrt über.

Aramis – Verloren?

Sobald meine Schicht vorbei war, war ich, so schnell ich konnte, nach Hause gefahren. Zum Glück dieses Mal, ohne geblitzt zu werden.
Das Ansprechen mehrerer Rudelangehörige ignorierte ich auch und winkte zumindest nur ab.
Ich musste mich zuerst um Colin kümmern.
Er hatte am Telefon so verloren geklungen.
Es war grauenhaft, nicht sofort zu ihm zu können.
„In deinem Zimmer", sagte Rian lediglich, als ich ihn fragend anblickte und sofort stürmte ich dorthin.

Die Andenkatze lag zusammengerollt in Menschengestalt auf meinem Bett und hatte die Arme um sich geschlungen. Es sah aus, als versuche er, sich selbst Halt zu geben.

Mein Herz zog sich schmerzhaft zusammen. Ich wollte mir kaum vorstellen, wie es mir in seiner Situation gehen würde.

Mit schnellen Schritten war ich am Bett, ließ mich nieder und zog ihn einfach in meine Arme.

Ohne aufzusehen, drängte er sich an mich und vergrub sein Gesicht schluchzend an meiner Schulter.

Fest hielt ich ihn, strich ihm über den Rücken und bemühte mich darum, ihn so gut ich konnte zu beruhigen.

Eine Ewigkeit voller Tränen und Schluchzen schien zu vergehen, bis Colin leicht den Kopf hob, mit glasigen Augen in mein Gesicht sah.

Vorsichtig wischte ich ihm die Tränenspuren von den Wangen.

Ein trauriges Lächeln zierte seine herrlichen Lippen.

„Danke, Aramis. Ich glaube, ohne dich würde ich das nicht schaffen", murmelte er leise.

Ich schüttelte leicht den Kopf und berührte federleicht seinen Mund mit meinem. Immer wieder. Nur ganz vorsichtig, sacht und sanft.

Bis er mich ziemlich irritiert anblinzelte, was mich trotz allem ein wenig lächeln ließ.

Natürlich war er verwundert. Wir waren keine Menschen und so sanft küssten wir uns nur, wenn es mal kurz zur Begrüßung oder zum Abschied war.

Sonst waren wir wilder, aber gerade wollte ich nur für ihn da sein.
„Du irrst dich", flüsterte ich Colin zu.
„Was meinst du?", fragte er ebenso leise.
„Du bist unglaublich stark. Und dein Herz erst. Du würdest immer mit so einer Situation klarkommen. Selbst wenn ich nicht da wäre", versicherte ich ihm.
„Aramis, ich..."
Mit einem weiteren leichten Kuss unterbrach ich ihn.
„Aber ich bin trotzdem da. Solange du willst", hauchte ich ihm zu.
„Für immer?"
Seine zögerliche Nachfrage ließ mich kurz lachen.
„Vorsicht, was du mir versprichst", warnte ich ihn eindringlich.
„Ich weiß, was ich sage", kam es schon regelrecht trotzig von Colin.
„Oh, du Unschuldskater." Kopfschüttelnd legte ich ihm eine Hand an die Wange. „Du bist gerade aufgewühlt, verzweifelt und mit den Nerven runter. Mach keine Versprechen, wenn du in so einer Stimmung bist."
„In Ordnung."
Aber er wirkte wieder so verloren, dass ich ihn ganz fest an mich drückte und nicht mehr loslassen wollte.
„Wenn du es mir unter anderen Umständen anbieten solltest, nehme ich an", murmelte ich an seinem Ohr.

Irgendwann drückte Colin mit seinen Händen gegen meine Brust. Seine Nägel waren spitzer und länger geworden, leicht durch mein Oberteil spürbar.

Ich lockerte meinen Griff und er lehnte sich zurück. Sein Blick flackerte und im Grün seiner Augen blitzte es kurz gelb auf.
„Ich muss aus dieser Haut raus", flüsterte er noch zusätzlich.
„Wir verwandeln uns", stimmte ich zu und löste mich von Colin, um meine Kleidung abzustreifen.
Auch er zog sich aus und wandelte sich. Inzwischen ging seine Wandlung ungefähr so schnell wie meine vonstatten.
Eine raue Zunge leckte an meiner Hand.
Sofort wandelte auch ich mich und unsere Katzenkörper schmiegten sich aneinander.
Langsam begann ich, an seinem Kopf zu lecken, ihn zu putzen. Erst sanft, dann fester.
Ich wusste genau, wie gut das tun konnte und spürte, wie sich der bebende Körper der Andenkatze nach und nach entspannte, lockerer wurde und schließlich sogar zu schnurren begann.
Das war gut und entspannte auch mich, nahm etwas von dem Schmerz, der mir das Herz zu zerreißen drohte.

Colin – Zugehörigkeit?

Vorsichtig hob ich den Kopf und blickte auf Aramis herunter, während meine Ohren zuckten.
Er schlief friedlich.
Ich war von den Geräuschen draußen aufgeschreckt worden.

Auch die Ohren der Wildkatze zuckten, aber er schlief zu fest, um aufzuwachen.

Da musste er eine anstrengende Schicht gehabt haben und dann noch mich trösten.

Mir war nicht mal klar, wie lange er mein Fell geputzt hatte, bis ich letztlich entspannt genug war, um einzuschlafen.

Auf jeden Fall war das noch auf die Arbeit obendrauf gekommen. Kein Wunder, dass er so tief schlief.

Etwas Schuld schnürte mir die Luft ab.

Behutsam löste ich mich aus dem Druck seiner Pfoten und wandelte mich.

Langsam strich ich mit zwei Fingern über seinen Kopf. Ein Zucken von ihm und ich zog meine Hand zurück.

Ich wollte ihn keinesfalls wecken.

Vorsichtig stieg ich aus dem Bett und zog mich so leise wie möglich an.

Um Aramis nicht zu wecken, wollte ich lieber den Geräuschen draußen nachgehen.

Im Flur begegnete ich Rian, der mir kurz auf die Schulter klopfte.

Aus dem Wohnzimmer hörte ich hohes Fauchen und krächzendes Knurren. Wandlerjunge, vermutlich. Klang, als würden sie miteinander spielen oder eher spielerisch kämpfen.

Doch das war nicht das gewesen, was mich geweckt hatte. Das, was ich gehört hatte, war eher eine Art Musik oder Ähnliches gewesen. Von draußen.

Also verließ ich die Villa.

Es war tatsächlich Musik. Nicht besonders laut, aber genug um meine Katzenohren zu reizen.

Ich folgte dem Geräusch und fand eine Gruppe jugendliche Wandler vor, die sich zur Musik bewegten.

Das hatte ich schon mal gesehen. Mit zwei Unterschieden. Um uns herum war mehr Natur und inzwischen kannte ich ihre Namen.

Rose entdeckte mich als Erstes und kam auf mich zu, griff nach meinen Händen.

„Wir haben es schon gehört", sagte sie ernst und lächelte schmal. „Aber hier bist du willkommen."

„Ähm… danke. Was heißt das jetzt?", fragte ich überrumpelt.

Lässig und doch stark legte sich unvermittelt ein Arm um meine Schulter.

„Na du bist jetzt einer von uns", verkündete Luke grinsend.

„Soweit hatte ich noch gar nicht entschieden", murmelte ich verunsichert.

Das ging dann doch etwas sehr schnell für meinen Geschmack.

Der Wolf zog mich einfach fest an seine Schulter.

„Es dauert ja auch noch, bis du diese Entscheidung treffen kannst und solltest", merkte Rose an. „Ich meine, man kann ja nicht einfach beitreten wie in einen Verein."

Ich nickte ganz leicht. Nur am ersten Vollmond nach der stärksten oder der schwächsten Nacht konnte man sich einer anderen Wandlergemeinschaft wirklich anschließen.

„Und so lange betrachten wir dich einfach mal als einen von uns", verkündete Daniel und schlang von hinten die Arme um Rose, legte den Kopf auf ihrer Schulter ab.
„Na, tanzt du noch mal mit?", fragte Kilian von meiner freien Seite und blickte mich fragend an.
„Los. Komm", forderte Luke und zog mich ein kleines Stück mit.
„Na, wenn ihr so lieb bittet."
Das war immer noch besser, als zu grübeln und Trübsal zu blasen.
Ich konnte noch sehen, wie Daniel kurz in Rose' Schulter biss, ehe beide lachend zu uns kamen.

Es machte tatsächlich Spaß und war eine hervorragende Ablenkung, mit den anderen zu tanzen und auf karnivore Art herumzualbern, selbst wenn Menschen uns mit dem Schubsen und Schnappen vermutlich für rabiat oder Schlimmeres gehalten hätten.
„Hab dich", damit schlossen sich feste Arme um meinen wirbelnden Körper, nachdem Rose mich ein Stück zurückgestoßen hatte.
Mir war gar nicht aufgefallen, dass Aramis in der Nähe aufgetaucht war.
Ich keuchte überrascht auf, als seine raue, heißfeuchte Zunge einmal über die Seite meines Halses leckte und er mir anschließend ins Ohrläppchen biss.
„Oh, da turtelt wer", rief Luke breit grinsend, kauerte in der Hocke auf dem Boden.
Ich fauchte.

„Wir sind doch keine Tauben", beschwerte ich mich.
„Dann schnurrt ihr euch halt an", erwiderte der Wolf amüsiert und Gelächter erfüllte die Luft.
Selbst ich musste schmunzeln.
Irgendwie mochte ich diese Bande tatsächlich.
„Wie geht es dir?", fragte Aramis leise.
„Besser. Das hat echt gutgetan."
„Gern geschehen", rief Daniel.
„Wenn du willst, kannst du nachher mit uns jagen kommen", schlug Kilian vor.
„Als würdet ihr Chaoten etwas erlegen", merkte Aramis an.
Ich linste seitlich in sein Gesicht.
„Können sie das nicht?"
„Sie sind mehr mit Rumalbern und sich gegenseitig Jagen beschäftigt." Hörte sich trotzdem verlockend an. „Aber kann auch Spaß machen. Ich halte dich nicht auf, wenn du magst."
„Reizend."
Amüsiert drehte ich mich in Aramis' Armen herum und küsste ihn. Richtig dieses Mal. Nicht der glatte, seichte Schmusekurs, den er in seinem Zimmer eingeschlagen hatte.
Ich schlang die Arme um seinen Hals.
Seine lagen um mich herum.
Unsere Zungen rangen miteinander. Wir schnappten nach den Lippen des anderen.
Bis wir uns keuchend und nach Atem ringend voneinander lösen mussten.
Die anderen lachten und es wurde schon recht anzüglich, als er mich verlockend in die Schulter biss.

Kopfschüttelnd schob ich Aramis etwas von mir, auch wenn sich das ziemlich gut angefühlt hatte.
„Vater wollte dich gerne sprechen", eröffnete er mir.
Mein Magen zog sich zusammen. Hoffentlich würde das gutgehen.
Dennoch nickte ich ganz leicht.
„Du hörst, wann wir aufbrechen, daran, dass die Musik aus ist", sagte Luke ganz locker.

„Komm rein", forderte Lukas mich auf und zögerlich betrat in den Raum.
Meine Füße versanken richtig im weichen Teppich.
Der Rudelführer und seine Gefährtin saßen auf einer dunklen Couch.
„Inzwischen dürften alle im Rudel von dir gehört haben. Aber ich schätze, dass die wenigsten wissen, dass du freiwillig gegangen bist", merkte Emilia an.
„Natürlich würde Aramis dich immer möglichst im besten Licht dastehen lassen, aber wir haben uns auch mit Rian unterhalten", fügte Lukas ernst hinzu. „Er hat uns von deinen Fähigkeiten und etwas von deinen Entscheidungen und Beweggründen erzählt."
„Beeindruckend", gab Aramis' Mutter zu. „Und einige unserer Jüngeren mögen dich offenbar. Es gibt also durchaus einige Stimmen, die für dich sprechen würden."
„Aber ihr seid euch nicht sicher", mutmaßte ich ebenso ernst.
„Es ist noch Zeit, eine Entscheidung zu treffen. Wir werden das beobachten, aber wichtig wäre auch, was du willst."

Lukas sah mich forschend an.
„Ich bin noch nicht ganz sicher", gab ich zu und rang die Hände, hielt die Krallen eingezogen. „Wie du gesagt hast: Es ist ja noch Zeit."
„Wirst du beim Fest des blauen Mondes dabei sein?", fragte Emilia überraschend.
„Aramis hat mich eingeladen."
„Und du?"
„Ich hatte zugesagt. Wenn es für euch in Ordnung ist."
„Natürlich." Lukas lächelte. „Wusstest du, dass bei uns ein einziges Geschenk übergeben wird?" Er legte seiner Gefährtin eine Hand auf die Schulter. „Für denjenigen, der dem eigenen Herzen am nächsten ist."
Unwillkürlich schweiften meine Gedanken zu Aramis und mein Herz schlug schneller.
„Das sind oft keine Geschenke im eigentlichen Sinn, also nicht unbedingt etwas Materielles", fügte Emilia lächelnd hinzu. „Nur, falls es dich vielleicht interessiert."
„Vielleicht", murmelte ich.
„Alles andere sehen wir dann noch", sagte Lukas schlicht.
Ich nickte.

Mein Blick schweifte über den Wolf, der unten am Baum vorbeilief.
Noch drei Sekunden.
Dann ließ ich mich fallen und wandelte mich im Sprung, warf ihn damit von den Pfoten.

Im nächsten Moment waren zwei weitere Wölfe über mir. Eine Pfote landete auf meiner Seite und drückte mich hinab.
Auf einen Schlag flog der Wolf von mir herunter und ich rappelte mich auf.
Rose trat in Dachsgestalt neben mich, wandelte sich jedoch zur Hälfte.
„Ihr spielt übrigens unfair", sagte sie und fragend blickte ich sie von der Seite an, worauf sie sofort reagierte. „Nachdem du die letzten zwei Runden gewonnen hast, haben sie sich gedanklich abgesprochen, dabei aber vergessen, dass ich sie auch hören kann."
Ich wandelte mich ebenfalls zur Hälfte, um sprechen zu können. Manchmal wäre Gedankenkommunikation schon ganz praktisch gewesen.
„Wie man halt kann", sagte ich und hob eine Schulter. „Ich hatte einen ziemlich guten Lehrer."
„Klingt großzügig", merkte Luke fröhlich ein.
Keiner schien böse zu sein. Chaotische Bande.
Und es machte Spaß.

„Warum müssen wir uns eigentlich verstecken, wenn Menschen in unserem Wald auftauchen?", fragte eine fast quengelige Kinderstimme, als wir die Villa beinahe wieder erreicht hatten.
„Weil es gefährlich ist", gab Aramis zur Antwort.
Ich lächelte. Ähnliche Gespräche kannte ich von früher auch.

Mama hatte immer auf den möglichen Einsatz von modernen Feuerwaffen hingewiesen. Auch für große Wandler gefährlich.

„Warum? Wir sind großer und stärker?", kam eine etwas bockige Rückfrage.

„Dann hört mir gut zu. Ich warne euch aus gutem Grund", sprach Aramis vollkommen ernst. „Greife niemals einen Menschen an. Wer einmal Menschenfleisch gekostet hat, kann nicht mehr aufhören."

Mein Lächeln erstarb. Das hatte ich noch nie gehört und es war nicht gut, gefiel mir gar nicht.

„Das ist das Problem an unserer momentanen Situation", redete die Wildkatze weiter. „Wer immer diese Morde begeht, kann einfach nicht aufhören. Selbst wenn er sich eine Weile unter Kontrolle halten kann, irgendwann kommt es wieder über ihn."

Ich schüttelte mich kurz.

Von zwei Seiten wurden mir Arme um die Schultern gelegt.

Rose lächelte verstehend von einer Seite.

„Zum Glück sind wir das nicht", sagte Luke von der anderen Seite zwinkernd.

„Ich hätte da noch eine Frage", gab ich zu, vor allem, um nicht weiter über das Thema nachzudenken.

„Frag", kam es von Daniel, der Rose mit einem heftigen Ruck an sich zog.

„Wie entscheidet ihr, dass Wandler erwachsen sind?"

„200 Monde", sagte die Dachswandlerin grinsend.

Ich war zu sehr mit der menschlichen Kultur in Kontakt gekommen, um es direkt zu wissen. Stattdessen rechnete ich ein wenig.
200 Monde, das waren annähernd 17 Mondjahre. Für die Menschen ein paar Monate bevor jemand 17 wurde.
„Aber nicht alles darf man dann schon und es gibt Dinge, die darf man schon vorher", eröffnete Kilian, als wir gerade den Wald verließen.
„Komm her, Colin", forderte Aramis mich lächelnd auf und klopfte neben sich ins Gras.
Ich zögerte nur einen kleinen Moment, ehe ich tat, was er wollte.
Sein Arm legte sich um meinen pelzigen halbtierischen Körper und zog mich an ihn.
Lippen strichen über meine Schläfe.
Vereinzeltes Schnauben ertönte.
Das ließ mich schmunzeln. In dem Punkt unterschieden sich verschiedene Wesen wohl doch nicht so sehr. Die Jungen konnten nur wenig mit solchen Zärtlichkeiten anfangen.
„Kann hier jemand meinem etwas anders aufgewachsenen Gefährten erklären, wie sich die wichtigsten Mondwechsel aufbauen?", fragte Aramis nun in die Runde, ohne mich loszulassen.
„Mit 144 Monden darf man am Ritual zum blauen Mond teilnehmen", rief einer von seinen jüngeren Brüdern.
„Das heißt, dass wir dieses Jahr zum ersten Mal dabei sein dürfen", fügte sein Zwilling begeistert hinzu.

144 Monde bedeutete 12 Mondjahre und damit kannte ich auch das Alter der Zwillinge.
„Und mit 240 Monden darf man am Führungsritus teilnehmen", warf eines der anderen Kinder ein.
17 Mondjahre.
„Alles andere sind Kleinigkeiten, die du mit der Zeit lernst", kam es von Kilian.

Aramis – Mal etwas anders

Unterrichtsstunde beendet und mit Colin zurückziehen.
Eigentlich wollte ich mich mit ihm zusammenkuscheln, ihn vielleicht auch noch etwas ablecken, aber er war ziemlich aufgedreht, wandelte sich in meinem Zimmer sofort und sprang auf eine meiner Plattformen, nur um auf meinem Katzenspielplatz herumzutoben.
„Du könntest deine Energie auch nutzen, um deine Sachen einzuräumen." Er hielt inne und blickte mich verblüfft an. „Du hast nicht erwartet, dass ich will, dass du aus Kisten und Koffern lebst."
Er brummte und stromerte weiter, kratzte gelegentlich an einigen Stellen und sprang hin und her.
An eine Wand gelehnt beobachtete ich ihn und lächelte.
Auch wenn es nicht das gewesen war, was ich gewollt hatte, tat es gut, ihn so zu sehen. Es schien ihm einfach besser zu gehen und das war das Wichtigste.

Ein paar Mal fauchte er mich an, schien mich zum Mitmachen animieren zu wollen und irgendwann gab ich nach, wandelte mich und sprang zu ihm auf eine der Plattformen.

Er leckte mir einmal übers Gesicht und lief dann über eine der Hängebrücke.

Und immer weiter. Über Plattformen, Brücken und durch Röhren und Tunnel hindurch.

Nach einer Weile ließ ich mich seitlich in eine Hängematte sinken und Colin umkreiste mich über die Plattformen ringsum.

Ein Klopfen ließ uns beide die Köpfe drehen.

Rian stand vor der Tür, wie mir meine Nase verriet.

Ich ließ mich aus der Hängematte zu Boden fallen und wandelte mich halb.

„Herein", rief ich.

Die Tür öffnete sich und mit ein paar Schritten war bei den Sitzkissen, wo er sich niederließ.

Kurz darauf ließ ich mich auf das Bett fallen und streckte mich, ohne das Fell vollkommen abzulegen.

„Was gibt es?", erkundigte ich mich.

„Vater hat mich gebeten, mit dir zu sprechen", eröffnete Rian. „Er redet derweil mit den anderen."

„Worum geht es denn?", bohrte ich weiter nach.

Mit einem minimalen Aufprall landete Colin halb gewandelt auf dem Boden.

„Ich packe derweil mal aus, wenns recht ist", sagte er.

„Hab ich doch schon gesagt", winkte ich ab und blickte zurück zu Rian. „Was ist jetzt?"

„Es geht um diesen Alex und das Ritual zum blauen Mond", offenbarte mein Bruder finster.

„Vater will jetzt aber nicht absagen oder?", fragte ich skeptisch.
„Nicht für euch."
„Soll heißen?"
„Dieses Mal wird es etwas anders." Rian seufzte. „Du sollst dich mit den Ältesten um das Ritual für die Jungen kümmern. Während wir anderen weiter auf der Suche nach diesem Alex sein werden. Nimea und Xander werden derweil die ganz Jungen beaufsichtigen. Die Frage ist, ob du dich dafür bereit fühlst, in dieser Nacht die Führung zu übernehmen?"
„Das muss ich dann wohl", erwiderte ich grimmig.
Und irgendwann hätte ich das ohnehin. Einmal vorher wäre vielleicht eine gute Übung, bevor es irgendwann Ernst werden würde.
Immerhin hatte ich Vater schon einige Male dabei zugesehen. Das würde schon klappen.
„Colin?", wandte sich Rian unerwartet an die Andenkatze.
„Ja, Rian?"
„Wärst du dabei, um Aramis zu unterstützen?"
„Natürlich."
Colin blickte nicht mal auf, schichtete nur weiter Kleidung in eines der Schrankfächer.
„Gut. Ich muss dann wieder los."
Erstaunlich schnell war mein Bruder wieder verschwunden. Der hatte bestimmt noch etwas vor.
Langsam erhob ich mich und ging zu Colin hinüber, schlang die Arme von hinten um ihn.
„Du musst das nicht tun", versicherte ich ihm flüsternd.

Er lehnte sich zurück, die Krallenhände über meine auf seinem Bauch abgelegt.

„Nein, aber ich will es", lautete seine Erwiderung. „Ich will das sehen und erleben, bevor ich eine endgültige Entscheidung treffe. Ich kann hier ja nicht immer der Streuner zu Gast sein."

Ich seufzte leise.

„Aber verbiege dich nicht", bat ich ihn wispernd.

„Ich will es sehen."

„Wie du meinst, Unschuldskater."

So standen wir eine Weile nur da. Ich war immer noch nicht sicher, was ich davon halten sollte. Sorge und Freude mischten sich wirr in mir.

Er sollte nicht für mich übertreiben und doch freute ich mich, dass er da sein würde.

Colin – Blut unter dem Mond

Aufgeregt lief ich an Aramis' Seite durch den Wald und musste die Gedanken zurückhalten, von denen ich wusste, dass sie eine Rüstung beschwören konnten.

Das wäre die denkbar schlechteste Nacht, um dieses Detail dem Rudel zu enthüllen.

Und so liefen wir als Tiere immer weiter hinauf. Erst zwischen Laubbäumen, dann zwischen immer lichter werdenden Nadelbäumen entlang.

So wie ich Aramis kannte, hätte er bestimmt jede Art von Baum exakt zuordnen können.

Bald waren auch die Bäume verschwunden und wir liefen zwischen Sträuchern und Felsen weiter in die Berge hinein. Die Zwillinge waren dicht hinter uns.
Andere Rudelangehörige stießen nach und nach dazu.
Das Einzige, was ich wusste, war, dass wir einen ziemlichen hohen Platz in den Bergen ansteuerten.
Um dem Mond näher zu sein, hatte Loreley es genannt, als sie eine Stunde vor uns mit einigen anderen Ältesten aufgebrochen war, um schon etwas vorzubereiten.
In meinem Blut kribbelte es aufgeregt, während die Menge an Tierkörpern um uns herum zunahm.
Sie wirkten ebenfalls unruhig und das schien sich wie ein Fieber auszubreiten.
Ich wollte gar nicht so genau wissen, wie es sich gerade in Aramis' Kopf anfühlen und anhören musste.
Da war bestimmt eine Menge los.
Schließlich erreichten wir ein Plateau, auf dem mehrere halbgewandelte Gestalten standen. Eine weibliche vorne weg. Das musste Loreley sein.
Ein uraltes, graues Wolfswesen, das den Kopf zum vollen Mond emporgereckt hatte und mit unserer Ankunft ein lautes Jaulen ausstieß.
Instinktiv schrie ich auf, genau wie Aramis an meiner Seite. Auch andere Stimmen erklangen. Jaulend, schreiend, brüllend und fauchend. Sie vermischten sich zu einem wirren an den Mond gerichteten Ton.
Es war, als würde ich tief in mir spüren, was ich zu tun hatte.
Mit festen Schritten trat Aramis vor und wandelte sich dabei zur Hälfte.

Erst da bemerkte ich die Steinplatte, auf der eine silberne Schale stand, die das Mondlicht glitzernd einfing, ehe der Körper des zukünftigen Rudelführers den Anblick verdeckte.

„Danke, dass ihr alle gekommen seid", rief er und drehte sich zu uns herum. „Heute ehren wir die Große des Mondes und lauschen ihrer Stimme." Ich lauschte erstarrt, als er sich wieder zu Loreley umwandte. „Möge ihre Stimme durch deinen Ruf zu uns dringen."

Aramis trat zurück und neben mir angekommen, war er bereits wieder komplett im Pelz, stieß mich leicht von der Seite an, drängte sich weich an mich.

Kurz drückte ich meine Schnauze in das Fell an seinem Hals und hörte ihn leise brummen. Es tat ihm wohl gut.

Das war es auch, was Rian gemeint hatte. Für ihn da sein.

Ich hatte natürlich keine Ahnung, wie anstrengend das wenige sein musste, wenn man dazu noch die Verbindung zum Rudel spürte, ihre Gedanken hörte.

Ein kleiner Schauer überlief mich.

„Trinke vom Blut des Mondes", zog eine knurrende Stimme meine Aufmerksamkeit zurück auf das Geschehen.

Loreley stand mit der Schale in den Pfotenhänden vor den Versammelten und einer davon hatte sich bereits in seine Zwischengestalt verwandelt, schlabberte etwas von der roten Flüssigkeit aus der Schale.

Und Loreley trat von einem Rudelangehörigen zum nächsten, die sich nach und nach halb wandelten und, nach denselben Worten wie zuvor, aus der Schale tranken.

Ich bereitete mich auf meine eigene Wandlung vor, doch das war gar nicht nötig.

Die Älteste war nur noch zwei Schritte von mir entfernt, als etwas glühend durch mich hindurch strömte und die Wandlung sich in süßem Schmerz durch mich zog, ohne dass ich mich konzentrieren musste.

Da stand Loreley bereits vor mir.

„Trinke vom Blut des Mondes", sagte sie auch zu mir und hielt mir die Schale an die halbe Schnauze.

Es waren nicht viele Schlucke, aber ich schmeckte, dass es sich nicht um reines Blut handelte. Irgendwelche Kräuter waren hinzugefügt.

Mein eigenes Blut kribbelte in meinen Adern, als die Älteste weiterging.

Die Aufregung in mir stieg weiter an und ich scharrte mit den Hinterpfoten, kratzte mit den Krallen über das Gestein unter mir.

Zuletzt tranken die anderen Ältesten aus der Schale, ehe Loreley zum Felsen in der Mitte zurücktrat und mit Worten in einer alten, mir unbekannten Sprache das restliche Blutkräutergemisch über den Felsen schüttete.

Etwas Schwindel erfasste mich, ließ mich ein wenig schwanken.

Vom Mond waberte feiner Nebel herab, traf auf den Fels und färbte sich rot, wie vom Blut eingefärbt.

Der blutrote Nebel schwappte herum, verformte sich in alle möglichen Tiere, die um uns herumwirbelten,

liefen und an einzelnen Wandlern entlangstrichen, wie es Hauskatzen manchmal bei Menschen machten.
Das Geräusch des Windes ließ meine Ohren zucken.
„Die, mit denen niemand redet", schien er zu wispern, mehr als einmal und ich taumelte.
Hörten die anderen es auch?
Die Situation war so verwirrend, dass ich nicht mal fragen konnte.
Ich wusste nicht, ob es die Stimme der Göttin war oder die Wirkung der Kräuter im Blut.
Unsere Stimmen hoben sich instinktiv. Jaulen, Kreischen, Schreien, Brüllen. Das lauteste, was jeder von uns hervorzubringen vermochte.
Mein Blut kribbelte und surrte immer heftiger und was es war, war auf einmal egal.
Aufgewühlt mit plötzlich erwachtem Verlangen lehnte ich mich an Aramis. Dessen Arme umfingen mich. Fest und sicher.
Dabei wurde ich überraschend etwas ruhiger und bemerkte, dass einige Wandler verschwinden.
„Heute Nacht werden Junge gezeugt", flüsterte Aramis mir zu.
„Willst du mich jetzt auch verführen?", fragte ich mit rasendem Herzen.
„Nicht unter diesen Umständen. Komm du zu mir."
Ich lächelte und schmiegte mich an ihn.
Langsam löste sich der blutrote Nebel auf.

Aramis – Das Fest

Das Feuer in der großen Schale brannte bereits, als wir zurückkamen.
Die Wirkung des Rituals ließ langsam nach. Bald würden auch jene wieder zu uns stoßen, die sich zur Paarung in die Wälder zurückgezogen hatten.
Neben dem Feuer lag ein Berg passend zurechtgerissener Fleischstücke und nebendran ein Haufen geschnitzter Stangen dafür.
Ich musste lächeln, als ich an meine Kindheit dachte. Damals war ich noch nicht alt genug für das Ritual gewesen und hatte mit den anderen zusammen das Fleisch zerrissen und die Stangen vorbereitet. Wir hatten dabei wirklich viel Spaß gehabt.
„Ich könnte einen Elefanten verschlingen", verkündete Colin neben mir und Lachen ertönte, löste die Stimmung endgültig.
Rose und Daniel kamen ein Stück weiter aus dem Wald. Die beiden also auch.
Ich lief zum Fleisch und warf der Andenkatze ein Stück und eine angespitzte Stange zu.
„Einfach ins Feuer halten. Zeitspanne, je nachdem wie roh du es magst", teilte Luke ihm mit und kam ebenfalls zum Fleisch herüber.
„Ich hätte ja fast gedacht, dass ihr euch ebenfalls davonstehlen würdet", sagte Daniel zu Colin und mir, als wir anfingen, das aufgespießte Fleisch in die Flammen zu halten.

„Dafür riechst du ekelhaft penetrant nach Sex", stieß die Andenkatze hervor und erntete mit dieser Aussage schallendes Gelächter.
Es war fast, als hätte er schon immer zu uns gehört.
Lachend schlang ich den Arm um ihn.
Sein Blick ging gedankenverloren zum Himmel empor.
„Woran denkst du?", fragte ich leise.
„Die Herde tanzt jetzt sicher."
„Sie tanzen?", kam es neugierig von Luke und viele Blicke waren auf Colin gerichtet.
„Nackt ums Feuer tanzen, in das verschiedene Kräuter geworfen werden und so", war seine Antwort, die ein Schulterzucken begleitete.
„Willst du jetzt dort sein?", forschte Kilian mitfühlend.
Die Andenkatze schloss kurz die Augen und zog das nur leicht angeröstete Fleisch aus dem Feuer.
„Nein", sagte er schlicht und biss in das Fleisch hinein. „Es fiel mir nur ein."

Es dauerte nicht lange, bis die Ältesten ebenfalls zu uns stießen. Wilde Trommelklänge erfüllten die Luft und doch wusste ich, dass es manchen nicht reichen würde.
„Hättet ihr beim letzten blauen Mond gedacht, mal zu sehen, wie eine Wildkatze einen Jaguar plattmacht?", fragte Daniel mittendrin.
Lachen ertönte.
„Damit hätte keiner gerechnet", antwortete Kilian grinsend.

„Das hätte ich zu gerne gesehen", kam es von Colin.
„War auf jeden Fall kein alltäglicher Anblick", merkte Rose an.
„Was ist schon alltäglich?", warf ich ein.
Wieder Gelächter und dann bis auf die Trommeln etwas ruhiger.
„Können wir keine andere Musik spielen?", fragte Xander schließlich.
Ich konnte ihn ein wenig verstehen, denn das war nicht unbedingt unsere Musik. Andererseits war es bei diesem Fest nun mal so.
„Nach der Tradition wird nur selbstgemachte Musik gespielt", kam es von Loreley.
„Traditionen können sich ändern", warf Luke ein.
„Nur selbstgemachte Musik?", wollte Colin wissen und erhob sich bereits.
„Ja", bestätigte ich.
„Wartet kurz."
Schon war er auf den Beinen und lief in die Villa hinein.

Die aufkommenden Fragen konnte ich gar nicht beantworten, aber es dauerte auch nicht lange, bis Colin mit seiner Gitarre zurückkam.
„Kannst du das überhaupt?", rief Kilian ihm zu.
„Warte es ab", erwiderte die Andenkatze und lief zu mir, beugte sich zu meinem Ohr hinab. „Für dich."
Vielleicht hatte er gemerkt, dass mir andere Musik auch lieber gewesen wäre, auf jeden Fall begann er zu spielen, sobald er sich wieder aufgerichtet hatte.

Das klang gut. Volle und satte Klänge erfüllten die Luft. Wild und frei. Faszinierend.
Es schien kein niedergeschriebenes Lied zu sein, sondern Improvisation, und zwar richtig gute.
Luke sprang mitten drin auf, lief zu den Trommeln und stieg in den Rhythmus ein. Gelegentlich geriet er aus dem Takt und erntete Gelächter.
Doch bald sprangen fast alle auf, um zu tanzen oder herumzuspringen, dabei immer mal wieder die Gestalt zu wechseln.
Zwischendurch kamen einzelne zurück ans Feuer, um sich neues Fleisch fertig zu machen und herunterzuschlingen.
Immer im Wechsel.
Meistens lag meine Aufmerksamkeit auf Colin, der das mit sichtlichem Vergnügen zu tun schien.

Erst als sich die Wandler langsam zerstreuten und zurückzogen, kam er zurück, legte die Gitarre zur Seite und hielt ein neues Stück Fleisch an der Stange in die Reste des Feuers.
Wir schwiegen und genossen die Atmosphäre, das Gefühl, endlich alleine zu sein.
Ich lächelte, als er das Fleisch mit mir teilte und dachte an unseren gemeinsamen Jagdausflug. Es gab keine Möglichkeit zu sagen, wann ich mich je so wohl gefühlt hatte.
Nach einer Weile zog Colin die Gitarre wieder heran und begann wieder zu spielen. Etwas langsamer und anders. Fremd und vertraut.

Es war wie der Klang zweier Katzen im Wald, zwischen den Felsen und Bäumen. Wie gemeinsam zu laufen und ich schloss meine Augen, ließ mich in die leichte Musik unserer Verbindung fallen.
Bis sich die Andenkatze still an meine Seite schmiegte. Die Töne erstarben.
„Aramis?", fragte er nach einer Weile flüsternd.
„Ja, Unschuldskater?"
„Ich habe mich entschieden. Ich bleibe", eröffnete er leise.
„Mach die Entscheidung nicht von diesem Fest und dem Ritual abhängig", erwiderte ich.
„Tue ich nicht. Meine Entscheidung liegt in dir und dem Rudel. Hier werde ich mehr akzeptiert als je bei der Herde", erklärte er mit ernster Stimme und ich sah ihn aufmerksam an. „Außerdem…"
Er stockte und lächelte zögerlich.
„Ja? Was noch?"
„Das ist nicht alles. Ich will dich. Komplett."
„Du bist noch berauscht vom Ritual."
Sein Kopf ging heftig hin und her.
Dann sah er mit klarem, grünem Blick in meine Augen.
„Ich bin längst wieder klar im Kopf. Ich meine das ernst, Aramis. Sonst hätte ich dich längst in den Wald gezogen", bekräftigte er mit diesem Blick.
„Ja", hauchte ich und fing seine Lippen kurz mit meinem Mund ein. „Lass uns das Feuer löschen und dann duschen und wenn du doch nicht mehr willst, musst du es nur sagen."
„Ich weiß."

Er lächelte.

Colin – Gefährten

„Komm, Unschuldskater."
Aramis' Blick war dunkel und mit raubtierhafter Eleganz kam er auf mich zu.
Hitze flutete durch mich hindurch.
In einer geschmeidigen Bewegung streckte er sich und gab mir einen perfekten Ausblick auf das Muskelspiel seines Oberkörpers.
Und dazu diese fantastischen Bauchmuskeln.
Er kam weiter auf mich zu.
Seine Schritte waren fest, aber gemächlich und ich kam mir vor wie seine Beute. Ein Gefühl, das ich bei jedem anderen auszulöschen versucht hätte.
Mit trockenem Hals und einer heftigen Gänsehaut blickte ich ihm entgegen.
Unwillkürlich wich ich zurück, stieß gegen die Wand und erkannte das Funkeln in seinem Blick, wie sehr er es genoss, mich einholen, fast fangen zu müssen.
Dicht vor mir blieb er stehen und ließ seine Fingerspitzen über meine Brust fahren.
„Heute entkommst du mir nicht", schnarrte er mir zu und blickte mich so erhaben an, dass ich vor Erregung erzitterte.
Seine Worte jagten mir direkt in den Schwanz.
Warme Finger streichelten meinen Bauch, fuhren hinauf. Krallen drückten sich an meinen Brustwarzen gegen meine Brust.

Keuchend reagierte ich auf diesen lustvollen Schmerz, der mich durchfuhr.
„Ich will dir das Fleisch vom Rücken reißen", entfuhr es mir, spürte meine eigenen Klauen und Haare wachsen.
„Komm."
Damit zog er mich ins Bad.
Ich zitterte vor Vorfreude. Meine Knie waren butterweich.
Aramis drehte das Wasser auf und wandte sich wieder mir zu. Das wilde Raubtier, das mich trocken schlucken ließ.
Klauenhände schoben sich an meiner Hüfte entlang und elegant ging er in die Hocke.
Bevor ich wirklich realisierte, was er vor hatte, hatte er seine Nase fest in meinen Schritt gedrückt und atmete stöhnend ein.
Schon kam er wieder herauf und schubste mich hart in die Dusche hinein, unter den warmen Wasserstrahl.
Schnell folgte er mir, riss mich an sich, krallte seine Pranke in mein zottiges Haar, um meinen Kopf zurückzureißen. Mit brennender Zunge leckte er an der Seite meines Halses, kratzte mit den scharfen Zähnen daran entlang, was mich zum Beben und nun auch meine Raubtierzähne hervortreten ließ.
Sein Griff lockerte sich so weit, dass ich den Kopf wieder nach vorne nehmen konnte und sich unsere Blicke trafen. Tief und wild.
„Colin, heute Nacht bist du mein. Unter den Sternen werde ich in dich stoßen und dich zu meinem machen.

Du wirst nie wieder einen anderen wollen", grollte Aramis.

Ich knurrte auf. Das wollte ich schon in diesem Moment nicht mehr. Es zählte nur er. Wir.

Sein Mund drückte sich erneut an meinen Hals, ließ mich schaudernd seine Zähne fühlen.

Meine Krallen kratzen über seine Brust, rissen an den Muskeln, die ich so gerne zerfetzen wollte oder zerbeißen, herausreißen.

Sein lüsternes, raubtierhaftes Grinsen ließ meine Knie fast endgültig nachgeben.

„Raus", grollte Aramis, drehte das Wasser ab und drängte mich aus der Dusche.

Bebend krallte ich mich am Waschbecken fest, als er mir von hinten Haut und Fell trockenrieb. Zum Großteil jedenfalls.

Feste, Zähne kratzende Küsse säten sich über meinen Hals und Nacken, die Schultern entlang.

Meine Augen fielen zu und ich genoss das wilde Spiel dieses mächtigen Raubtiers. Immer größeres Verlangen erfüllte mich.

Sein harter Schwanz drückte sich von hinten gegen mich und ich presste mich an ihn. Rau stöhnte er mir ins Ohr.

Ich wollte, nein, ich brauchte mehr…

Ein frustriertes Knurren drang aus meiner Kehle.

„Fick mich. Nimm mich. Mach mich zu deinem. Jetzt", stieß ich hektisch hervor und ehe ich so ganz begriff, flog ich bereits aus dem nächsten Fenster.

Mein Körper drehte sich instinktiv in der Luft und auf allen vieren landete ich im Garten der Villa.

Aramis kam lautlos neben mir auf, die Reißzähne gebleckt und so verlockend, so erregend.
Er schoss herum und schon lag ich unter ihm auf dem Rücken, spürte Moos und Gras unter mir.
Ein kräftiges Knie drängte meine Beine auseinander.
Meine Klauen wurden über meinem Kopf in den Untergrund gedrückt, nahmen mir Bewegungsfreiheit.
Grimmig fauchte ich.
Aramis lachte kurz und rau.
Sein dominantes Verhalten machte mich so dermaßen an, dass ich ein tiefes Winseln ausstieß.
Hart trafen seine Lippen auf meine. Rücksichtslos zwängte sich eine Zunge in meinen Mund, bevor ich ihn öffnen konnte. Ein Biss in meine Unterlippe, warmes Blut.
Ich biss zurück.
Süßes Blut vermischte sich.
Viel zu schnell löste er den Kuss und meine Klauen waren frei, weil er mit seinen nach meinen Knien griff, sie hoch neben meinen Kopf drückte.
Eine Zunge leckte meinen Eingang entlang.
Krallen gruben sich in meine Schenkel.
Ich japste und keuchte.
Immer intensiver, wilder, kräftiger, fordernder und ich wollte so viel mehr.
Heiß peitschte die Lust durch mich hindurch, spürte sie meinen Rücken rauf und runter rasen.
„Mehr", forderte ich.
Aramis lachte und machte nur weiter, leckte meinen Eingang, sodass er immer weicher wurde, während ich mich verzweifelt wand und so viel mehr wollte.

Seine Zunge drückte sich in mich. Gefährliche Zähne schabten an meinen Backen entlang.
Ich war so weich und bereit, wie es nur ging.
Und endlich schien er es genauso zu sehen. Einmal biss er zu, ließ mich aufjaulen.
Vor Verlangen verging ich fast.
Krallen bohrten sich in meine Hüfte und warfen mich im nächsten Moment herum.
Ich stöhnte, als mein Schwanz ins weiche Gras gedrückt wurde.
Schon riss Aramis mich an der Hüfte hoch.
Keuchend war ich auf allen vieren vor ihm.
Spitze Krallen ratschten über meine Seiten hinauf und gruben sich in mein wildes Haar.
„Aramis", jammerte ich seinen Namen.
Hart gruben sich Zähne in meinen Nacken, ließen mich komplett erstarren, instinktiv stillhalten.
Krallenhände spreizten meine Backen und schon setzte er seine Spitze an, drückte sich langsam in mich, knurrte dabei mit meinem Fleisch in seinem Raubtiergebiss.
Langsam, Stück für Stück schob er sich in mich, verharrte und drückte sich weiter hinein. Immer tiefer.

Ich konnte in der Starre nur leise wimmern, obwohl ich mich ihm zu gerne entgegengedrängt hätte.
Und doch machte es mich unglaublich an, ihm so ausgeliefert zu sein, nichts tun zu können, seiner Kontrolle zu unterliegen.
Schließlich steckte er ganz in mir. So groß, einfach unfassbar groß.

Wieder wimmerte ich leise, wollte ihn am liebsten um mehr anflehen und konnte nicht.

Dunkel knurrte Aramis auf und begann sich zu bewegen. Zwei viel zu langsame Stöße. Dann kräftiger.

Jeder einzelne Muskel an seinem göttlichen Schwanz war spürbar und reizte mich unsagbar, verschaffte mir eine unbändige Lust, die ich nicht herausschreien konnte. Nur wimmern und leise fauchen.

Er gab mir jedes kleinste Stückchen, bewegte sich immer kräftiger und fester in mir, nur die Möglichkeit meine Lust auszudrücken, gab er mir nicht.

Dann löste er seinen Biss und wir schnappten beide nach Luft. Tief in mir steckte er, verharrte und keuchte.

Mir entkam ein Jammern, während seine Klauen mich an ihn gedrückt hielten.

„Bitte", stieß ich rau und fauchend aus. „Aramis… mehr… bitte…" Meine Stimme wurde mehr und mehr ein Betteln. „Bitte… ich bin dein… bitte… mach…"

„Mein", knurrte er, grub die Krallen noch tiefer in Haut und Fell.

Endlich bewegte er sich wieder, stieß heftiger, stärker und wilder in mich. Rücksichtslos, unaufhaltsam, traf dabei einen Punkt, der mich vollkommen verrückt machte.

Ich schrie, fauchte, knurrte, brüllte und kam jedem dieser gewaltigen Stöße entgegen.

Hitze sammelte sich in meinen Unterleib. Mein Schwanz schmerzte, so hart war er gerade.

Laut wimmerte und flehte ich um Erlösung, gab mich Aramis hin, dessen Schwanz meine Erregung zu halten und zu fesseln schien.
Mondin, was machte er mit mir?
Mit jedem Augenblick fickte er mich heftiger, ließ mich die unbändige, wilde Kraft dieser Wildkatze spüren.
„Komm", forderte er.
Ein Wort, das wie ein Befehl wirkte.
Es war nicht mehr zu kontrollieren.
Bunte Sterne explodierten vor meinen Augen, als alles aus mir hervorbrach, mein Körper sich zusammenzog.

Aramis stieß weiter in meinen krampfenden, zuckenden Körper.
Sein unglaublicher Schrei ließ mich noch einmal beben und schon spürte ich, wie er sich in mehreren Schüben in mich verströmte, mein Inneres noch einmal reizte.
Sein Gesicht sackte auf mich. Wir fielen regelrecht ins Gras.
Angenehme Wärme hüllte uns ein und nur die leisen Geräusche der nächtlichen Natur und unser erschöpfter Atem waren zu hören.
Ich wimmerte, als Aramis sich plötzlich aus mir zurückzog. Das fühlte sich so falsch an.
„Von jetzt an, immer wieder", raunte er mir ins Ohr, sobald er mich an seinen Körper zog, mein Kopf an seiner Schulter landete.
Unsere Atmung ging angestrengt, unsere Herzen trommelten schnell.

Nur langsam beruhigte sich beides.

„Mein", hauchte er mir wieder besitzergreifend zu und dann ein wenig weicher. „Dein."

Mein Verstand setzte sich nur langsam wieder in Gang.

Krallen kratzen an meiner Haut, wechselten sich mit einem Streicheln ab und ich tat dasselbe bei ihm. Haut entlangfahren und dann aufkratzen. Reiner Instinkt und wildes Raubtier.

„Jetzt nicht mehr so unschuldig, was?", entfuhr es mir neckend.

Keuchend landete ich festgepinnt auf dem Rücken.

„Für mich wirst du immer mein Unschuldskater bleiben", grollte Aramis mit blitzenden Augen.

Dann lachten wir beide, auch wenn mein Körper dabei in herrlichem Schmerz vibrierte.

Aramis – Mit denen niemand redet

Ein Arm über Colins Kopf, der andere um seinen Oberkörper gelegt und ein Bein über seinen lag ich da, während die Nacht langsam dem ersten Licht des Tages wich.

Seine Augen waren geschlossen, aber er schlief nicht, sondern döste leicht vor sich hin. Das verriet mir das Geräusch seiner Atmung.

„Die, mit denen niemand redet", murmelte er unerwartet.

Ich erstarrte. Die Worte kannte ich vom Ritual.

„Du hast das auch gehört?", fragte ich verblüfft.

Langsam schlug Colin die Augen auf.
„Du auch?", gab er zurück.
„Sieht wohl so aus." Ich seufzte, drückte den Kopf an seine fellbedeckte Schulter. „Das war zum ersten Mal. Sonst habe ich beim Ritual nur das Wispern des Windes gehört."
Er roch herrlich und ich liebte es, an ihm zu schnuppern, die Schnauze in sein Fell zu drücken.
„Komisch."
„Ich dachte zuerst, dass es vielleicht daran lag, dass ich zum ersten Mal die Führung übernommen habe", gab ich zu.
Colin drehte sich in meinen Armen und vergrub seinerseits die Nase in meinem Pelz.
„Du riechst gerade so gut", flüsterte er brummend und ziemlich zufrieden.
Ich musste lachen und drückte ihn fester an mich.
„Und da hast du am Feuer noch gesagt, dass Rose und Daniel ekelhaft nach Sex riechen", sagte ich neckend.
„Das ist was anderes."
Lachend warf ich uns herum und begrub Colin förmlich unter mir.
Keuchend und mit großen grüngelben Augen blickte er zu mir auf.
„Interessant." Ich grinste, während ich das Gefühl seines Körpers unter mir genoss. „Wie gehts denn deinem anbetungswürdigen Arsch?"
„Anbetungswürdig?", fragte er belustigt, legte die Arme um meinen Nacken, grub die Hände in meine zotteligen Haare.

„Glaub mir. Ich habe ihn berührt und gespürt. Er ist anbetungswürdig", raunte ich ihn zu.

„Scham kennst du auch nicht, oder?", erkundigte Colin sich mit einem leisen Lachen.

„Ich bin ein Raubtier. Scham stört da nur", erwiderte ich und lehnte meine Stirn an seine.

„Ja, ich merke schon." Er lachte erneut auf. „Also, mein Arsch ist ein wenig wund, aber das hält meine Gedanken nicht davon ab, mir deinen fantastischen Schwanz erneut in ihm vorzustellen."

„Fantastisch?", fragte ich nun und zwinkerte ihm zu.

„Glaub mir. Ich habe ihn komplett in mir gespürt. Er ist fantastisch", antwortete er mir in ähnlicher Manier wie ich vorher.

„Wer kennt hier keine Scham?", zog ich ihn vergnügt auf.

„Na wir."

Und er schnappte mit den Zähnen nach meiner Unterlippe. Dann küssten wir uns wild und ungezügelt.

Etwas schwer atmend erhoben wir uns, als einige der Jungen aus der Villa gelaufen kamen.

Das mussten sie nicht sehen, auch wenn ich Colin zu gerne weiter berührt und geküsst hätte.

„Nimm dich in acht, Wildwandler. Wir kriegen dich", rief ein Jungwandler und sprang über den Rasen.

„Das wüsste ich aber", erwiderte ein anderer und lief davon.

So ging das ziemlich hin und her.

„Macht nicht zu heftig", ertönte Nimeas Stimme.

Ich musste lächeln. Man konnte von der Hündin und ihrem Verhalten denken, was man wollte, aber mit Kindern konnte sie ganz gut umgehen.
„Lass uns verschwinden", raunte ich Colin zu.
Erst als er nicht reagierte, merkte ich, dass er wie erstarrt im Gras hockte.
Fest packte ich ihn an den Schultern und riss ihn herum.
„Beim Mond, was ist los?", fragte ich grollend.
Irritiert blinzelte er mich an.
Mit einem Mal lächelte er jedoch.
„Ich weiß es jetzt. Ich weiß, was gemeint ist", stieß er hervor.
„Was meinst du?"
„Die, mit denen niemand redet." Fragend sah ich ihn an. „Die Wilden. Niemand. Weder Herde noch Rudel und nicht mal Marlin hat mit ihnen geredet. Und vielleicht ist genau das der Schlüssel, um die Sache mit den Morden zu klären."
Seine Augen funkelten aufgeregt und unternehmungslustig.
Sofort verstärkte ich meinen Griff.
„Nein. Du kannst nicht einfach zu ihnen gehen und versuchen, mit ihnen zu reden", knurrte ich, denn mir war auf einen Schlag klar, was in seinem Kopf vorging.
„Aramis, komm schon. Ich bin die beste Wahl dafür. Offiziell gehöre ich gerade weder zu Rudel noch zu Herde. Ein Streuner quasi. Und ich habe eine Rüstung. Wer sonst könnte das tun?", redete er auf mich ein.

In einer Bewegung und laut knurrend knallte ich ihn gegen die nächste Hauswand.

„Ich will dich nicht verlieren", grollte ich ihn an.

„Du wirst mich nicht verlieren. Die Rüstung ist mehr als nur das. Sie bedeutet auch Kraft und Geschwindigkeit. Ich habe das schon gespürt."

„Ich hasse solche Entscheidungen." Ich fauchte und lehnte den Kopf an seinen, atmete seinen Duft ein. „Ich will dich nicht dieser Gefahr aussetzen."

„Das weiß ich doch, aber ich kann es doch auch nicht. Wenn ich nicht jedem Hinweis nachgehe, werden die Alphas am Ende dich und alle anderen, die mir etwas bedeuten, zur Rechenschaft ziehen. Das kann ich nicht zulassen, Aramis."

Wieder entkam mir ein Fauchen und ich fürchtete, dass mir die Tränen kommen würden.

„Ich komme mit bis zur Grenze und ich warte dort in Rüstung auf dich. Wir halten den Kontakt so lange wie möglich", flüsterte ich, spürte die Worte wie brennendes Gift in meinem Mund.

Es war grausam, einer solchen Entscheidung zuzustimmen. Gerade erst hatte er mir mitgeteilt, dass er wirklich zu mir und meinem Rudel gehören wollte. Er war bereits mein Gefährte, auch ohne die Verbindung zum Rudel.

„Danke", hauchte Colin.

„Es gefällt mir trotzdem nicht."

„Ich weiß."

Colin – Die Wilden

Aufgeregt und nervös tapste ich durch den Wald. Die Rüstung an meinem Körper war unerwartet geräuschlos, wenn ich herumschlich.
Meine Nase fing die Duftmarken von Tieren und Wandlern auf. Letztere hätten mich fast zurückschrecken lassen, aber ich zwang mich, weiterzugehen.
Sei vorsichtig., ermahnte Aramis mich nicht zum ersten Mal.
Ja doch., mehr konnte ich nicht erwidern.
Wenn du auf die Wilden triffst, gebe ich dir fünf Minuten, ohne dich zu hören. Länger und ich komme dich holen., erklärte er mir noch und ich konnte seine Sorge wie ein brennendes Fieber in mir nachhallen spüren.
Du bist toll.
Ich konnte nicht auf seine Sorge eingehen, also nur das.
Meine Ohren zuckten in verschiedene Richtungen.
Um mich herum waren ganz leichte Geräusche.
Ein paar Windstöße trugen Wandlerdüfte heran.
Vermutlich hatten sie mich längst bemerkt.
Ich lief ein wenig schneller und stoppte abwartend auf einer kleinen Lichtung.
Ich wäre jetzt gerne bei dir., kam es unerwartet von Aramis.
Deine Kraft ist bei mir.

Das konnte ich bei jedem Wort, das zwischen unseren Gedanken hin und her floss spüren, wie einen mächtigen, stetig fließenden Strom.

Dann kamen etliche Wandler aus dem Wald. Alles im Pelz, die Zähne gebleckt.

Zwei Schakale, ein Hund, eine Hyäne, ein Waschbär, zwei Baummarder, ein Falke im Baum und eine Löwin, die zwischen den anderen auf mich zukam.

Tolle Raubtiersammlung hatten die.

Das ist nicht lustig., beschwerte sich Aramis über das, was ich gerade gedacht hatte.

Die große, afrikanische Raubkatze knurrte mich an.

Bis gleich.

Bevor die Wildkatze antworten konnte, wandelte ich mich zur Hälfte, ließ damit auch die Rüstung verschwinden.

„Ich will reden. Kriegen wir das hin?", fragte ich angespannt, zwang mich dazu, ganz ruhig hocken zu bleiben.

Um mich herum erhob sich Knurren und Fauchen.

Nervös schluckte ich.

Schweiß strömte aus meinen Poren, tränkte mein Fell und das musste ihnen auffallen.

Der Hund bellte.

Die Löwin knurrte.

Es wurde ruhiger, aber nicht ganz still.

Überraschend wandelte sich die Löwenwandlerin zur Hälfte und blickte mir ernst entgegen.

„Seit wann wollt ihr reden?"

„Wir?" Ich schnaubte. „Ich bin derjenige, der reden will."

„So, so." Die Frau schüttelte dabei den Kopf. „Und was willst du? Mir sagen, dass wir euer Treiben einfach unser Leben zerstören lassen sollen?"
„Unser Treiben? Ich weiß nicht, was du meinst", stieß ich hervor.
„Und natürlich hat auch keiner von euch etwas mit der Katze zu schaffen, die in unserem Revier tötet?"
„Eine Katze. Er ist also eine Katze. Das hilft doch schon mal."
„Ach ja?"
„Natürlich. Marlin konnte ja nichts mehr dazu sagen. Ihr habt sie schwer verletzt und sie ist noch nicht wieder aufgewacht", eröffnete ich.
„Wer ist Marlin?"
„Grizzly."
„Das waren wir nicht."
„Dann war es der Mörder?"
Die Löwin sah in die Runde. Irgendwie schienen alle ihre Rudelangehörigen durcheinander zu sein.
„Scheint so."
„Was wisst ihr über ihn?", hakte ich nach.
Wieder diese Verwirrung, die fast greifbar war.
„Das solltest du doch wissen. Er ist einer von euch."
„Dasselbe haben wir von euch gedacht."
Für einige Sekunden herrschte wirklich Stille.
„Es ist eine Katze. Sie kommt immer aus eurem Revier rüber. Und ist ziemlich groß. Ich habe einen Pfotenabdruck gesehen und vorher keine so große Katzentatze. Mehr kann ich nicht sagen. Wir kommen ja kaum in euer Revier, um mehr in Erfahrung zu bringen."

„Danke. Das kann schon helfen, ihn zu finden", sagte ich.
„Lasst ihn gehen." Die Löwin knurrte warnend. „Geht es weiter, erwartet keine Gnade."
„Es wird nicht weitergehen."
Ich fuhr herum, wandelte mich mit Rüstung und lief zwischen die Bäume.
Eine große Katze, also., stellte Aramis kurz darauf fest.
Ja.
Im Kopf ging ich die Katzen des Rudels durch.
Als Erstes fiel mir natürlich Rian ein.
Nicht mein Bruder., schrie Aramis plötzlich in meinem Kopf und dann war es still.
Hatte ihn der bloße, kurze Gedanke so verärgert?
Aber tatsächlich konnte ich mir auch absolut nicht vorstellen, dass Rian etwas damit zu tun hatte. Er war groß, ja, aber absolut nicht der Typ für solche Taten.
Ich versuchte, noch einmal Kontakt mit Aramis aufzunehmen, aber vergeblich.

Aramis – Ausgetickt

Nur ein kleiner Gedanke und meine Rüstung schwand. Rian würde doch niemals jemandem etwas tun. Außer wenn einer von uns in Gefahr schweben würde.
Sie kriegen es raus. Sie kriegen es raus., immer und immer wieder klirrten diese Worte seltsam schrill durch meinen Kopf.

Es waren nicht meine, aber so wirr und verzerrt, dass ich die Person nicht identifizieren konnte. Zu heftig. Zu schrill. Zu irritierend.
Beim Mond, was ist das?
Wer schreit da, bei der Göttin noch mal?
Nicht.
Verschiedene Stimmen des Rudels, die sich noch zusätzlich in meinem Kopf mischten.
Vielleicht klangen meine Gedanken ähnlich heftig in ihren Köpfen.
Ich wusste es nicht.
Und dann roch ich Blut. Wandlerblut. Bekannt.
Nimea., schrillte mein Gedanke auf und ich rannte los, ohne noch etwas anderes zu beachten.
Es war näher als gedacht oder ich schneller.
Der Geruch wurde stärker. Selbst die Bäume verschwammen neben mir.
Zwischen Büschen und Bäumen lag ein verrenkter Körper. Blut tränkte die Erde. So unglaublich viel Blut.
Nichts und niemand sonst war zu sehen.
Meine Pfoten traten in vom Blut aufgeweichte Erde. Platschend und klatschend.
Kein Atem zu hören. Der Herzschlag still. Ein Körper von der Kehle bis zum Bauch aufgeschlitzt. Ein merkwürdig präziser Krallenschnitt.
Tod. Sie war tot.
Ich wusste es.
Laut schrie ich auf, riss den Kopf in den Nacken und konnte Brüllen, Jaulen und Heulen als Antwort auf Laut und Gedanken wahrnehmen.

Armer Xander., vernahm ich Mutters betroffene Stimme als erste wieder klar über dem Wirrwarr.
Ja., gab ich zurück und mir war mit einem Mal klar, dass es Nimeas Nicht gewesen war, dass ich nur Augenblicke zuvor gehört hatte.
Wieder schrie ich auf, schüttelte mich.
Die Stimmen des Rudels wurden lauter, viel mehr. Immer mehr von uns wandelten sich, stimmten in den Klagegesang mit ein.
Plötzlich wurde ich zu Boden geworfen, knallte schmerzhaft auf eine Wurzel.
Die Luft wurde mir aus der Lunge gepresst.
Winselnd drehte ich mich, sah große, gelbe Augen und aufblitzende, lange Zähne.
Mit scharfem Schmerz gruben sie sich in meine Seite, dass ich vor Schmerz laut schrie. Blut tränkte mein Fell und mischte sich am Boden mit Nimeas.
Nein. Das durfte nicht sein.
Gelbe Augen zuckten wirr hin und her. Er war definitiv durcheinander, vollkommen durchgedreht.
Er durfte den anderen nichts tun.
Ein Maul öffnete sich, bereit, noch einmal zuzubeißen.
Colin. Auch ihn würde er töten.
In diesem Gedanken legte sich die Rüstung über meinen Körper.
Aramis., schrill und panisch hörte ich Colins Stimme.
Gelbe Augen ruckten hin und her.
Dann verschwand das riesige Tier zwischen den Bäumen, statt ein weiteres Mal zuzubeißen.
Vielleicht von der Rüstung abgeschreckt.

Leise winselnd lag ich auf dem Boden, konnte mich nicht rühren, während immer mehr Blut auf die Erde floss.

Colin – Die Wahrheit

So schnell war ich noch nie gerannt. Mit aller Kraft, meiner, seiner und der Rüstung stürmte ich durch den Wald, musste unbedingt zu Aramis.
Ich hatte den Geruch seines Blutes bereits in der Nase, noch ehe ich es wirklich riechen konnte.
Gelegentlich sah ich andere Körper zwischen den Bäumen, aber das war mir gerade egal.
Nichts außer der Wildkatze war von Bedeutung.
„Die Wunde ist ziemlich tief", hörte ich Remas Stimme. „Du solltest die Rüstung ablegen, damit ich besser ran komme."
Kann nicht., hörte nur ich Aramis' Stimme, ehe ich zwischen den Bäumen hervorbrach.
Alles außer ihm war egal. Das Blut unter meinen Pfoten, selbst der tote Körper nicht weit entfernt.
Mit einem Satz war ich direkt neben der Wildkatze, drückte meine Schnauze an seinen Hals, winselte leise.
Seine Zunge leckte leicht an meinem Maul entlang.
Ich ließ mich fallen.
Das Blut platschte.
Mein Kopf rieb an seinem.
Ein leises Schnurren kam von ihm, erschreckte mich ein wenig.

Wieder winselte ich leise.
Würde ich ihn verlieren?
Eisige Kälte kroch durch meine Adern.
Die Rüstung fühlte sich an, als würde sie sich durch mein Fell in meine Haut brennen.
„Das glaube ich jetzt nicht", stieß Rema unerwartet und total verblüfft aus.
„Was ist?", fragte Emilia aufgeschreckt.
Wir alle würden ihn verlieren.
Ich schrie bei dem Gedanken auf.
„Die Wunde schließt sich", verkündete die Heilkundige. „Ich weiß nicht wie, aber es ist so."
Ruckartig hob ich den Kopf.
Aramis' Rüstung glühte und strahlte und die Wunde wurde kleiner, immer weniger Blut floss heraus und dann war nichts mehr zu sehen.
Wandler heilten schnell, aber nicht so schnell.
Ich war genauso baff, wie alle anderen.
Erst als von der Wunde nichts mehr übrig war, hörte die Rüstung zu glühen auf.
Aramis hob den Kopf, sah mich direkt an.
Colin.
Noch nie war ich so froh gewesen, meinen Namen zu hören.
Sofort sprang ich zu ihm zurück, drückte mich an ihn, ignorierte das Blut und die harte Rüstung.
Ich hätte dich fast verloren., wimmerte ich.
Hast du nicht. Ich bin da., versicherte er und schüttelte sich dann kurz. *Wir müssen Xander finden. Nimeas Tod hat ihn komplett durcheinandergebracht.*

Nein., widersprach ich sofort, denn auf einmal war ich mir ganz sicher, was los war. *Ein Tiger ist eine verbissen große Katze. Und Xander. Der Name. Wie in Alexander.*

Alex., fiel es in diesem Augenblick auch ihm auf und er knurrte laut auf. *Nimea hat es bestimmt gerade herausgefunden.*

Er hat seine eigene Geliebte getötet.

Mein Magen drehte sich um sich selbst, verursachte mir Übelkeit. Niemals könnte ich das, wenn ich all das mit einem anderen geteilt hätte.

Grauenvoll.

Teil es den anderen mit., forderte ich Aramis bitter auf.

Das werde ich und dann jagen wir ihn. Alle gemeinsam., verkündete die Wildkatze und die Rüstung verschwand.

Aus dem Wald klangen die wütendsten Laute verschiedener Raubtiere und über uns kreischten ein Adler und eine Krähe in unterschiedlichsten Tonlagen.

Auf geht's., stieß Aramis aus, sobald er die Rüstung wieder trug. *Vater hat ein Gericht einberufen.*

Ich schauderte, denn ich kannte das Gesetz der Wandler und wusste, was nun geschehen würde. Dennoch würde ich keine Sekunde mehr von der Seite meines Gefährten weichen.

Noch einmal würde ich ihn nicht alleinlassen.

Aramis – Das Gesetz der Wandler

Gesetz.
Das Gesetz.
Das Wort und ähnliche bildeten einen Choral in meinem Kopf, wenn ich kurz die Rüstung fallenließ, um zu verfolgen, was mit dem Rudel war.
Bevor ich mich dann wieder in die Sicherheit des magischen Metalls und Colins Gegenwart fallen ließ.
Ohne Rüstung schwankte ich, spürte den Blutverlust. Mit ihr war ich bereit, als würde die Kraft meines Gefährten auch in mir pulsieren und der Schutz des Mondes. Selbst am Tag.
Fast so, als würde die Sonne den Mond spiegeln und nicht umgekehrt.
Wir rannten durch den Wald, folgten der Spur des Tigers, in der noch mein und Nimeas Blutgeruch hing. Es war erstaunlich leicht.
Um uns herum tauchten immer mehr Raubtiere auf.
Ihre Laute waren deutlich. Die Wut fast greifbar.
Und doch war es seltsam, weil ich keinen vom Rudel in meinem Kopf hören konnte.
Wir kriegen ihn., kam es von Colin.
Die einzige Stimme, die gerade zählte. Er war bei mir. Wir waren zusammen und das Rudel war da, auch ohne es zu hören.
Ja., stimmte ich grollend zu.

Ein Brüllen schreckte mich auf.
Rian.

Ein tiefes Bellen.
Vater.
Soweit waren sie gar nicht von uns entfernt.
Knurren.
Xander. Alex. Alexander.
Ich fauchte und lief schneller.
Brüllen.
Mutter.
Colin war direkt neben mir.
Kraft pulsierte in meinen Adern.
Tannen und Fichten warfen lange Schatten.
Der Tiger hatte versucht, in die Berge zu fliehen.
Ein fast quietschendes Grollen.
Rose.
Hohe Töne von jungen Wandlern, die versuchten, Ältere zu imitieren.
Heißblütiges Jaulen und Heulen des Wolfstrios.
Tiefes Gebell.
Nicht mehr nur von Vater.
Wir erreichten die Lichtung, auf der ein riesiger Tiger hin und her zuckte, jaulte und knurrte.
Ich schrie auf.
Colin knurrte und fauchte.
Xander zuckte, duckte sich und warf sich hin und her.
In seinem Kopf musste es drunter und drüber gehen.
Sämtliche Rudelangehörige mussten mit ihren Gedanken auf ihn einschlagen, seinen Geist förmlich niederringen, ihn fast schon brechen, bis er sich freiwillig wandeln würde.
Und dazu die wütenden Laute der Tiere um ihn herum. Wild und wirr und bohrend. Gefährlich.

Mit einem weiteren Zucken nahm Xander seine Zwischengestalt an, kauerte wimmernd am Boden.
Vater trat vor.
Colin und ich reagierten nahezu gleichzeitig und sprangen an seine Seiten, schritten in Rüstung neben ihm her, während auch er seine Zwischengestalt annahm.
Der Mörder wich zurück.
Zwei halb Gewandelte waren auch schon hinter ihm und packten seine Arme. Rian und Kilian.
„Du hast die oberste Regel gebrochen, Tiger", erhob sich Vaters Stimme und schien von den Bäumen widerzuhallen. „Du hast Menschen getötet und unsere ganze Art in Gefahr gebracht. Du hast eine Freundin aus einem anderen Rudel schwer verletzt. Du hast eine Rudelangehörige getötet. Und du hast versucht, den nächsten Rudelführer zu töten." Colins Knurren klang lauter als die Geräusche der anderen und ich spürte seine Wut wie flüssiges Feuer durch unsere Verbindung. „Für all diese Taten gibt es nur eine Strafe. Den Tod."
„Nein. Bitte nicht", winselte Xander, versuchte vergeblich, sich aus dem Griff von Löwe und Wolf zu befreien.
Vater trat auf ihn zu und hob die Hände. Sie vorgestreckt brach er dem Tiger in einer schnellen Bewegung das Genick.
Dieses knackende Geräusch würde ich nie vergessen.
Der Körper fiel zu Boden, zuckte noch zweimal und rührte sich dann nicht mehr.

Auch das war etwas, das mir immer im Gedächtnis bleiben würde.
Es schmerzte in meiner Brust, dass so etwas getan werden musste.
Den Kopf erhoben, begegnete ich Vaters Blick und erkannte denselben Schmerz darin. Es war schwer und die Bürde des Rudelführers hart.
Das würde es irgendwann auch für mich sein.
Colin schmiegte sich von der Seite eng an mich.
Du wirst damit nie alleine stehen., versprach er sanft.
„So ist das Gesetz", rief Vater laut aus.
Rian und Kilian wiederholten die Worte.
Vielstimmige Tierlaute erfüllten die Luft, bezeugten, was geschehen war.
Dem Gesetz war Genüge getan.
Unrecht gesühnt, aber keiner glücklich damit.
Wir hatten einiges verloren.

Colin – Die Alphas

Mit einem seltsam bedrückten Gefühl gingen wir schließlich wieder, verließen den Ort des Geschehens.
Das war hart gewesen. Genugtuung gab es nicht.
Natürlich konnte ich nicht für alle sprechen, aber Aramis' Stimmung war deutlich spürbar.
Erst ein lautes Krächzen schreckte uns auf und ein Rabe flog mit waghalsiger Geschwindigkeit zwischen die Bäume.
Er fiel fast zu Boden und wandelte sich.

Ruckartig wechselte ich in meine Zwischengestalt, sobald ich ihn erkannte.

„Corvin, was machst du hier?", fragte ich verblüfft.

„Du stinkst nach Blut", stellte er erst mal fest.

„Tja, wir mussten einen Mörder stellen", erwiderte ich so ruhig wie möglich, drängte die Gedanken an das Geschehen zurück.

„Die Alphas sind da. Andreas hat die Herde zusammengerufen, aber ich fürchte, dass wir Hilfe brauchen werden." Ich presste die Lippen zusammen, wusste nicht, wie das Rudel reagieren würde. „Sie werden nach uns bestimmt auch bei euch vorbeikommen."

„Da hat er recht", sagte Lukas hinter uns. „Wir laufen schnell." Er blickte Corvin ernst an. „Wir dürfen über die Grenze?"

„Ich erlaube es."

„Colin?"

„Er hat das Recht dazu", bestätigte ich schlicht.

„Dann laufen wir. Schnell."

Ein Teil der Herde war versammelt. Ein Körper lag am Boden.

Wir rannten aus dem Wald.

Corvin landete neben der Person auf der Erde.

Der Schakal sprang davor.

Aramis und ich folgten. Andere waren ringsum.

Lukas wandelte sich halb.

Mehrere Wandler standen im Halbkreis.

Elefant, Nashorn, Tiger, Löwe, Eisbär, Strauß. Einige der größten Tiere, nicht die allergrößten, aber als Wandler noch größer.
Die Alphas. Gewaltige Wandler zu einer mächtigen Aufsichtstruppe zusammengeschlossen.
Ich schauderte kurz.
Es gab noch mehr von ihnen, aber diese genügten ja bereits.
„Der Mörder wurde gerichtet. Ihr habt hier nichts zu tun", verkündete Lukas ernst. „Dem Gesetz wurde Genüge getan."
„Ist dem so? Berichtet."
„Ein Tiger von der Nordsee. Eingeschlichen. Er war gut darin, sich zu verstellen. Eine unserer Wandlerinnen fiel ihm zum Opfer. Wir folgten seiner Spur und haben ihn im Nadelwald kurz vor der Baumgrenze gestellt", fasste der Rudelführer zusammen.
Der halb gewandelte Alpha ließ seinen Blick über Rudel und Herde gleiten. Etwas länger verharrte er, als er Aramis und mich musterte.
„Nun gut. Dem Gesetz ist Genüge getan. Wir bleiben noch ein paar Tage in der Gegend, um sicherzugehen", teilte er mit, ehe er sich wandelte und mit den anderen Alphas zwischen den Bäumen verschwand.
Die Gestalt am Boden richtete sich langsam auf.
Wenigstens nicht noch ein Toter.
Erst nach einem Moment erkannte ich Onkel Andreas.
Er stützte sich auf den rückgewandelten Corvin.

„Danke für die Unterstützung", sagte der Herdenführer zu Lukas.
„Das war für ihn." Der Schakal nickte in meine Richtung. „Wir verschwinden in ein paar Minuten. Sobald wir sicher sind, dass die Alphas nicht wiederkommen."
Ich sprang zu ihm und drückte kurz den Kopf gegen seine Seite, ehe ich zu Aramis zurücklief und mich an ihn schmiegte.
Ich will gleich mit dir weglaufen. Etwas alleine sein. Spüren, dass ich noch lebe. Dass wir am Leben sind., drang seine sehnsüchtige Stimme durch meinen Kopf.
Meine Knie wurden ganz weich und es war gut, dass wir noch nicht loslegten, denn dann wäre ich vermutlich gestolpert.
„Rüstungen?", fragte Corvin nun etwas argwöhnisch.
„Nur die beiden", antwortete Lukas ernst.

Aramis – Nur wir

Brummend ließ ich mich ins kühle Wasser gleiten, genoss das Gefühl, dass die Strömung langsam das Blut aus meinem Fell spülte.
Colin drehte sich neben mir am Flussufer im Wasser und strich sich über das grauschwarze Fell seiner Zwischengestalt.
Lächelnd beobachtete ich ihn dabei. Er war so begehrenswert, wie er sich so bewegte, den Körper bog und sich mein Blut abwischte.

„Ich weiß nicht, was ich gemacht hätte, wenn er dich getötet hätte", sagte er plötzlich.
Sofort rückte ich näher zu ihm, schlang beide Arme um ihn.
„Aber ich bin hier", flüsterte ich ihm zärtlich zu.
„Auch dank dir. Ohne diese Rüstung wäre meine Wunde nicht so verheilt."
„Ich weiß, aber ich muss nur daran denken und ich kriege Panik", gab Colin leise zu.
„Lass mich diese Gedanken aus deinem Kopf löschen", bat ich ihn flüsternd und zog ihn mit mir.
„Aramis."
Niemand außer ihm hatte meinen Namen je so voller Sehnsucht ausgesprochen.
Bereitwillig ließ er sich von mir zu einem großen, flachen Stein führen, der aus dem Wasser ragte und die wohltuende Strömung teilte. Dort blieben wir stehen.
Leicht hob ich ihn hoch, setzte ihn auf dem Stein ab.
Zärtlich und warm umschlang ich ihn mit den Armen, stand zwischen seinen Beinen.
Colin zog stark die Luft ein, als ich die Hände über seine Schultern und die Brust gleiten ließ, die letzten Blutspuren fortwischte. Weiches Fell und glatte Haut.
Seine Reaktion ließ trotz des kühlen Wassers angenehme Wärme durch mich strömen.
Meine Hände fuhren tiefer, zu seinen Schenkeln, zwischen seine Beine, an seinen Schwanz.
Er keuchte laut auf.
Mein kreisender Daumen an seiner Spitze ließ ihn nach Luft schnappend den Kopf zurückwerfen.

Ein wundervolles Ziehen lief durch mich und ließ meinen Schwanz alleine dadurch anschwellen.
Colin wand sich und drängte sich mir entgegen, während seine Härte in meinem Griff pochte.
Ein vorfreudiges Prickeln lief meinen Rücken hinab bis in die Zehen.
Leise grollend drückte ich meine Lippen an seine Schulter, kratzte mit meinen Reißzähnen an seiner Haut.
Vorsichtig löste ich meine Hand von seinem Schwanz.

Colin protestierte fauchend.
„Gleich. Lass uns genießen", raunte ich ihm zu, fuhr mit der Nase leicht über sein Ohr.
Mit den Händen schöpfte ich Wasser aus dem Fluss, ließ es über seinen Körper fließen.
Eine Handbewegung genügte, um ihn aufzufordern, dasselbe bei mir zu tun, die Blutreste fortzuwaschen, die noch in meinem Fell steckten.
Er rieb darüber, brachte meinen Körper mit jeder seiner Berührungen zum Glühen. Ein wunderbares Gefühl, das mich aufstöhnen ließ.
Mein Körper bebte vor Verlangen und schrie förmlich nach mehr.
Eine Hand umfasste seinen Hintern, die andere fuhr erneut zwischen seine Beine.
Colin keuchte und bog den Rücken durch, als ich meine Finger hinter seine Hoden führte, zu seinem verlockenden Eingang.

Ihn an mich pressend zog ich die Krallen ein, fuhr über sein Loch und hinein, tastete sein heißes Inneres ab. Tiefer hinein.
Er warf keuchend den Kopf hin und her, während ich tiefer vordrang.
Dann traf ich den Punkt, der ihm einen herrlichen, heißen Schrei der Lust entlockte.
Ich streichelte sein Inneres, massierte immer weiter den Punkt, der ihn vor Erregung schreien und Beben ließ.
Alleine seine Reaktionen verwandelten das Verlangen in mir in einen Strom aus flüssigem Feuer.
Gierig schob ich ihm einen zweiten und bald einen dritten Finger hinein, bereitete ihn vor.
Colin schrie und wand sich, stöhnte, fauchte und schrie, verlangte mehr und protestierte doch, als ich die Finger zurückzog.
Leise lachte ich auf und schob die Arme unter seine Knie, zog ihn auf meinen Schoß, führte seinen Hintern über meinen sehnsüchtig pulsierenden Schwanz.
Kehlig knurrte ich, als ich ihn auf mich sinken ließ und er mich willig in sich aufnahm.
Colin stützte sich am Feld ab und hob seine Hüfte an, senkte sich wieder begierig hinab. Immer schneller und fester, ließ uns beide laut aufstöhnen.
Meine Krallen fuhren aus, gruben sich leicht in seine Haut.
Sein Kopf lehnte sich stöhnend und grollend zurück.
Meine Zähne kratzten besitzergreifend über seine entblößte Kehle.

Unsere Bewegungen waren heftig, gewaltig, brennend und das kühle Wasser verstärkte die Hitze noch.
Und als ich schon dachte, mehr Lust könne es nicht geben, schrie Colin dunkel auf und seine Muskeln zogen sich eng um mich zusammen, rissen mich in ungekannte Sphären hinauf.
Grelle Lichter tanzten vor meinen Augen und ich bewegte mich weiter, wobei mein Samen sich glühend in unzähligen Schüben in ihn ergoss.
Bebend umarmte ich ihn, hielt ihn ganz fest.
Unsere Lust ebbte nur langsam ab und unsere Zähne und Krallen fuhren noch immer besitzergreifend über den Körper des anderen.
Ruhe kehrte nur langsam ein und nur widerwillig glitt ich aus ihm hinaus.
Erst nach einer Weile stiegen wir aus dem Wasser und schmiegten unsere Körper eng aneinander.
Unsere Körper vibrierten in zufriedenem, genießerischem Schnurren.
Streicheln, etwas kratzen, küssen und beißen. Fell und Körper genießen.
Nach unserem Beisammensein im Fluss zwar ruhiger, aber nicht sanfter.
Bis er mich grinsend von sich stieß und sich aufspringend wandelte.
Ich lachte.
„Verspielter Jungkater", zog ich ihn auf und wechselte ebenfalls in kompletten Pelz, folgte ihm in den Wald.
Laufen. Springen. Klettern. Sich gegenseitig jagen. Einfach nur wir sein und uns genießen.

Colin – Verbindungen

Fast das gesamte Rudel schien um die Villa versammelt zu sein. So viele, dass sie wahrscheinlich nicht mal in den größten Raum des Gebäudes passten.
Ich hatte tatsächlich noch nie solch eine Menge an Wandlern des Rudels gesehen. Bisher waren sie durch die Morde und die Versuche der Wilden, den Mörder auf Rudelgebiet zu erledigen, getrennt gewesen.
Nun kamen alle wieder zusammen.
„Kommt her", rief Loreley uns zu den Versammelten. „Wir möchten über die Prophezeiung und eure Rüstungen reden."
Seite an Seite traten wir näher und sanken ins Gras.
Aramis lehnte sich brummend an mich. Ihn hatte das alles viel mehr geschafft als mich. Natürlich.
Und das, obwohl wir noch Zeit für uns gehabt hatten.
„Du glaubst, dass unsere Rüstungen mit der Prophezeiung zusammenhängen?", fragte er dennoch leise.
„Die, die anders sind. Die, die zusammenstehen. Die, die füreinander einstehen. Die werden wecken eine alte Kraft in Zeiten der Gefahr", zitierte Lukas und lächelte. „Es würde passen."
„Die, die anders sind. Ein Karnivore geboren bei Herbivoren. Eine Wildkatze, die es schafft, viel größere Wandler im rituellen Kampf zu besiegen", erklärte Loreley daraufhin und sah in die Runde. „Und trotz aller Umstände habt ihr fest zusammengehalten."

„Du willst jetzt nicht behaupten, dass wir dadurch als Gefährten bestimmt wären?", fragte ich knurrend.
So etwas gab es nicht, auch wenn Menschen in Geschichten anderes erzählten. Sie kannten uns halt nicht und ihre Geschichten waren Fantasie.
„Nein. Nur eine Verbindung." Die Älteste schüttelte den Kopf. „Es hätte auch auf eine tiefe Freundschaft oder Ähnliches hinauslaufen können. Was zwischen euch entstanden ist, wart ihr alleine."
„Gut", brummte ich.
Aramis lachte leise und drückte meine Hand.
Ich zog seine an meine Lippen.
„Auf jeden Fall gab es in unserer Geschichte sicherlich noch andere, die nicht gewöhnlich waren, aber Rüstungen sind seit vielen Jahrhunderten nicht mehr aufgetaucht", merkte Rose an.
„Soweit wir wissen. Vielleicht hat man es nur nicht so nach außen gezeigt", schlug Emilia vor.
„Es ist gut, dass es so gekommen ist", warf Lukas wieder ein. „Ich glaube, ohne diese Rüstungen hätten die Alphas nicht so rasch eingelenkt." Sein Blick fixierte mich. „Hast du schon eine Entscheidung getroffen, mein Junge?"
„Ja. Ich bin hier." Meine Finger fuhren durch Aramis' zottelige Haare. „Und hier bleibe ich. Bei ihm." Ich lächelte in die Runde. „Bei seinem Rudel."
„Unser Rudel", korrigierte er leise.
„Ja", stimmte ich zu und musste dann lachen. „Ich glaube, ich muss ab morgen bestimmt wieder zur Schule, nachdem der Mörder Geschichte ist."
Leise ärgerliche Laute erfüllten die Luft.

„Wir werden durch diese Ereignisse unser Verhalten den Einzelgängern gegenüber nicht ändern", stieß Lukas entschieden aus. „Wir wollten offen sein und das bleiben wir auch. Trotz allem."
„Finde ich gut", teilte ich ihm mit.
„Er passt echt perfekt hierher", rief Luke und irgendwie lockerte sich dadurch die Stimmung.
Kaum zu glauben, wenn man bedachte, was vor einigen Stunden geschehen war. Allerdings fühlte auch ich mich unerwartet entspannt und ruhig.
War bestimmt gut, dass die Herde das nicht mitbekam.

Das Gemurmel war schwer auszuhalten, aber es galt nicht nur mir.
Dieses Getuschel galt auch den Wandlern der Herde.
Erstaunlicher, dass ich mich schon nicht mehr dazuzählte. So lange war es noch nicht her, dass ich die Herde verlassen hatte. Nur kam es mir sehr viel länger vor.
So wie es mir auch vorkam, als würde ich Aramis schon mehr als nur einen Mondzyklus lang kennen.
„Hey, Colin", grüßte Baran und setzte sich neben mich auf die kleine Mauer, die den Schulhof umgab.
„Was machst du hier?", fragte ich.
Er zuckte mit den Schultern.
„Einen Freund treffen."
„Und was sagen die anderen?"
„Könnte ich dich auch fragen."
„Du warst dabei. Sie sind meinetwegen mit zu euch gekommen, obwohl die Alphas dort waren", erinnerte

ich ihn leise, damit die Menschen uns nicht hören würden.
„Das heißt, du denkst, sie hätten nichts dagegen, dass wir Freunde bleiben?"
„Wir sind zusammen aufgewachsen, Baran. Auf eine gewisse Art werden wir dadurch immer verbunden bleiben, ob ich nun zur Herde gehöre oder nicht."
Er stieß mich leicht von der Seite an.
„Das tut gut zu hören."
Ich schubste zurück und er fiel fast von der Mauer.
„Entschuldige. Bin es in letzter Zeit gewöhnt, Wölfe zu schubsen."
Wir lachten beide.
„Na, ihr habt ja Spaß." Oskar tauchte grinsend bei uns auf. „Hier können wir immerhin reden."
„Stimmt."
Ich hob eine Schulter.
Das war auf jeden Fall interessant.

Aramis – Das Grizzly-Motiv

„Das letzte Mal, als du mich mit deiner Harley abgeholt hast, haben wir eine gewisse Grizzly getroffen", merkte Colin an und nahm den Helm entgegen, den ich für ihn dabeihatte.
„Heute gibts aber keinen Ausflug. Ich hole nur meinen Gefährten ab", erwiderte ich.
„Das nenne ich mal eine Ehre."
Ich lachte.
„Auf nach Hause."

„Ja. Ich freue mich auf die Chaoten."
„So waren wir alle mal."
Er stieg hinter mir aufs Motorrad, setzte den Helm auf und legte die Arme um mich.
Ich fuhr mit den Fingern über sein Handgelenk, ehe wir losfuhren.

Als wir den Weg zur Villa herauffuhren, jagten die Zwillinge als Wölfe gerade hinter Rose her. Daniel lehnte an einem Baum und beobachtete sie lächelnd.
Luke und Kilian waren damit beschäftigt, wild zwischen einigen Buchen und Fichten hin und her zu rennen. Warum auch immer.
Vielleicht sogar nur, um einen gewissen Bewegungsdrang zu befriedigen.
Grinsend drückte Colin mir seinen Helm in die Hand.
Ich ließ einfach beide zu Boden fallen und hielt ihn fest, bevor er auch nur drei Schritte gemacht hatte.
Entschlossen zog ich ihn zu mir und küsste ihn tief und unnachgiebig. Rau, wild, beißend.
Hände und Krallen gruben sich in mein Haar.
Gelächter drang an meine Ohren und Colin streckte dem Wolfstrio die Zunge raus, was sie nur noch mehr lachen ließ.
„Darf ich denen das Fell abziehen?", fragte er mich halb im Scherz.
„Ich fürchte nicht", sagte ich entschuldigend und knabberte leicht an seinem Hals.
„Hey, habt ihr es schon gehört?", rief Daniel uns zu.
„Rema will die Grizzly aufwecken."
Marlin.

Colin und ich tauschten einen nun ernsten Blick und gingen, ohne uns abzusprechen, zur Haustür.

„Ich dachte, du würdest gleich etwas mit uns laufen, Colin", kam es von Luke.

„Morgen wieder. Das muss ich mitbekommen."

Lächelnd schlang ich einen Arm um ihn.

Manchmal war er den Chaoten sehr ähnlich. Ein bisschen sehr aufgekratzt, wie junge Wandler halt waren und dann wieder so verantwortungsbewusst wie in diesem Moment.

Erstaunlich.

Schulsachen in unserem Zimmer abgestellt und dann zu Marlins Krankenzimmer gegangen.

Einer von uns war in den letzten Tagen immer wenigstens einmal nach ihr gucken gegangen, wenn auch nur kurz.

„Hey", grüßte die Wandlerin, als wir zur Tür hereinkamen.

Colin und ich wechselten einen erneuten Blick. Da hatten die Chaoten aber wohl so ziemlich die Zeit vergessen, wenn sie schon so fit war.

„Hallo, Marlin", gab mein Gefährte zurück.

„Ich habe gehört, dass ich euch beiden mein Leben zu verdanken habe", sagte sie ernst. „Vielen Dank." Ihre Krallen zerfurchten das Bettlaken. „Verfluchter Tiger."

Colin fauchte. Er dachte bestimmt daran, was Xander mit mir gemacht hatte.

„Ganz deiner Meinung", stimmte er der Wandlerin zu.

„Zum Glück ist das vorbei."

„Vorbei?"
Das hatte ihr also noch keiner gesagt.
„Er ist tot", antwortete Colin.
Marlin grollte tief aus der Kehle.
Ich trat näher und damit zwischen die beiden. Sicher war sicher.
„Ich wollte ihn zu gerne selbst erledigen", murrte die Grizzly nun.
„Was ist denn passiert?"
„Er hat meinen Bruder getötet", knurrte sie.
„Immerhin ist er tot", sagte Colin ernst.
„Möglich. Ich sollte meine Familie informieren."
„Sobald du wieder fit bist", erwiderten wir gleichzeitig und tauschten daraufhin einen eindeutigen Blick.
Wahnsinn manchmal.
„Na schön", gab Marlin nach.
Wir traten zusammen, um zu reden.
Im Endeffekt dauerte das Gespräch nur kurz, weil sie noch längst nicht auf der Höhe war.
Immerhin kannten wir nun den Grund, warum sie Xander quer durchs Land verfolgt hatte.

Colin – Ein echter Teil des Rudels

Aufgeregt tapste ich von Pfote auf Pfote.
Luke stieß mich von der Seite an, hatte den Kopf zum Himmel gehoben.
Ich folgte seinem Blick hinauf zum Himmel, wo der Vollmond hell leuchtete. Mein besonderer Mond.

Obwohl ich die Bedeutung kannte, wäre ich zu gerne zu Aramis auf der anderen Seite des Versammlungsplatzes gelaufen.
Zum Glück waren das Wolfstrio und Rose an meiner Seite. Es waren Chaoten, aber ich mochte sie wirklich. Und es waren echte Freunde.
Die Wölfe hoben ihre Köpfe und heulten zum Mond empor.
Ich blickte einfach nur zu seinem lockenden Licht hinauf. Es knisterte regelrecht in meinem Blut.
Lukas stieß ein lautes Bellen aus und Ruhe kehrte ein.
Mühsam rang ich die Aufregung nieder und den Drang, meine Rüstung zu rufen.
Das war klar. Keine Rüstung.
Zwei Reihen aus Wandlern bildeten sich, ließen einen Gang dazwischen frei.
Ich schluckte.
Luke stieß mich noch einmal von der Seite ab, dann wichen meine Freunde zurück.
Laufen. Nicht anhalten. Nicht zurückweichen.
Bis zu Lukas und Aramis.
Entschlossen hob ich den Kopf.
Alleine die Vorstellung, was kommen würde, ließ mich erschauern.
Mein Gefährte knurrte.
Sein Vater bellte.
Ich rannte los.
Zähne schnappten klackend zu.
Die Luft sirrte.
Mein Herz raste. Das Blut rauschte in meinen Ohren.
Etwas streifte meine Beine. Knapp.

Zähne und Krallen.
Schnauzen und Tatzen.
Schnappen und Krallen.
Zischender Wind.
Dann kam ich vor Vater und Sohn an.
Mein Puls beruhigte sich langsam und erst da wurde mir klar, dass ich nicht einmal richtig getroffen worden war.
Offenbar hatte keiner vom Rudel ernsthaft versucht, mich zu beißen oder zu schlagen.
Erst da verstand ich. Es ging nicht nur um mich, sondern um uns alle, ob wir fähig waren, zusammen zu agieren, ob sie bereit waren, mich zu akzeptieren.
Stolz füllte meine Brust und ich hob den Kopf hoch.
Lukas' Schnauze berührte meine Stirn.
Unerwartet stieß Aramis mich zurück zwischen die versammelten Rudelangehörigen.
Um mich herum stimmten unzählige Tiere zu hohen Lauten ein. Bellen, Heulen, Brüllen, Schreien. Es wurde lauter und lauter, schien selbst den Mond erreichen zu können.
Verblüfft schüttelte ich den Kopf und duckte mich, bereit zu springen. Es war fast zu viel.
Ein Körper nach dem anderen war nun im Weg.
Sie bildeten nach und nach einen Kreis und rannten um mich herum.
Irritiert wandte ich mich mal in die eine, dann in die andere Richtung.
In einem wilden Kreis liefen die verschiedensten Wandler um mich herum, als würden sie nur mit mir spielen.

Ich hätte nicht mal gewusst, wo ich hätte hinspringen müssen, um dem Wirbel aus Fell zu entrinnen.

Colin., mein Name mehrstimmig in meinem Kopf hallend.

Aufgeregt drehte ich mich mal in die eine, dann in die andere Richtung.

Kumpel., das war Luke.

Er sprang vor mich und wir liefen freudig umeinander herum, stießen uns mit den Schnauzen an. Rose und die anderen beiden Teenagerwölfe kamen dazu und wir drehten und sprangen fröhlich umeinander herum.

Ihre Gedanken und Gefühle brandeten durch meine Gedanken und füllten mein Blut mit einem Cocktail unterschiedlichster Gefühle.

Kleiner Bruder., kam es irgendwann von Rian.

Meine Freunde wichen zurück. Der riesige Löwe drückte kurz seinen Kopf gegen meinen.

Wieder mein Name von allen möglichen Wandlern.

Dann Begrüßungsworte. Stoßen und Stupsen. Manche hielten sich zurück, andere sprangen mit mir herum.

Die Gedanken wirbelten wild herum und die Gefühle machten mich schwindelig.

Junge., war alles, was ich von Lukas zu hören bekam, aber so weich, dass es alles zu sagen schien.

Und es war plötzlich ruhiger.

Dann stand das Rudel mit einem Mal still.

Aramis kam auf mich zu. Den Kopf erhoben. Der schöne Katzenkörper glänzend angestrahlt vom silbernen Licht des Mondes.

Gefährte., erklang seine Stimme in meinem Kopf und er drückte seine Stirn an meine.

Im nächsten Moment sprangen wir aufgeregt tänzelnd umeinander herum.
Gelegentlich blitzten Gedankenfetzen in meinem Kopf auf. Daran würde ich mich noch gewöhnen müssen.
Brummend schmiegte ich mich an Aramis' Körper.
Jetzt gehöre ich zu euch., teilte ich ihm mit.
Für mich tust du das schon lange.
Und mehr Worte brauchte es auch nicht. Freude erfüllte meinen ganzen Körper.
Mein Blut sang vor Vergnügen.